U0909650

带你窥破世界的无限真相！

ANYING38WAN

暗影38万

那多◎作品

CNS PUBLISHING & MEDIA 中南出版传媒
湖南文艺出版社 HUNAN LITERATURE AND ART PUBLISHING HOUSE
博集天卷 CS-BOOKY

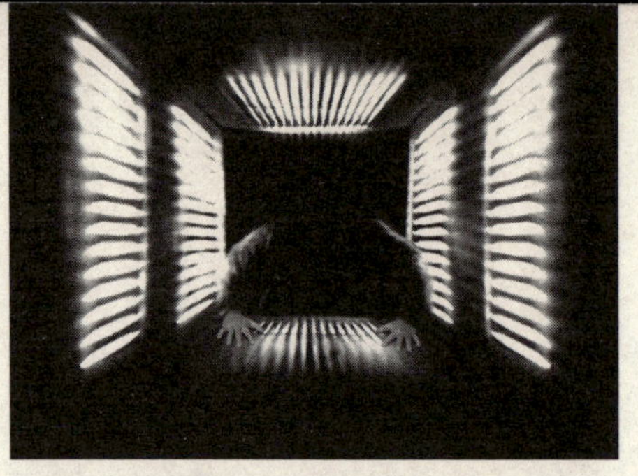

系列人物档案

《暗影38万》

那多（男一号）

晨星报社记者，强烈的好奇心和对任何事物的怀疑态度，以及记者的身份，使他常常接触到这个世界被隐藏起来的另一面。平心而论，称他为冒险家比记者更加合适。

梁应物（男二号）

那多的好友，双重身份。表面上是某大学的教师，事实上是位具有哈佛生命科学博士与斯坦福核子物理硕士学位，为神秘机构X工作的研究员。为人严肃而极具理性精神，尽管是那多的好友，却从不因公废私。

anying38wan

系列人物档案

《暗影38万》

何夕（《亡者永生》）

兼具美貌与智慧的荷兰籍华人，范氏病毒的权威研究人员。在《亡者永生》里，她被病毒感染，体内形成了具有自我意识的太岁。那多深爱着的女人。

路云（《凶心》）

在《凶心》中以一名大学生的身份登场，实为中国神秘幻术一脉的当代传承者。幻术大成之后，她具有惊人的美貌，但这份美貌的真实成分有多少，永远不会有人知道。

水笙（《变形》）

听起来像是鲁迅小说里人物的名字，其实却暗示了其非同一般的身份。在《变形》里，为了爱情，他忍受了数十年痛苦的陆上生活，最终如愿以偿转变成人类，和苏迎在地球的某个角落幸福地生活在一起。

苏迎（《变形》）

与她接触越多，谜团越多的女子，到底是她精神分裂，还是其言确有其事？

叶瞳（《坏种》）

某机关报社的美女记者，具有比那多更强烈的好奇心，这让她往往会对一些事情作出过于夸张的猜想。其出身颇为神秘，在《坏种》的故事中有更详细的描述。

夏侯婴（《幽灵旗》）

三国时代夏侯家族的后裔，懂得曹操墓中暗示符。在《幽灵旗》中曾被暗世界的D爵士邀请参加在尼泊尔举行的非常人类的聚会（即非人协会），在那里遇到了已经中了暗示的那多，并成功将其救治。在《暗影38万》中受到海盗王之子郑余的邀请上羿岛基地，为那些具有意念移物这项超能力的人做自信的心理暗示。

卫先（《幽灵旗》）

出身盗墓世家，行走在地下世界的历史见证者。在《幽灵旗》中，为夺“天下第一”的称号不惜铤而走险，最终死于曹操墓中的暗示里。

卫后（《神的密码》）

出身盗墓世家，行走在地下世界的历史见证者，卫先的胞弟。被称为“盗墓之王”卫不回之后年青一代中最具才华天分的盗墓者。

六耳（《返祖》）

原名游宏，同那多一起游玩于福建顺昌时被导游起名“六耳猕猴”。机缘之下，出现返祖现象，全身长毛，毛发可随心所欲地变幻出各种形态，有如齐天大圣的七十二变。

X机构

一个不为世人所知的属于官方的庞大地下机构，专门调查和研究一切大众认知以外的事件。其成员大多是一流的科技精英，也集中了一些传承古老中国的神秘势力。总之，关于这个机构，我们不了解的永远比了解的多。

注：人物后面的作品名为该人物首次出场亮相的作品。

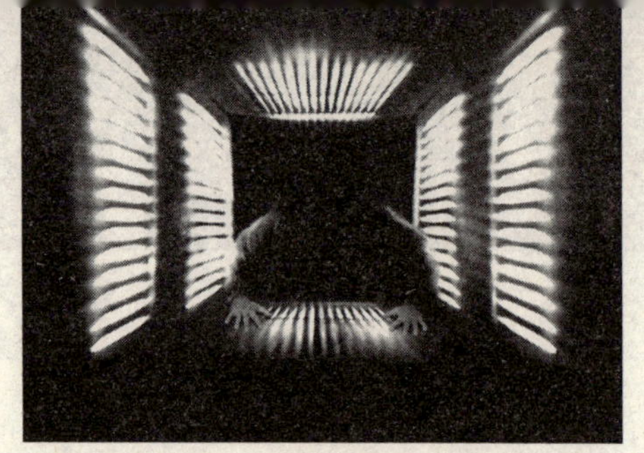

目 录

《暗影38万》

CONTENTS

楔　子

世界各国掀起登月比赛　人类将再次踏上月球

大洋网&《广州日报》　2006-02-18

在最后一次“阿波罗”计划宇航员登陆月球后的34年，美国和世界上其他航天大国又掀起了新一轮的登月比赛。

自从去年8月美国宣布重启登月计划后，美国航空航天局（NASA）已经紧锣密鼓地开展了一系列行动。NASA登月计划的预算为1040亿美元。

美国《洛杉矶时报》报道评论说，登月是一次长跑比赛，人类将在未来的10~15年内再次踏上月球。

现在，欧洲宇航局的无人探测器“SMART-1”是唯一绕月飞行的探测器，这也是人类进入21世纪以来进行的第一次探月活动。但是，“SMART-1”在未来一定会迎来更多的“同伴”。

中国预计在2006年年底或2007年年初发射“嫦娥一号”探测卫星，研究月球环境。中国月球探测的“嫦娥奔月”计划分为三阶段：一、向月球发射月球探测卫星；二、发射月球探测器登陆月球；三、发射机器人登上月球。2012~2017年，中国将会有飞行器在月球表面着陆并采样返回。此后，中国计划派遣太空人登陆月球。

印度有2万工作人员正在为一项2007年的绕月飞行任务努力。印度的太空预算高达每年6亿美元，雇用的工作人员人数达到2万——与NASA员工人数一样多。该国将于2007年9月发射耗资1亿美元的探测器“月球初航”，这个探测器将围绕月球两极地区2年，并且绘制出一幅月球地表的化学地图。

早在1990年，日本就向月球发射了“飞天”探测器。未来的数年内，日本计划发射“Lunar-A”和“SELENE”探测器，探测月球地质地形。

NASA“月球轨道侦察者”的负责人詹姆斯·加文对此评论说，人类奔向月球的探测器和飞船“将会组成一个舰队”。

第一章

改变命运的夜晚 Chapter Ⅰ

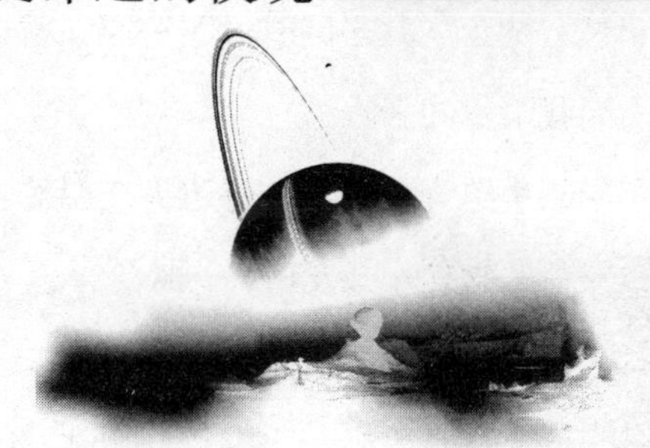

甲板上风很大，我的衣角在黑夜里飘扬，猎猎作响。

深深地吸了口气，我想镇定一下。空气里弥散的腥味从鼻腔直贯入胃里，刚吃过的晚餐，特别是那些新鲜的八爪鱼，好像从胃中的肉糜堆里复活，一涌一涌地折腾着，要从我的嗓子眼里翻出去。

那不是海水的腥味，而是浓浓的，正满溢流淌着的血腥！

急促的脚步声从身后传来。

我转过身，两个保安模样的人从船舱方向疾步走过来。

“什么事？”一个人说着，手里倒提着的强力手电往我这里照过来。

“啊！”两个人几乎同时大叫一声，前进的步伐停顿了两秒钟，然后向我箭步冲来。

奔跑中，手电光柱在我和旁边靠在船舷上老人的脸上来回晃动。两张失色的脸，一张发白，一张泛青，一个生，一个死。

“我……”我刚说了一个字，手臂上一阵温热。我惊讶地低头看自己的右手，那儿有一把正在滴血的匕首。大股大股的红色液体从旁边魁梧老人的胸口喷射出来，溅满了我的右半边身体，顺着我裸露的手臂，分岔成几条溪流，在手掌处汇合，流过匕首锋刃上狰狞的血槽，几乎不间断地密密滴成一道血线，砸在甲板上。

我张大了嘴，虚握的匕首“锵”然掉落。

还没等我有进一步的反应，两个人携着冲力扑在我身上。他们明显学过简单的擒拿格斗，而我此时心神失措，无意反抗，转眼间就被摁倒在地上，双手双脚都被他们拼了命地压制住，关节处的剧痛让我怀疑是不是已经被扭到脱臼。

砰！

原先软软倚着船舷的老人身躯被一个保安的腿碰了一下，失去平衡后狠狠摔在甲板上，他的头离我侧着的脸不足一米，我清楚地看见他腮帮子上的肌肉和略有弹性的复合木甲板撞击后的可怕震动。他圆睁的双眼此时仍没有闭上，脸已经被地上大摊的血弄脏了，在手电的余光里，像个恶鬼。

这是2006年的5月。我所在的这条豪华邮轮，名为“太平洋翡翠”号。

这是中国第一条真正意义上的远洋豪华邮轮，今年3月刚刚下水。经营这条六万吨级巨轮的上海怡乐邮轮公司手眼通天，安排妥当了自上海出发，沿途停靠菲律宾、印尼、马来西亚、泰国、越南的东南亚旅游航线。

由于在此前，中国只有前往单一目的地的邮轮，而类似其他国家那种一次经多个国家的邮轮航线，因为入境手续复杂，始终没有哪个旅行社或旅游公司能办下来，怡乐公司的东南亚航线是头一遭，可见这家有外资背景的客运公司实力是何等的强劲。再加上“太平洋翡翠”号设施极其豪华，水上乐园、天光泳池、电影院及各种娱乐场所一应俱全，想不轰动都难。

5月1日，借着五一长假，“太平洋翡翠”号开始了它为期十六天的首航。怡乐公司遍邀上海各大媒体的记者，免费搭乘“太平洋翡翠”号旅游观光，听说今后还要开辟欧洲航线，怡乐公司显然希望能和媒体打好交道，今后多多宣传。而我就是晨星报社被邀请的记者。

其实，参加首航的游客里面，有相当一部分是像我们这些记者一样，由怡乐公司大手笔埋单，免费搭乘。全船七百六十一名游客里，往常镜头前频繁出现的文娱明星就有不少，还有一批著名的学者和科学家，可谓又有眼球，又有内涵。这全都是活广告啊，其中的好些人，正经八百地请来拍个广告可得花费不少，这样算起来，怡乐公司还是赚的。

除了社会名流，剩下自掏腰包参加首航的大多也是商界精英，据说最贵的一个舱位，费用高达一万八千美元。

5月1日早九点，“太平洋翡翠”号从上海外高桥码头缓缓驶出，不多会儿就把长江口抛在后面，以二十九节的速度，航向东南。海面上薄风微浪，几乎不能撼动这艘巨轮庞然的身躯。

我第一次乘坐这样等级的邮轮，仅次于此的经验就是七岁的时候坐过一艘千吨级的海轮由上海去舟山群岛，除了站在甲板上望出去都是无边的大海之外，两者之间完全没有可比较之处。

我和新闻晨报的记者同住一间，虽然不是最高等级的舱房，但也足以与五星级酒店的标准房相比，就是空间略小一些。船上所有的设施都免费开放，我最喜欢的还是游泳，顶上蓝天，四周碧海，椭圆形的天光泳池池水随着邮轮的破浪前进而泛着微波，这种别致的感受是寻常市内泳池，甚至海滨浴场都不曾有的。

在那晚之前，这场略带工作性质的豪奢旅游让我十分快活，唯一的一次不太愉快的遭遇发生在离开马尼拉的当日下午，就在天光泳池。

事情的发生莫名其妙。中午吃得很饱，我游了一会儿，就爬到了张浮椅上，四仰八叉一躺，困意很快袭来，闭着眼睛回味着上午匆匆逛过的西班牙王城。走在这座位于马尼拉市中心的城中城时感觉就像在欧洲的古老小镇，短短不到半天的时间，并不能领略这世上保存最好的中世纪城市，在脑海中把那些影像意境重新建构起来时，犹自觉得很遗憾。

我想象自己躺在一张巨大的水床上面，就让我堕落在这样舒适的生活里吧，我对水床向往很久了，不过太贵买不起，现在对这免费的要赶紧享受。起起伏伏，像摇篮一样，睡眠能力快要超过猪的我，很快就迷糊了。不幸的事情就在这时候发生，半梦半醒之间，我隐约觉得身体下面一沉一浮的垫子晃动的频率猛地增大，然后我的右腿迎面被什么东西重重砸了一下，整个人也连带着被打翻进水里。

我挣扎着从水里站起来，其间还呛了一口，就看见一个上了年纪的男人皱着眉捂着手怒视我。

他看上去至少有六十岁，身材很魁梧，肌肉并不算松弛，在这样的年纪颇难得了。他没戴游泳镜，我猜测他自由泳的时候把眼睛闭上了，这才撞上我。我腿上挨了一下，他的手应该更难受。

有的人被吵醒会暴跳如雷，我没这么好的应急机制，这时候处于头脑一片空白的无助期。

“怎么，没什么表示吗？”他对我说。

我还没能反应过来。那个……我正在被质问吗？

“嘿，现在的人。”他摇了摇头。

“是您撞的我啊。”我回过神来，忍不住说。

他两道黑眉毛一拧：“我看了这方向没人才游的，你没事把这东西当船划来划去，招我撞啊。”

我一下就火了，没想到在这儿碰上这么不讲理的，我刚才还做着美梦呢，梦中的美妙和眼前这讨厌的老头形成鲜明的对比：“大爷，我躺上面睡觉呢，谁划来划去了？你自个儿看走眼了吧？”

“怎么和长辈说话的？没人教过你吗？”老头挥舞起粗壮的胳膊，更愤怒了。

“没人跟你论辈分，你这是想动手吗？”

这时候我们的争执已经引起其他人的注意，想想这样下去很难收拾，还是不和这老头憋气了，我摇了摇头就准备回身上岸。

“揍你这小子怎么啦？”那老人伸手抓住我的手腕。

我头也不回，用力一挣，把他带得一个趔趄，又栽进水里。

“别让我再看见你这小子。”他爬起来的时候我已经出了池子，只能在后面跳脚大骂。

后来回头想想，这场小风波的起因可能是风把我的浮椅吹偏了，或者是他闭着眼睛游不知不觉偏离了原先的方向。后者的可能更大得多。

不管怎么说，这老头的脾气可真是差得很，我原本以为他是个家族式管理的大老板，平日里颐指气使，没想到室友新闻晨报的李建很八卦地打听了一圈后告诉我，这位叫杨宏民的老人居然是中国工程院院士，中国航天科技集团的高级工程师，登月计划顾问组成员。

航天科技集团的前身是中国航天部，20世纪90年代航天部取消，代之以航天工业总公司，前两年又分裂成航天科技集团和航天科工集团。虽然我一直没搞明白，连美国都是太空总署，中国为什么要把这个部门改成公司，但毫无疑问，航天科技集团依然有着浓厚的官方背景，国家拨款预算动辄以千亿计。杨宏民是这个集团公司的高工，又是正当红的登月计划顾问，显然在中国航天界，纵然不能算是首屈一指，也绝对是重量级的科学家。

看来就像作家的文学水平和他的道德水平没有必然联系一样，大科学家在日常生活里也不一定都讲理。

“太平洋翡翠”号虽大，总还是免不了有偶然碰面的机会，后来的几天里我和这位杨宏民又碰见两回，好在他没真的像在游泳池里说的那样跳上来和我干架，只是很不友好地看了我几眼。不管他当他自己是谁，反正我当他不存在。

出事的这晚，“太平洋翡翠”号正在由马来西亚驶往泰国的途中。

邮轮方面精心组织了一场冷餐晚宴，而后是爵士乐队的演出。我郁闷地发觉，周围都是穿着低胸晚礼服的女人和西装笔挺的绅士，他们轻轻端着酒杯，三五成群，又忽分忽合，有时几句话、一声笑后就四散交错，一个个像穿花蝴蝶。相比之下，穿着一件短袖衬衫的我显得很不合群。这么热的天，又是出来玩，我怎么可能想到带西装呢？再看看，几个同行都和我差不多，稍显尴尬。

不过就算是披上西装这层皮，我也没办法像别人这么如鱼得水，这样子的应酬交际，很讲天分的。

先前我又免不了看见杨宏民，好在他没注意我，我有意识地避开他，省得惹麻烦。

八点多的时候，我开始觉得有点无聊，怀念着下午和李建他们打牌，赢得他面如土色的爽快。我觉得最近我勉强能控制自己的好奇心，但随之而来的是赌瘾越来越重，当然，我们玩不可能来得多大，但在乎一个感觉，所以我的朋友说我最讨厌的时候就是在牌桌上，得理不饶人，一副小人样。

可惜，看看李建端着酒杯四处找贵妇搭讪的贱相，我想他大概惦记着赌场失意情场得意，今晚是凑不成牌局了。

我决定喝完下一杯酒就离开宴会厅。在我看来这艘船上比这里好玩的地方多的是。

服务生托着酒盘从我不远处经过，我正要把手里的空酒杯递给他换一杯，却发现玻璃杯里不知什么时候多了点东西。

是折成四方形的小字条。

我飞快地向四周扫了一圈，心里有些诧异。我的感觉相当敏锐，这是许多次历险后磨砺出来的。虽然刚才把空酒杯低端在身体一侧，但要在我毫不觉察之下往杯里扔进这字条，绝不是普通的手脚灵便的人能做到的事。

没有看出任何异状，我微微皱眉，其实心里却兴奋起来。

有点意思啊。

伸手夹出字条，展开。

白皙的纸上蓝蓝的圆珠笔字迹，一笔一画，方方正正，很工整的字。

“速至右侧甲板，那里有改变你命运的东西。”

“改变我命运？”我龇了龇牙，心里起了个大大问号。谁家的孩子？瞧这口气。

麻烦啊。好像有糟糕的预感。

一般来说，依着我比猫好奇的性子，都是自找麻烦。自找麻烦心里多少总有点底，但麻烦找上我的时候……

写这张字条的人好像吃准了我的性情，就算是觉得不妥，我也没法子忍住不到右侧甲板那里看一看。

我在快步走出宴会厅的时候，压根就没想到，将要碰上的是多大的麻烦。

宴会厅在六楼。电梯把我载到一楼的时候，豪华的大堂里没有一个游客。

我走出右侧的门，甲板上很安静，这个夜晚很黑，没有星光和月光，船舱里透出的灯光显得微不足道。或许是因为宴会的原因，甲板上大功率的照明灯并没有打开，几盏小路灯孤单地亮着，发出的光线好像射不多远就被黑夜吞噬了。

我用足了目力，扫视这段黑影幢幢的甲板，看看到底有什么东西，能号称改变我的命运。

于是我就看见了杨宏民。

当然，最初我并没有认出他，那只是个黑影，在光线很暗淡的地方，一个靠着船舷的黑影。

我立刻就朝他走去，不管怎么说，在几乎所有人都集中在宴会厅的现在，一个独自待在甲板上的人是不寻常的，即便这是个船员也很奇怪。

我的眼睛已经渐渐适应这里的光线，但我还是走到他跟前，才分辨出他是谁。

杨宏民瞪着我，破风箱一样的喘息声从他微张的嘴里发出来，每一次的喘息进行到一半就会卡住，停几秒钟，再喘新的一口。

我下意识地以为他要对我不利，后撤一步，才发现他胸口插着的匕首，脑膛偏左，绝对致命的一击，如果现在把凶器拔出来，他会立刻死去。

竟然是一宗谋杀案！那么是凶手把我叫来的吗，他想干什么？这念头在我脑中一闪而过，此时此刻我顾不得深究，回头大喊：“有人吗？快点来人啊！”

喊了几遍，我却隐隐听见杨宏民发出喘气之外的声音。

连忙转回头，看见他看着我，嘴唇微微嚅动。

刚才他虽然也瞪着双眼，但是瞳孔无神，可现在他眼睛重新恢复了焦距，急切地盯着我。

是回光返照吗？我把头凑过去，想听清楚他对我说的话。

“……老鹰……鹰……老……”他忽地没了声息，再看杨宏民的双眼，瞳孔已完全涣散了。

老鹰？这是杀他的人的代号吗？

海风吹得我浑身冰冷，我绝不相信那张把我叫来的字条只是为了让我第一个给杨宏民收尸。这宗发生在海上巨轮的谋杀案，已经不由分说地把我卷了进去。

脚步声从后传来。

我转回身，刚才的大声呼喊已经把两个负责保安的船员引来。

他们很快发现这里发生了什么，惊惶地冲了上来。

我正要开口对他们解释我为什么会在这里，右手突然发现有异。低头一看，一股恶寒顿时沿着太阳穴蛇行而下，后脖子的汗毛一根根竖了起来。

就是刚才发现杨宏民被谋杀的时候，我都没有这样惊慌失措。

那柄原本插在杨宏民胸口的匕首，现在竟被我拿在手里！

匕首一从杨宏民的胸口拔出，尚未冷却的血从刚才的流淌变成喷涌，我的衣服都已经被浸得黏稠，打湿了半边身子。在这电光火石间，我无心管这些小节，只是愣愣地想着，这匕首怎么会突然到了我的手中？

周围并没有人，匕首是生了翅膀，还是杨宏民死而复生，亲手拔下匕首，塞进我的手里的？

被两名船员扑倒之前我又看了一眼杨宏民，片刻之后他就重重倒在我的身边，显然是死得不能再死了。

匕首已经失手掉落，我被压在地上，心里回想着刚才一刹那间手里的感觉。

原本我的手是松松垂在身体两侧的，发现杨宏民被谋杀后，由于心里紧张，手稍稍捏紧了些，但并没有捏成拳头，而是虚虚弓着。

这样的情形下，如果有一个人站在我身边，瞅准了空子，的确可以把这匕首塞进我手中。实际上，那时我手上突然觉得多了点东西，下意识地握住了，低头去看的时候，才发现是匕首。

可刚才在我身边，除了杨宏民，又哪里有其他人在？

有人把匕首送到我手里——周围只有杨宏民——杨宏民是死人——不存在把匕首送到我手里的人。我的身体被两个船员压得死死的，我的思路也在这个死循环间来回地剧烈撞击碰壁乃至于终于当机，一时间大脑一片空白。

这就像日本侦探漫画里著名的桥段——密室杀人，在看似不可能的情况下，案件发生了。

而现在的情况是，如果我不能找出其中的漏洞，那么……

那张字条，那所谓的改变我命运，指的就是这个吗？

我有和哪个厉害人物结了梁子吗，需要设下这个局把我置于死地？

“太平洋翡翠”号改变了它原先的航线，转航向北，次日凌晨约四点，一艘不大的中国海防艇出现在邮轮边，我被押解上去。同行的还有两名船员，这两个目击证人坚称亲眼看见我把匕首从杨宏民的胸口拔出。当然，还有杨宏民冰冷的尸体。

我能理解这两个自认为抓到现行凶手的船员，起初他们凭着手电光不可能看得很清楚，然后又看到凶器从满身是血的我的手里掉下来，一下子就会联想到我是凶手。而人的大脑有时会根据逻辑，把一些其实并没有亲眼见到的东西当成是真的，电影的蒙太奇手法就是基于人的这种本能反应。我相信这两个人真的以为自己看见了我从杨宏民的胸口拔出匕首，我更确信这两个目击证人的证词将对我极为不利。

昨天夜里突发的谋杀案很快传开了，所有人不一会儿就从宴会厅那里蜂拥而至。他们被船员组成的隔离人墙挡在大堂的出口处，甲板上打开了大功率的照明灯，亮如白昼。这些名流望向我的眼神充满了恐惧，还夹杂着些微的好奇。共处了几天，片刻之前还是冷餐会上同伴的两个人，一个已经命丧黄泉，一个浑身血迹斑斑，成了凶手。

我很快被带走，船上整理出一间原本堆放杂物的小仓房，临时关押我。我的手被极粗的尼龙绳反绑在身后，四个身形彪悍的船员前后左右夹着我。

“这不是我干的，我不会反抗。”他们在绑我的时候我这样说，绑我的家伙听了狠命绞着绳子，勒得我直龇牙。

“那多！”经过围观人群的时候，有人叫我。

是李建，还有其他几个上海的同行，他们站在一起，用不可置信的眼光看着我。

我勉强笑了笑，李建却微微往后一缩。我愣了愣，这才想起不仅身上，刚才倒地时半边脸上都沾满了血，这会儿已经凝结成块，笑起来的时候怕是像从地狱里爬出来的修罗。

“不是我，有人设了局害我。”我只来得及说这一句，就被后面的押解船员用橡胶棍捅着腰眼，踉跄着往前。

一个人被反锁在小仓房里的时候，我想着这些同行回到上海之后的情形。那多成了杀人犯，他杀了曾与之有过小小口角的大科学家……媒体圈里的八卦原本就特别多，传播特别快，而这个惊人的消息，就算我能尽快被还以清白，工作环境也免不了被搅个天翻地覆一团糟。

还有我父母，一定要想办法在从别人口中听见流言之前把情况告诉他们。可是现在，我完全失去了通信的权利。

我看了一眼紧闭的房门，我知道在那背后，肯定有一个，或者是两个人在把守。现在想如何善后似乎太早了一些，突如其来的黑锅，已经把我砸到绝境。

的确，相比李建他们，我并非是普通的记者。我经历过太多他们不能想象的事件，有些事情也极度危险，可正如我拿到字条时有所觉悟的那样，我找麻烦和麻烦找我绝不相同。

我主动参与的事件，可以预先谋算准备，可以通过层层关系网预留后路，可以找极有能力的朋友出手帮忙，甚至可以见事不妙抽身而退，虽然我从没这么做过。而此刻，我已经在局里，连最起码的行动自由都失去了。我能依赖什么，中国的司法吗？但法律是讲证据的，现在有两个目击我“杀人”的证人，还有我行凶的原因，尽管那是不值一提的小事，却也可以解读成杀人动机的。因为鸡毛蒜皮的事情杀人的事并不少。如果我不能找出强有力的证据，法庭上再好的律师怕都无力把我捞出来。

想到那把莫名握到手里的匕首，我又打了一个寒战。每次闭上眼睛，重现当时情况，试图找出线索的时候，我都会全身发冷。邮轮孤悬海上，甲板上光线不亮，但我确信近距离内不会有第三人，而第二人不管当时有没有咽气都不可能做到这件事。没有人，难道有鬼？

这是密不透风的仓房，我却感受到了无形的阴风，不由缩了缩脖子。

“人不是我杀的，真正的凶手还在‘太平洋翡翠’号上。不论你相不相信，小心一些总没有坏处，请留心你的船员和剩下这些游客的举动。”在被喝令顺着绳梯爬到海防艇上的时候，我对站在身前的船长说。

实际上，我隐约期望那暗夜里的黑手再干出些什么来，这样的话，我的嫌疑就会大大减轻。

海防艇向着中国海岸全速开去，我换到一间更小的仓房，看守我的换成了全副武装的海警。

依然理不出一点头绪，曾经我试想过，那匕首会不会是远处隐藏着的凶手，以惊人的准头掷入我的手里，而插在杨宏民胸口的这把，如果柄上绑了透明的细绳，就可以趁我不注意时快速拉走。这是日式漫画里会用到的手段，也的确有偷天换日的可能，只不过多次确认当时的手感，丝毫没有异物撞进手里的感觉，而是仿佛有人轻巧温柔地把匕首放在我手里。是放不是塞，记忆里，我没从手中觉出动能。

略有些希望的，是匕首上的指纹。但越详加思虑，这希望就越是渺茫。如此精巧到诡异的局，会因为匕首上留有凶手的指纹而破解吗？

说起来，把匕首在杨宏民的胸前插进去这样的深度，通常是要留指纹的。可这件事，明显已经超出了“通常”的等级。

我的脑袋里一团乱麻，越想拧得越紧。有时候一个人苦苦思索很长时间之后，会不由自主地产生出一些荒诞的想法，这和长时间盯着一个地方看眼会花是同样的道理。正常的逻辑无法解释我的遭遇，不由得我产生了怪异的想象。

从以前的种种经历来看，这些怪异的设想，虽然匪夷所思，却并不是完全没有可能的事。这世界上难以解释的事情很多，我接触到的那几宗，不过是冰山一角而已。

存不存在一种可能，让一个人就站在我的身边，而我却视若无睹呢？日本已经有科研小组研究出隐身衣，虽然离真正隐身还有相当距离，但通过光线的折射，可以让一个人呈半透明的状态，原本被身体挡住的东西隐约可见。在甲板上的光线条件下，我的注意力又完全被杨宏民吸引，要是有人穿着这样一件衣服，有没有可能让我忽略过去?

可能性很小，但不敢说绝对没有。

或者说，把匕首送到我手里的并不是人，而是别的什么存在？我知道在这大洋深处，生活着一种软体高智慧生命，它们可以改变自己的肤色，自己身体的形状；我还知道有一种生命，并不生活在这世界的任何一处，而是生活在时间之流中。人类对于生命的认识，近五十年来不断因为新的发现而更新，任何一个生物学家都无法回避这一点。

只是我狂想中的奇异生命，为什么要陷害我成为杀人凶手，就是另一件头痛的事了。

要么，当时有某个能人异士躲在暗处，以类似武侠小说中隔空取物的功夫，拔出匕首交到我的手里，这又是一种可能。虽然我还从没听说过有这么厉害的气功师，世界这么大，谁知道呢。

再者，我的朋友，那位让我一见面就心旌动摇又有些怕怕的路云，传承中国古老的幻术密法，是我见过、听说过最善于精神控制的人。如果她有心控制我，肯定能做到站在我面前也叫我看不见，当然她施展密术，从无到有之间，我还是能觉出异常，要是世间有能强出她十倍的人，就可以不知不觉陷我于彀中。

胡思乱想一番，我长长叹了口气。要强路云十倍的人？在我看来路云已近乎妖了。

恐怕杨宏民最后所说的“老鹰”才是关键，把这个破解出来，也许就能解了我的不白之冤。但警方会相信吗？如果一切证据都对我不利，恐怕不久之后我就要身陷囹圄，有谁能帮我奔波追查?

这样下去不行，一定要想个办法。

第二章
兄弟姐妹一起冲 Chapter 2

“我能打个电话吗？”这是我第三次提出同样的要求。

“不行，和你说过多少遍了，听不懂中国话吗？”看守所的警员恶狠狠地对我说。

“就算我是杀人嫌犯，也不会没有和外界通信的自由吧。何况我是冤枉的。”我抗声说。

“等北京警方来人把你押走，你和他们去提要求。在这之前，我们这里可不能出什么岔子。”

“我不会乱打电话的，就是让朋友帮着照顾一下父母，让家里安心。”我急着说，被困在这里，要是连电话都没的打，可真是求助无门了。看看眼前这年纪不大的小警察毫不在意的样子，我又试探着补了句：“您抽什么烟，我让家里给您带条来？”

这警察“哧”了一声，道：“这算什么，我还图你的烟？”说着他打量了我一番，微微点头，说：“这样吧，你填张申请表，要打给谁，准备说些什么内容。我看看再说。”

这是在广州的一个看守所里。

我从海防艇上下来的时候又是一个深夜，直接被押上了警车，如果不是特意问了句，还不知道身处何地呢。

我对广州的印象并不是很好，相比上海，这里的治安要差一截，火车站更是出名的混乱，几次来广州出差，都提着一颗心。没想到这次来，却没了提防别人的资格。

“喏。”纸和笔从门上开的窗里递进来。

“好好想想该怎么写。”他用不知什么东西当当敲着铁门，好像要敲打敲打我的脑袋。

看样子最多只能打一个电话，我曾想过打给父母，很快自我否定掉了。这事情和他们说不明白，徒增他们的担忧，对于解决我目前的困境，他们是帮不上忙的。

思来想去，靠得住并且有能力的朋友，就只有梁应物一个人。

我在纸上写了我和梁应物的多年同学关系，他的大学讲师身份，以及托他照应父母的大致通话内容。

梁应物的另一重身份我自然不会写出来。普通的警察，是不可能清楚他所服务的X机构是个怎样的系统的。

由于我最终要被押解去北京，所以他们还未给我换上囚服，穿的还是原先的衣物。我把裤袋里的一张百元票取出来，塞进一折二的申请表里。我想这就是那小警察的言外之意吧，就是不知这点钱能不能让他点头。

我的钱包连同行李都被警方封存，这点钱忘了是哪一次打牌从李建手上赢来的，因为不多就顺手塞进了裤袋里。

我把纸笔递还出去，然后听见他把折起的纸打开。

没有一点动静，他仿佛没看见那张人民币，一声不响地慢慢走开了。

“是我，是我，那多！”电话接通的那刻，两日来的惊心动魄齐涌上头，身处这步田地，我一时百感交集，不禁语塞。

百元递出不到半小时，我就被领到了给嫌犯打电话的专机旁。我想，这电话应该是有监听的吧。

“别超过五分钟。”那警察说了一句，往旁边让了让，却并不准备回避。

一根电话线连起的是两个世界。

我镇定了一下情绪，然后把此刻自己的处境告诉了电话那边的梁应物。

饶是梁应物钢丝一般的神经，听到我此刻居然是个杀人嫌犯，被关在广州，也不由得大大吃了一惊。

我只有短短五分钟，所以没法和他讲详细的情况，直接告诉了他死者是谁，以及突然出现在我手里的匕首。

在我用急促的语速说到应是有人把匕首轻巧地塞给我，但实际上周围又看不到人时，梁应物只是安静地听，并没有过激的反应。

倒是旁边的警察轻声冷笑，在他看来，我用这好不容易争取来的五分钟，和朋友说什么凭空出现的匕首，显然可笑至极。我说的和先前申请的显然有所不同，此时他倒也不来管我。

梁应物所在的X机构专事研究各类异常现象，我经历的事一般人会觉得荒谬，可他却不会认为我在胡言乱语，反而会认真对待。

我让梁应物去安抚一下我父母，先别赶着来广州或北京，该怎么说他看着办。

估算着快到时间，我又想起一个人，对梁应物说："上海市公安局特事处的郭栋和我有些交情，你和他说一下我的情形，看看他有没有办法。"

在警察的示意下，我匆匆结束通话，梁应物最后说了三个字：你放心。

其实肯定没有什么规章条例说我打电话不能超过五分钟，但俄罗斯首富霍多尔科夫斯基进了监狱也得乖乖劳动缝手套，管你外面什么身份，这一亩三分地警察说了算。

打了这个电话，我多少放松一些，梁应物是我所能想到的最强援，X机构虽是不公开的官方组织，但他们在研究各类怪异事件的同时，也不可避免地会和各种各样的势力体系打交道，梁应物作为颇受器重的研究员，在这个社会里他的能量绝对要比普通政府官员强得多。

而郭栋，去年年底我和他合作化解了一场巨大的危机，他本身是公安系统的人，处理我的事情要更便利些。

有这两个人帮忙，想必最起码我能得到公正的对待，所遭遇的蹊跷怪事，不会被当成我的凭空臆想而忽略过去。

“想什么呢，这边！”我后背的衣服被那看守警一把抓住。

“怎么，不是回去吗？”我记得拘留室的方向，没走错啊。

“谁和你说现在回去？审你了。”他推了我一把，让我往另一个方向去。

“是北京的公安来了吗？”我一边走一边问。

“他们没来我们就不能审你了？”他不耐烦地回答。

着实搞不明白，我只是嫌犯，还没定罪呢，问一句话用得着这样吗？再说还收了我点小贿赂，虽然金额不大。

在审讯室里等我的是个中年警察，虎着脸，面目阴沉。

去年在上海我也被“冤审”过一回，不过半天之后误会就解开了，什么苦头也没吃。那次是郭栋帮了忙，这次会怎么样？看着面前中年警察严肃的脸，我心里一点底也没有。

“人不是我杀的。”我抢先对他说。

“姓名？”

“警官，虽然我所说的你可能难以相信，但……”

“姓名？”中年警察用相同的口气重复了前一个问题。

“那多。”我叹了口气回答。

“真名吗？”

“是的，这你们很容易就能查到的。”

“性别？”

“男性。”

这样回答的时候我心里想，如果他接着问“真实吗”，我就回答“从出生以来就没变过，而且这更容易查证”。

这种情形下还有心情自娱，和梁应物的电话真是让我大大减压了。

对面的人显然没有这样的娱乐精神，他又问道：“职业？”

“记者。上海晨星报社记者。”

我以为接下来他该进入正题，问我案情了。没想到中年警察神情缓和下来，甚至微微露出了些许笑容，问道：“你是跑什么的？”

“我没有固定条线，是机动部记者，跑突发新闻，或者读者打电话提供线索。”

“就是要随时待命喽，那可挺累的啊。”

“是挺累的，不过跑了几年也习惯了。”我小心翼翼地回答，不知道他为什么把审讯变得好似唠家常。

“看你模样挺年轻的，干记者这行几年了？”

“我2001年当的记者，到今年第六年。”

“哦，还不算很长嘛。”

“我所在的那个报社历史不长，而且流动性大，像我这样待足五年的记者，算是资格很老的了。”说到这里，我仿佛有种错觉，这不是警官在审嫌犯，却像我在和一个采访对象聊天。

“是嘛，看样子你还挺受器重的呢。”中年警官微微一笑，温温和和地随意问了句，“那小刀子哪儿买的，品质不错啊。”

我张了张嘴，一时语塞，过了一两秒钟，心脏才后知后觉地凶猛收缩。

这家伙在套我的话！

他这样淡淡一路问下来，前几个问题都是我随口可答的，心理上的惯性，让我下意识地准备回答他的关键问题时，才发现我根本不知道这个问题的答案。如果那匕首真是我的，很可能顺口就说了出来。

这个老刑侦可厉害得紧啊。

中年警察看我张口却没说话，大概是以为我临时把话收了回去，却也不着急，笑了笑，又说：“看见那么多血，会不会很慌？”

“看见那种场面，是有点慌，不过谁都会这样的。”

警察点了点头：“一般来说，第一次杀人是会这样，你还是好的，很多人会呕吐。”

“我是说任何一个人看见这样的凶杀现场都会很不适应，我是第一个现场目击者，而不是杀人犯。”我连忙分辩。

“你以前认识死者杨宏民吗？”

“不认识。”

“这么说一切都是一场偶然喽，你发现了一个凶杀案，可不管是凶手还是被害人都和你没有一点关系？”

“的确，是这样的。”

中年警察又笑了，这次他的眼睛眯起来，像已经瞄准了猎物的猎手。

“你那么肯定你和死者没关系，也不认识他，那么有许多人看见的，在‘太平洋翡翠’号游泳池里发生的那场冲突，和杨宏民差点打起来的，是另一个那多吗？”

我愤怒地站起来，向他大声说道：“你在玩文字游戏，警官先生。我指的是在这场旅行前，从来没见过杨宏民这个人，我甚至没有听说过他。而后一个问题，你利用我急于证明自己清白的心情设了个语言陷阱。难道你打算以这样的把戏来给我定罪吗？”

警察的眉毛挑了挑，好像对我的反应略有些意外。

“当然不是。”他回答，“请你坐下。”

我瞪着他，重新坐下来。

“那多先生，在我看来，你这种徒劳的辩解是毫无意义的。

我相信你之前从来没干过类似的事情，以至于杀人之后愣在现场，甚至你都不懂戴副手套，做点最基本的掩饰工夫。”他不紧不慢地说着，好像已经吃定了我。

“什么？什么手套？”我不明白他话里的意思。

“匕首上的指纹鉴定上午已经完成了，你的指纹很清楚地印在上面。”

“那是当然的，不知怎么回事匕首到了我的手里，我不否认我接触过匕首，有我的指纹没什么好奇怪的。”

“你没明白我的意思，那上面只有你的指纹，杀人的凶器上只有一个叫那多的记者的指纹，而没有什么你声称的另一个凶手的指纹。凶手只有一个，那就是你，那多！”说到后来，中年警察已经声色俱厉，他狠狠地捶了一记桌子，把桌上的茶杯震得跳了跳。

“只有……我的指纹？那肯定是真正的凶手戴了手套。正如你所说，打算杀人的凶手会做最起码的掩饰。”我定了定神，说道。这个结果其实我已经想到了。

“哦？”中年警察冷笑着说道，“这么说来，所有人都在宴会厅里的时候，你独自跑到甲板上去也是偶然吗？你是去干什么的，突然想吹吹海风，还是专程前去发现一个谋杀现场？”

“有人给了我一张字条，让我到甲板上去，说会有改变我命运的东西。看来是有人想好要栽赃给我。”

“谁给你的字条？”

“不知道，它突然出现在我的空酒杯里。”

“就像突然出现在你手里的匕首那样？”警察以嘲讽的口气问我。

“是……的。”我觉得自己回答得无比艰难。

“那么字条呢？”

我无言以对，许久才黯然回答：“掉了。”

的确是掉了，我记不清楚看了字条之后，是捏在掌心里，还是顺手放进裤袋里。不管是哪一种，现在它已经不在我的身上，肯定是在保安扑上来的时候，掉在甲板上了。现在早已经被清扫进海里。

可这个真实的答案，现在说出来，显得这样软弱无力，如果我是对面的警察，都绝不会相信的。

“如果我真的是凶手，又怎么会大声叫人来呢，那不是自投罗网吗？”

中年警察以一种怜悯的眼神看着我，说道：“因为你慌了。你刚才也承认的，那时你慌了。这并没有什么奇怪的，许多人在杀人之后，都会选择投案自首，亲手杀死一个人，那种冲击力，绝对是事先想象不到的，你惊慌失措之下，大声喊来了船员。当时你选择了这样做，现在为什么反倒要拼命抵赖，编出这些荒谬的借口？”

“你真的很有说服力。”我苦笑着说，“如果真是我杀了人，也许这时就说了，可惜不是我干的，凶手另有其人。”

“上午我已经给两个船员做完了笔录，他们亲眼看见你从死者的胸口拔下匕首，我再次告诉你，你的抵赖完全没有意义，因为证据确凿！”

“这是视觉上的误导，他们其实只看见杨宏民的血喷在我衣服上，然后匕首从我的手上掉下来，他们以为应该看见了我拔匕首，其实没有，他们的大脑误导了自己。我希望你请一些好的催眠师为他们做一次潜意识诱导，重现当时的场景。如果你们不认识，我可以推荐上海的……”

“行了！”中年警察瞪起眼睛喝止我。

“你觉得有区别吗？即便他们看见的是你手里拿着匕首，也足以定你的罪。什么匕首凭空出现在你手里，还有什么字条，如果你要编的话，请你编得像一些，好歹你也是有文化的人，不要这么小儿科！”

他盯着我看，摇了摇头，又说：“今天你的态度很不合作。还好这个案子不归我们这里，现在只是要作个初步的案情说明，否则的话……等到了北京正式审你的时候，你要还是这种态度，有的你苦头吃。我劝你好好想一想，要知道你这些说辞根本没有用，杀人动机你有了，就是和杨宏民在游泳池的冲突；目击证人有两个；证物也有，凶器上有你的指纹。这些，已经足够判你了！老老实实地认罪，让你那些个朋友找个好律师，争取个无期。”

说到这里，他又摇了摇头：“老实告诉你，杨宏民是非常有名的科学家，判你无期都难，要是你现在这个态度，哼！”

他整理了一下笔录材料，起身出了审讯室，过了一会儿，看守警进来，把我押了出去。

中年警察抱着材料站在走廊里，仿佛就在等我走出来。我经过他身前的时候，他忽然向我笑了笑。

那是没有任何善意的笑容。

我很快就知道了这笑容背后的含义，关我的拘留室变了。

原先我是单独的一个小间，大概因为我是涉嫌谋杀的重犯，而且很快要转押至北京。可现在，我被领进去的，是个比我先前待的地方大不了许多，却关了四个人的屋子，连我是五个人。门一打开，扑面一股难闻的气味，那是汗酸、脚臭和其他不知什么味道混合在一块儿的味道。我一头扎了进去，铁门在身后轰然关闭。

三坐一站，四条汉子八只眼睛一齐向我看过来。

坐在牢门对角角落里的那个身材瘦弱，鼻尖狠狠弯下去，形成凶狠的鹰钩，两只眼睛眯成一线，里面的目光透着阴鸷。

在他旁边坐着的人一张国字脸，天庭宽广浓眉大眼，见我看过来，冲我点点头，笑了笑，很友善的样子。

我却没有理会他，转而望向另一个坐着的人。那中年警察把我扔到这里来，显然是想给我些教训，这里关着的几人都不会是什么善类，先观察一下，再想想该怎么应对。

至于这向我示好的国字脸，要是换了几年前初出茅庐的我，可能会凭他一张正面角色的脸就给他打高分。不过如今……

要是他真的表里如一，又怎么会和那目光阴冷的瘦子坐在一起？他这一笑，只会让我心里更多一分警惕，已经习惯伪装自己的人，多半是因诈骗之类才进来的。

另一个人其实是蹲着的，背倚着墙，离鹰钩鼻和国字脸一米多点的样子。他身材矮小，头顶原本该是刨光的，也不知在看守所里待了几天，多出了极薄的一层，估计再关些日子就能长成板寸头。本来这样的打扮在混子里算是颇精干的，可他目光闪烁，和我一碰就转开去，弱了三分气势，多了两分狡诈。

站着的那个是四人中最彪悍的，比我高一些，将近一米九的个子，浑身筋肉虬结。他并没有靠着墙，两只垂着的手骨节粗大，不断地张开握紧，握成拳的时候，拳面四个骨节凸出来，如同戴了骨质拳套，张开时则露出手掌中厚厚的老趼。他手上每一次动作，小臂的肌肉都高高鼓起来，上面的黑粗汗毛会随之张开立起，一次又一次，好像有着发泄不完的精力。

这大汉有些兔唇，他向我微微一咧嘴，森森白牙从豁口后露出来。

把牢房里的情形迅速收入眼底，我心里略放心了些。

国字脸和鹰钩鼻多半此前就认识，看起来关系不错。光头和他们应该没太大交情，所以坐得略远一些，但又不是太远，这三个人隐然抱成一团，以对抗那兔唇大汉的凶悍压力。

彼此之间不是铁板一块，就有我游刃的余地，好好处理，争取别吃太大的苦头。

好在这里是看守所，而不是真正的牢房，这几个人彼此相处的时间还不长，也知道要么被放出去，要么转到牢里，反正待不了太久，没什么冲突的必要，还算克制。要真是监狱里的集体牢房，越是凶悍的人关在一起，越是会决出一个说一不二的大哥，新进的人断没有好果子吃。

“兄弟，犯什么啦？”国字脸笑着开口问我。

我知道此时不能示弱，但也不能说我是宰了个人进来的，谁知道这儿有没有摄像头，我这么一说被警察听见，就成不打自招了。

我冷着脸看他，立右掌成刀，横在自己的脖子上，从左到右，慢慢割过，到一半时，速度猛然加快，刷的一声，颈上显出一道白痕，又慢慢泛红。

我朝这几人笑了笑，他们的眼珠都是一缩。就连兔唇大汉，手上的动作也慢了几分。

这一割一笑间我刻意营造的凶残气氛，果然给我镇了下场子。看来我的演技是不错的，只是刚才太入戏，指尖刮得脖子火辣辣地疼。

忍着不去管脖子，我走到另一个无人的角落，慢慢坐下，靠着墙闭目养神。我没心情和这几个人搭讪，希望能就这么相安无事，直到北京来人把我押走。

愿望终究只是愿望，只过了一个多小时，拘留室里相对平稳的状态，因为一个新成员而打破了。

当这间囚室的第六名成员被看守警推进来的时候，包括我在内的所有人都愣了一下。

因为这是个女的。

凌乱的头发让尖下巴外的大半张脸若隐若现，薄薄的耳朵从碎发里翘出来，看起来就像个落难的精灵。

她很年轻。

不知是巨大的声响还是难闻的气息，铁门关上的时候她往后缩了缩。不过她很快发现这是徒劳的，狭小凝固的空间让她逃无可逃。

女孩微微低着头，阴暗房间里的五个男人显然给她很大的压迫。乌黑的眼睛透过飘散的发丝观察着我们，警惕又彷徨。

兔唇又无声地笑了，嘴咧得比我进来时大得多，从侧面我能看见他蛀了的槽牙。

女孩慢慢地退到墙边，一个离我们最远的地方。

实际上，在这么小的房间里，躲到哪里，离其他人也都只是一步之遥。

和我进来后不同，这一次，男人们的目光都追了过去，落在她的脸上、身上，交错着移动着，若是一般的女孩子，此时恐怕觉得这视线就好像切割刀，所到之处都皮开肉绽。

女孩没动，可是她手臂上的皮肤，每个毛孔都因为战栗而突起。

兔唇的嘴到现在都没有合上，我怀疑因为兔唇的缘故，他的嘴再怎样都无法天衣无缝地合起来。豁口后的一抹猩红，是舌头。

国字脸再一次忠厚地笑了。

“妹子，怎么上这儿来了？”他问。

鹰钩鼻用手一撑，蹲了起来，半仰着头，盯着女孩，嘴角斜斜翘起。

光头早已经坐下，脊背贴着墙耸动了几下，发出“沙沙”的摩擦声，他的背上好似一下子痒起来，歪歪扭扭地蹭动着停不下来。

这几人都没什么大动作，但我却觉得，屋子顿时变得更小更挤了。

女孩挡着脸的头发多数已经自然地滑向两边，五官生得灵巧而倔犟，她抿着薄薄的嘴唇，没有回答。

鹰钩鼻站了起来，他斜眼瞥了瞥兔唇，又透过铁门上的窗口看了眼外面，然后转回到女孩身上。

“长得挺漂亮啊，好妹子。”他的声音尖细，又故意说得阴阳怪气，让我心里一阵恶心。

“嘿嘿。”兔唇低笑了两声，浑浊得像喉咙里含着浓痰。

鹰钩鼻慢慢向前走了两步，只是两步，就已经离女孩很近了。

女孩露出嫌恶的神色，往旁边挪了挪。

“哟，你这什么表情啊。”鹰钩鼻转头对国字脸说，“这妞看不起我们呢，哈哈。”

冷笑两声，他突地朝女孩啐了口唾沫，道：“到这儿还装什么纯情，我看你是卖的时候被抓现行的吧，有句话叫什么来着，出来卖迟早是要还的。”他对自己改编的创意很满意，又嘿嘿笑了起来。

女孩头一偏，鹰钩鼻的唾液溅在她面颊上，她有些惊慌，一边用手擦脸，一边贴着墙躲着鹰钩鼻。

“我，我不是的，你想干什么？”

大概因为我是房间里唯一没有任何动作的人，女孩为了躲闪鹰钩鼻，往我这里挪过来。

“都是落了难的，还能干什么？”英雄救美是我的天性，虽然自己的处境很不妙，却也不能置身事外。我用了一个自己觉得比较拽的姿态慢慢站起身，开口说了进这间牢房的第一句话。

鹰钩鼻听了我的话动作缓了下来。他也的确只是想吓吓这女孩，找些乐子，不过要是过了火，这女孩叫起来引了看守警过来，可没他的好果子吃。

女孩侧着脸看了我几眼，又走近了两步，和我站到一起。

鹰钩鼻看看我们两个，嘴里轻轻“切”了一声，走回国字脸身边。

拘留室又恢复了安静。

女孩站在我身边，却并不和我说话，心里显然还提防着。

我站了一会儿，又重新坐下。兔唇的眼睛时不时朝我看，现在这里的格局，我和女孩显然是最弱的一方，刚才扫了这几人的兴头，暴躁的兔唇心里一定很不爽。

我被他盯得心烦，索性闭起眼睛睡觉。

闭目养神了一会儿，耳中听见窸窸窣窣的轻微声响，睁开眼往发声处一看，却是女孩的腿。

女孩就站在我一侧，她穿的是牛仔裤，两条长腿笔直地并立一起。她的腿形很好，这么并紧的时候，两腿曲线密合，连张纸都插不进去。

只是刚才的声音是怎么发出来的呢？

我正在暗自疑惑，相同的声音又传了过来。这次我看得仔细，女孩的双腿幅度极小地互相摩擦了一下。

我仰头一看，女孩咬着下嘴唇，蹙着眉，很不自然。

我猜到了原因，这一出啊……她怎么过呢？怕是过不了吧，我是没办法帮她的。

又过了一会儿，女孩双腿摩擦的频率升高，我能清楚地感觉，她腿上的肌肉完全绷紧了。

她的两手手指一直交错着，这时分了开来，用左手轻轻碰了碰我的肩膀。

我抬头看她。

这里的光线很暗，但她的脸依然红得很明显。

她的腿略略弯曲，像是要坐下和我说话，却又停住了。

我知道她这时应该很难蹲下来，只好自己站起。

“这里，哪里可以，可以……”女孩的声音轻得像蚊子叫，好在我早知道她想问什么。

“应该有个痰盂的吧。”我轻声回答。

这拘押室不分男女，要上厕所都在痰盂里，每天倒一次。

我的动作早引了其他人注意，四周原本非常静，连兔唇的粗重呼吸都能清楚听见，我回答女孩的话也被他们听了去。

光头吹了声口哨。

兔唇转身弯腰，把个一直被他身躯挡住的大金属痰盂端起来，放到牢房的正当中。

“尿还是屎？反正都得在这里。憋不住了？那就来啊。”兔唇沙哑着嗓子，闷闷地说。

“这里？”女孩失声叫起来，“这里怎么行？”

“这里不行，那可以啊，出门往右直走，再过道铁门转左，到底就是，你倒是去呀。”鹰钩鼻冲女孩说。

“别这么说，人家小姑娘面子薄，你就让她拉裤子里吧。”国字脸忠厚地笑笑说。

女孩求救地看着我，可我能有什么办法，还真能让她到外面去上厕所不成？

女孩的腿又快速摩擦了一下。

鹰钩鼻眼尖，笑道：“看样子是憋尿。”说完他居然轻轻吹起口哨来，成心要看女孩出丑。

光头也跟着吹了起来。

兔唇撅起嘴试了两下，可惜他的嘴唇漏风，只听见“嗦嗦”的吹气声。

“妈的，总是搞不定这玩意儿。”他低声骂了句，停了下来。

女孩的身体微微发着抖，她忍得越来越辛苦，下嘴唇怕都要咬出血来。但再怎样忍耐，也总归会有忍不住的时候。我在心里叹着气，看样子，她肯定宁可尿在裤子里，也不肯当着众人的面小解。

我当然可以不管这件事，可这女孩毕竟站到了我的身边，在她心底里，隐约还是希望我这个看起来最面善的男人能帮她一把的。

我知道自己应该坐视，这是最明哲保身的做法。

只不过我天生就是做英雄的命，是不是小时候漫画书看太多的结果？

女孩双手握拳，垂在身体两侧。我轻轻拍了拍她的拳背，走了出去。

我走到痰盂前，兔唇隔着痰盂，紧紧盯着我。

我弯腰去端痰盂。

正要直起腰，肩上一紧，被一只大手死死按住。

“你干什么？”兔唇恶声问我。

“尿尿，你看着我尿不出。”我大声说。

兔唇一愣，手上的力道松了，被我用手拨开，把痰盂端到牢房的一个角上。

我把痰盂紧靠墙角放下，背对着其他人畅快地泻了一泡，然后回转身，向前走了一步，看了眼那女孩。

女孩看着我，微微犹豫，就走到我身后。

水声传出来。我想她此时一定是窘迫到了极点，但这样，已经是能创造的最好条件了。

而挡在她身前的我，却承受着其他四个人内涵各异却都无任何善意的目光。

仿佛过了很久，女孩从我身后转出来。

“谢谢。”她弱弱地说。

兔唇向我点点头。

“有种，小子。”他说。

激烈的冲突终究没有发生，就算是看上去这么暴躁的兔唇，也没真的发作。主要的原因肯定不是我“有种”，而是外面有警察。

现在想起来，中年警察把我换到这里来，只是气不过我的态度给我换个差点的环境，并不见得真要我吃多少皮肉之苦，在这看守所的一亩三分地犯人翻不起天来。是我自己小说电影看多了产生过分的联想。

接下来的几天里，没有更多的“室友”被塞进这间小屋子，人数固定在了六个。我和女孩始终坐在一起，光头和鹰钩鼻、国字脸越坐越近，兔唇也仿佛站累了，坐下的时候越来越多。

睡觉的时候是最可怕的。有一些卷着的草席，都很脏，但这时候也没人顾得上脏，摊开来一躺就行。原本坐着就嫌屋子太小，六个人全躺下时，几乎就没多少空隙了。说的可怕不是指这些，而是兔唇。

兔唇是打呼的，别人的呼是从喉咙深处传出来，厉害的人打呼像闷雷，可兔唇的呼是从唇齿间发出的，空气在他不自觉的情况下以诡异的方式快速通过他嘴唇间的缺口，发出撕心裂肺的啸叫，深夜听起来像鬼嚎，更像炸弹从轰炸机上坠落后扑向地面的凄厉尖吼，彻夜不止。

我是个窗外炸雷都能睡着的人，可兔唇的呼显然已经超出了我的承受范围，没有一晚能睡好，大多数时候处于迷糊状态。我都这样，其他人更不用说，早晨第一缕阳光透过粗铁窗栅栏后的玻璃照进来的时候，除兔唇之外，每个人的脸色都很苍白，并且就这么一天天委靡下去。

我不知道还要在这里待多久，也不知道兔唇还会关多久。不过我渐渐想明白了一点，如果和兔唇干一架能换来他不打呼的话，我一定毫不犹豫地冲上去。

一起关的时间长了，彼此起码也看了个眼熟，气氛不像刚进来时那么紧张，有时也会闲聊几句。不过寇云却一直只同我说话。

寇云，就是那个女孩。自从我替她解围之后，她对我就产生了某种依赖，而别人对她说话，她从来就不答理。这是英雄救美的合理报答，唉，不过我这个英雄现在自身难保，真是可悲。

“哥，你是为什么进来的？”她轻声问我。

自从她第一次和我说话，就这样称呼我，让人心里酥酥的。这是个淳朴的孩子啊，碰到韩剧看多的主儿，肯定会叫“大叔”。

我已经知道她是为什么被抓进来的了，肚子饿偷拿了几个面包，本来还回去店方也不见得会追究，偏偏有个巡察也正好进来买面包……

不过像这样金额微小的偷窃行为是不会被起诉的，估计最多拘留个十几二十天吧，然后遣返。

寇云是个很精乖的女孩，直到和我相处得比较熟悉了，才开口问这个问题。

所以我也不打算比画那个割脖子的手势吓唬她。

“因为我被发现在一个死人的身边。”

这句话有些曲折，不过寇云的反应很快：“啊，那哥你是被错当成凶手了呀？”

“嗬，兄弟你是冤进来的啊。”国字脸说。

“别是骗小姑娘的吧，我可还记得你刚进来的时候，啧啧，还真有那么点凶悍的意思呢。”光头说。

“哥你一定很快能出去的，应该就要查清楚了吧？”寇云看着我，让我有些意外的，是她的语气里能很明显听出关切之意。

我沉默了半晌，慢慢摇摇头。

“不见得，现在的证据对我很不利。”

寇云张口想再说什么，却听见外面有人喊。

“寇云！”

钥匙转动的声音，然后铁门被打开了。

“审你了。”看守警说着把寇云带了出去。

铁门“砰”地把寇云的身影隔绝在外面，我的心也随之震荡了一下。

寇云很快就能出去，我呢，我什么时候能出去？

距离那天和梁应物打电话，已经有三天了。梁应物的效率，每一次都是出乎我意料的高，可直到现在，他一点消息都没有。我原本以为，至少在昨天，他那边就应该有动静，即使不能把我弄出去，也会带个信进来，好让我安心。

到底他遭遇到怎样的阻力？

又或者，是我太心急了吗？

我靠在墙上，眼睛直愣愣地望着水磨石的地面，不知不觉间，一小时就这么过去了。

“走快点，磨蹭什么呢。”外面传来看守警的呵斥声。

“你四处看什么呀？这么好奇的话，就把你关的时间多延长几天！”

铁门打开，寇云被一把推了进来。

“快要出去了吗？”等她在我身边坐下，我问。

“不知道呢，又没和我说。”她一撇嘴。

“哥，能说说吗？”寇云问。

“什么？”

“是有人在害你吗，不然警察为什么认为是你杀的人？”

我也不打算隐瞒，这件莫名的凶杀案闷在心里也很难受，她想听，就说给她听。

在这间小牢房里说话也瞒不过谁，所以我并不刻意压低声音，其他四个人便也听到了我的故事。

初时倒还好，到后来那四人的脸上就明显流露出不信的神色。

不过寇云自始至终，都听得很认真。我想她心里一定也不以为然吧，只是不好意思流露出来。管他呢，这么说一遍我心里也稍稍舒服些。

“很棒的故事吧。”我笑笑。

“哥，我信你。”寇云没理会我的自嘲，看着我的眼睛低声说。

我又笑笑。

信也好，不信也好，对我有什么区别吗？

我只希望梁应物手脚利索些，养兵千日，用兵一时，我和他相交这么多年，赶快出把大力啊。

不过好像他帮我出过许多次力了。

兔唇又扔了两个晚上的炸弹，梁应物还是一点消息也没有。

这绝不正常。

我心里的希望一点点减弱下去。到底是哪里出了问题？以梁应物背后的能量，竟然连传个信进来都办不到吗，这怎么可能？

事实就是这么让我沮丧。

这天下午，兔唇又被押出去审。他是半夜拦路抢劫，两拳把人打得脾脏破裂，险些死掉，现在人还重伤躺在医院里。这是重罪，而且他还有一个同伙，兔唇口风紧，一直不肯交代那人的情况。

少了兔唇明显感到牢房里宽敞一些，这家伙白天晚上一刻不停地给别人压力。

我忽然觉得这房里还有些地方不一样了，四下一扫视，寇云居然没待在我身边。

不知什么时候开始，她跑到铁门口，脸凑着上面的窗户往外看。

我看她张望了很久，忍不住问："你看什么？"

寇云回头冲我笑笑："没什么，就想看看外面。"

"不用心急，你该很快能出去了。"

寇云又笑笑，然后继续看。

女孩子的心思就是这么莫名其妙。我决定不去管她。

约莫又过了一小时，突然外面传来一些巨大的声响。

"哥，你快来看。"寇云向我叫道。

我连忙抢上去，她让出位置让我看。光头他们也跟着跑了上来。

我一看就傻眼了。

竟然会出这样的事情！

看守警倒在地上，满头的血。兔唇在旁边发愣。不过这不是他干的，原本应该高高吊在走廊天花板上的大铜灯现在躺在看守警旁边，这东西很笨重，连着金属灯罩至少十多斤，正砸中看守警的脑袋，那位看来已经晕过去了。

他是仰天倒在地上的，原本捏在手里打算开牢门的一串钥匙跌落在手边。

兔唇愣了两三秒钟，突地蹲下身，把看守警腰间枪套里的枪取了出来，又捡了钥匙，就要发足向外奔去。

“咚咚咚！”光头狠狠敲着铁门。

兔唇停了脚步，转头看了看，就回身跑回来，不但开了我们这间牢房门，更把这一溜五间牢门都开了。

光头狠狠地冲了出去，撞得我一个踉跄，然后国字脸和鹰钩鼻也跟着蹿了出去。

寇云拉起我的手。

“走啦。”她说着也向外跑去。

这时走廊里拥出二三十人，我被裹挟着，跟着寇云往外跑去。

这时兔唇已经把第二道铁门打开，然后我就听见“砰”的一声枪响。

原本默不做声往外跑的人流骚动了一下，但并没有停下。

又听见一声，好像是兔唇在开枪。

不知怎的，看守所里的警察少得出奇，我看见一个警察捂着左肋倒在地上，不是致命伤，另外眼角还晃过一两个穿着警服的身影，没有更多的了。

那倒地的警察挣扎着从枪套里取出枪，却被跑在我前面的那人一脚踢在手腕上，枪斜飞出去。这兵荒马乱的时候人人都抢着冲出去，也没人想要去找那枪，就如一股奔腾的浊流，凶猛地直往外去。

眼前一阵光亮，竟已跑出了看守所。

看守所关押的犯人一般都不上手铐，这时都是一声欢呼，然后朝各个方向散去。

寇云抓着我的手，跑起来像轻盈的鹿，在路人的惊呼侧目中，拐了好几个弯，折进一条小路，转眼跑出几公里。

转进通向另一条路的小巷子，离看守所已经有相当一段距离了，寇云才松开我的手停下来。

我弯下腰，用手撑着屈起的膝盖大口地喘气，每一次呼气都像要把肺里的气抽干。

许久，我抬起头，看着犹未直起腰的寇云，这才意识到自己干了什么。

我越狱了！

第三章

凑上来的神秘妹妹 Chapter 3

一个星期前我还是一名记者，有一种好听的说法叫无冕之王。一个星期之后我成了一名逃犯。

以后该怎么办?

我还从来没有像现在这样一点主意也没有的时候。

怎么当时就跟着他们一起跑出来了？这可和跟着别人后面闯红灯不一样，从众心理害死人啊，这一跑谁还信你没杀人啊，还多一条越狱的重罪。

可难道让自己再回去自首？这又不太甘愿，好不容易才站到自由的阳光里，以前从来没觉得风轻轻吹在脸上是这么的舒服。

我心里犹豫挣扎，对此后何去何从拿不定主意，人也看起来有些彷徨难耐。我这时正在一所公共厕所门前，这样子地徘徊，给人的感觉是想进又不敢进，很快就有一些人把怀疑的目光投了过来。

“叔叔，旁边那个画着烟斗的才是男厕所。”一个好心的小学生跑过来对我说。

“啊，哦哦唔唔。”我这才意识到自己是在女厕所门前磨蹭，却没办法一本正经和这小孩子解释，只好跑得远一些。

可爱的小朋友这么一闹，看我的人更多，让我很想就此抱头鼠窜。但是不行，还要忍下去。我憋着让自己尽量不去看女厕所的方向，心里大骂寇小丫头怎么可以把一个厕所上这么久，她在里面玩起了过家家吗?

“哥。”我正装作低着头观察两只合作无间搬食物的蚂蚁，一个让我大松口气的声音传来。

我抬起头，就明白了自己为什么等了这么久。

我们两个人在看守所里关了这么些天，逃出来之后整个形象比乞丐好不了多少。我是男人，又粗枝大叶惯了，刚才在厕所里洗了把脸，又用水把头发往后一拢，拿十根手指当梳子稍微理了几下就算完事，耗时三分钟，可寇云是女孩子，还是个长得不错的女孩子。

曾有个女性朋友告诉我，女人早上起来耗在自己脸上的时间为两小时并不算多，这样想来，尽管没有用什么化妆品，寇云花这点时间打理几天没管的仪容，并不过分。

牢房里的光线不好，刚逃出来那会儿惊魂未定，寇云更是跑到头发都被汗粘在脸上，现在这么一看，她好像长得比不错还要好一点。

她大概把头发都洗了一遍，湿湿地散着，弯弯的眉梢和细挺的鼻尖上还有水珠，一双眼睛狡黠灵动，见我这样打量，嘴巴笑成弯月，露出尖尖的小虎牙。

“走啦哥。”她伸手挽住我往前走。

其实以她飞扬跳脱的步伐，应该说是拽着我往前走。

只是没走几步寇云就松开我，皱着鼻子说：“你身上的味道好难闻。”

“你也好不了多少。”我反唇相讥。

“哪有！”她狠狠地瞪了我一眼，别过脸去。

看她这般的神情，我在心里嘀咕，莫非她还真认我做哥了？

两个人嬉笑着走了一段，看到一个免费公园，很有默契地一齐折了进去。这是个老公园，走不多远就是个有坡度的小林子，树干粗大，枝繁叶盛，隔绝了阳光。

走在林子里的小径，我们两个都沉默了下来。

寇云在一条青石凳上坐下，她腰里好像别着什么东西，弯腰的时候硌着了，用手略微扶弄了一下。

我早就看出她腰上鼓出一块，既然我们两个的关系好像很亲近的样子，就出言问她：“那是什么东西？”

寇云把手伸进衣服，将那东西拔出来递给我。

我的手一沉，心脏剧烈地跳了一下，顿时觉得手有些发软，险些没扔在地上，第一反应是把头飞快地往两边转，看有没有人在旁边。

好在这是夏日的午后，公园里没什么人，这个小山丘的林子里，就我和寇云两个。

这是一把枪，还带着寇云的体温。

“哪儿来的，这不是被兔唇抢去的吗？”我压低声音问她。心情紧张之下，我浑然没想到兔唇只是我给那大汉杜撰的外号，寇云可不知道这是指谁。

“咦，你也是这么叫他的吗？”寇云瞪大了眼睛，好像我和她给兔唇起了同一个外号这件事，比手上这乌黑的枪还重要一般。

我抓着枪摇了摇：“问你这个呢。”

“不是兔唇的那把啊，我看这东西比刀什么的厉害多了，地上有一把，就顺手捡起来啦。看以后谁敢欺侮我。”寇云露出得意的笑容，仿佛做了一件很棒的事，摇着尾巴等我表扬。

我晕得看她的眼神都涣散了，忙定了定神，说：“不行，这东西不能拿。”

寇云的小脸立时苦了下来：“什么呀，要还回去呀？”

“你知不知道这东西代表什么？”

寇云无辜地大力摇头。

我叹了口气，说：“警察丢枪是很严重的事件，本来我们越狱已经够严重的了，拿着枪的兔唇肯定是重点缉捕的对象，没想到你也拿了一把，这绝对是自找大麻烦呀。拿着枪的逃犯，必要时是可以直接击毙的懂不懂？”

看着寇云眨眼睛，我强调说：“击毙，就是打死！”

“哎呀，扔掉扔掉！”寇云一下子跳了起来。

“你才知道麻烦呀。”我盯着她看，把她盯到乖乖低下头，重新坐下来。

还真像一个顽劣的妹妹呀，我不禁在心里这么想。

不过我刚才讲的绝对不是危言耸听，希望警局的监控系统没有拍到寇云捡枪的画面，否则就大大的糟糕。如果公安系统真的完全发动缉捕我们，恐怕躲不了多久我们就得被抓住。

我又不准备拿枪做大案，也不准备在警察发现的时候公然持枪拒捕，带着枪在身上，除了麻烦还是麻烦。

“不能随便扔，还是埋掉吧。”

趁着四周无人，我蹲下身子，直接拿枪做工具，在青石凳边的一棵大树下挖起坑来。至于枪是不是会挖坏，谁管它。

寇云得了我的嘱咐，在旁边站岗放哨，以防被人发现。

“喂，你捡枪的时候动作大不大？要是真被拍下来就糟糕了。”我一边挖一边说。

“不大，绝对不大。再说那时候这么乱，有谁会在旁边拍照呀。”

“小姐，你不知道有种东西叫摄像头吗？警局里装很多这种东西的。”我歪过头看她。

寇云不好意思地摇头。

“还有种东西这几年很流行的，叫针孔摄像，你要是不知道会很危险的。”

“针孔摄像？和打针有关系吗？被扎到会不会很痛？”寇云一脸怕怕，看到我一副败给她的模样，不好意思地说，“哥，我从村子里出来不久，很多东西都不太懂的。”

“你们村子是与世隔绝的吗？”我知道现在农民也很新潮的。

“差不多吧，我们基本上都不出来的。”

我心里好奇，不过还是先解释了什么是摄像头和针孔摄像。

“哥，你放心吧，我速度很快的，摄像头多半拍不到。”

我摇摇头，心想这小丫头还在嘴硬。

这时候我已经挖出一个颇深的洞，枪管里也塞满了土。我把枪放进去，站起来用脚把旁边的土拨进去，却突然想到一件事。

先前从看守所里逃出来的时候，自始至终，寇云都拉着自己的手往外冲，一步也没有停过，她怎么会有机会捡枪？

莫非是别的什么人捡了在奔跑中递给寇云，她把这一点瞒着我，现在却看着我把枪埋掉，这个满口叫我哥的小女孩，究竟有怎样的图谋？

我心里方自一凛，又觉得不可能。这把枪应该就是警察被踢飞的那一把，踢飞的方向，也和当时人流冲出去的方向差不多。可在我的印象里，没有一个人弯腰去捡过枪啊。

寇云说她捡枪的速度很快，难道说这并不是嘴硬，确实很快？在奔跑中不弯腰捡起地上的一把枪，并不是说就绝对不可能。

我脑中浮现起这样的画面：一群人发了疯似的拼命往看守所外面跑，混杂在其间的一个小女孩在奔跑间以脚尖轻轻一钩一挑，地上的枪腾空而起，被她一把抓住，塞进衣服里。这整个过程可能只需要一秒钟。

难道会是这样？

然而这样的动作，一般人是绝对做不到的，就算是警官学校的优秀毕业生，肯定也做不到，因为一般的对抗不需要用到这种程度的技巧。

那么一个能在快速奔跑中完成这个动作的人，要经受怎样的训练，又为什么要经受这样的训练？

这样一路想下去，我发现这个名叫寇云的女孩着实不简单，脚上的动作也放慢了。

低头看看土已经差不多被踩平，我转回身看着寇云。

“你真的不要这把枪了吗？”

“当然不要了。”寇云不好意思地笑笑。

我心里又犹疑起来，受过这种程度训练的人，肯定不会无目的地行动，这小女孩取了枪，却隐藏得如此蹩脚让我发现，并且眼睁睁地看我拿枪当铲子糟蹋，这说不通啊。

“你……刚才是怎么捡枪的，你不是一直跑在我旁边吗？”我犹豫再三，还是问了出来。当记者这些年我见过各种各样的人，实在觉得这女孩不像有坏心。

“啊……”寇云竟然被我问了个张口结舌。

“我……跑的时候一踢，这个枪就到我手上啦，哈哈。”

这个回答倒是和我设想的一样，不过看这小丫头支支吾吾，显然是我想错了。

看着她强自镇定的拙劣表现，虽然心情沉重，我也实在有些想笑，随手捡了块石头扔在她前面，说：“你就把这石头当枪，再踢给我看看。”

小丫头来回拨弄了好几次，脸上淌了好几道汗，最后退出老远，恶狠狠地冲上来抬腿冲石头就是一脚，石头“嗖”的一声不知飞到哪里去了。

她冲我一摊手：“没办法，刚才那是危急关头，超常发挥，要不我们回去再来一次，说不定就行了。”

看她装得像真的一样，活脱脱一个耍赖的刁蛮丫头。

现在看来，虽然她不肯说实话，却也只属她不愿告人的私人隐秘，而不是存心要算计谁。我也就不再追问，事情的确蹊跷，可谁没有点秘密呢。

我重新蹲下身子，从旁边连根挖了棵草，移植到枪上面，算是做了最后的掩饰。

“哥，你想好没？”

“什么？”

“接下来该怎么办啊，我们不会很快就被抓回去吧，被抓回去会怎么样？”寇云胆气不足地说着，抓着我拼命跑出来，现在她也知道怕了。

“你身上有多少钱？”我问。

寇云东摸西摸，整出一小堆角子和几张纸币。和我身上的加起来也不足一百元。

这点钱能干啥？

“我的包都被警察搜走啦。”寇云愤愤地说。

“不过……本来就没什么钱，要不然也不会……”她吐了吐舌头。

我想起来她是怎么会被抓进来的，果然不会是个有钱的主儿。

“你本来就没什么事，估计警方不会花大力气抓你的，你在广州打工吗？换个城市多半能混过去吧。”

“我没地方去呀，你不会要赶我吧，不行，我要跟着哥。”寇云的小脸垮下来，眼巴巴地看着我。

“没地方去？我都没问过你，你到底是干什么的，不工作吗？”

“我是出来找哥的。”

“找……找我？”我一脸惊愕，怎么会是找我的？

“不是，是找我亲哥哥，他叫寇风。”

哥来哥去的，实在是让人误会，我忍不住在心里冒出来这么一句念白：你到底有几个好哥哥……

原来寇云所在的村子，位于湖南的一片群山中，和外界几乎不来往，电都没有通，到邻近通电、通公路的村子要走上近一天的山道。这村子自给自足，村里的孩子也不送出去读书，由大人自己教，长大了也不出山，就这么祖祖辈辈守着家乡过下来。村子里的长辈隔很久才到邻近的镇上去一趟，所以教孩子的内容比旧时的私塾先进不了多少，就是古文、历史、地理，还有些微的物理、化学常识，更有些是教错了的。寇云不知道摄像头是什么便是这个原因，就连照相机啊、枪啊，她也只是模模糊糊晓得一点而已。

不过年轻人究竟是好奇心强，长辈偶然出去回来，透露出的些许内容，就让村子里仅有的几个年轻人心动不已。五年之前，寇云的哥哥寇风瞒着村子，深夜离开，留下一封简短书信，说要去见识外面的花花世界，三年之内一定会回来。

结果这一去就是五年，杳无音讯。

寇云和她的胞兄自小关系就极好，寇风一走，她每日里在村头张望，盼寇风有一天能带着给她的礼物回到村里。日复一日，年复一年，终于在三个多月前的一天，她决定自己去把哥哥找回来。当然，和寇风一样，也是留书一封，夜半三更偷偷溜走。

听她说了这一段故事，我心里却在偷偷地想着，看寇云说到寇风时思念的神情，两人的关系肯定是好的，但以寇云这样的性子，如果说偷跑到外面只是为了找哥哥，我是说什么都不信的。

到今天居然还有这样的村子，着实令我啧啧称奇。倒不是说这村子的落后，我知道在一些地方的原始森林中依然有一些部落，非但不通路，不通电，生活方式甚至比寇家村更落后。让我奇怪的是寇家村在思想观念上的封闭。明明隔段时间就有村里人到镇子上去，见识了现代文明之后，怎么会回去依然这么守旧，连下一辈都自己教，而不谋求送到外面有个好前途呢？

在现在的中国，都是越穷的地方，越希望自己的下一代能走出去，可寇家村反而禁止儿孙外出，搞得寇云、寇风要出来闯世界还非得深夜留书溜走，这是怎么回事?

如果寇云真是从小长在村里，那么她刻意隐瞒的一手奔跑中拾枪的本事，就是在村子里学的。这寇家村恐怕隐藏着不为外人所知的秘密呢。

这和我并没有关系，我自己的事情才真正是要命，身背离奇血案，更有警方缉捕……不过在青石凳上坐了这么久，我已经有了初步打算。

“寇云，听我说，你也许并没有什么大事，原本在这一两天就要被释放的，但我肯定是会被重点照顾的。虽然和你相处得很愉快，但要是你一直跟着我，什么时候警察把我逮到，你就跟着一起倒霉啦。”

寇云没有说话，眼睛使劲眨了两下，然后就变得雾蒙蒙的，很快凝聚成形在眼眶里滚来滚去。

我叹了口气，说：“你也叫了我这么多声哥，所以我是真心为你好，找份工作，有稳定的收入再想办法找你哥哥，警局那种地方，进去一次就足够了。”

寇云小嘴一瘪，眼睛又眨了一下，泪蛋蛋就掉了下来。

我摇摇头：“你想想清楚，真要跟也随你，只是我觉得这实在……”

我话还没说完，寇云就欢叫一声，抱住我的胳膊使劲摇晃，脸上笑逐颜开，虽然泪痕犹在，却哪有半点悲戚的模样。

“我很厉害的，不管是逃警察还是查真凶翻案，一定可以帮到你的。”

“你哪里厉害了？”我轻轻抽出胳膊问。

小丫头的嘴像金鱼一样张了几下，却没说出话来。

“知道啦，你又聪明又漂亮，肯定能帮到我。”

“就是，这些人家自己都不好意思说的嘛。”寇云满脸都是笑。

“走吧，我还需要打个电话。”

这时太阳已经失去了大部分热力，开始向西倾斜。

公园门口是个书报摊，经过的时候，看见今天的《羊城晚报》已经到了，正放在最醒目的位置。头版上一个黑色的大标题让我心里一紧，赶紧掏钱买了下来。

没想到《羊城晚报》记者的消息这么灵通，当天就把这宗越狱案子报道了出来。

读完整篇报道，一个盘桓在胸口许久的问题终于得到了解答：为什么我们这么轻易就逃了出来？

原来今天正好是广州公安系统的身体素质考核暨比武大会，不达指标是要下岗的。所以看守所里大多数的员警，都去长跑和跨障碍了，而这看守所多年没出过犯人逃跑的事，尽管人少了一大半，也没加强警惕，这才出了事。

或许是因为时间紧，报道并不太详细，只说总共有二十三名嫌犯逃走，没登载嫌犯的姓名和照片，让我大大松了口气。

不过最后，被采访的广州市公安局局长表示，对重要的逃跑嫌犯，会发布全国通缉令，这真是个糟糕的消息。

“咳，我是那多。”拨通了梁应物的电话，却讪讪着不知该怎么说下去。我可是在公用电话打的，得想想怎么措辞不会让旁边的电话老板报警。

“听说你越狱了？”梁应物很从容地问我，倒把我小吓了一跳。

“咳咳，一不小心……就跑出来了。”

“等到你的电话就好，晚上我来广州，见面再详细说。”

梁应物说话依然是这么干净利落，问了公用电话老板我现在所处的路名，和梁应物约在前面的路口见，他已经打听好，六点多有一班上海飞广州的班机，我们把见面的时间定在晚上十点。

“你那个朋友，可靠吗？”我挂了电话，寇云期期艾艾地问。

比你更可靠……当然这只是我在心里想想的。

“很可靠。”我肯定地回答她。

“那我们晚上能不能吃顿好的？他一定会借你钱的吧。”

我握紧了拳头。还以为她在担心什么……

“我们一共也没多少钱，你想吃什么好的？”

寇云两眼放光地望向某个方向。

我胆战心惊地跟着转过头去。那里是——麦当劳……

真是淳朴的姑娘啊。

寇云近距离望着面前的麦乐鸡套餐，还没吃表情就已经很满足。

还好，和我原本的担忧相反，寇云的饭量并不大，一份套餐就打发了。我可是见过一个人能在麦当劳消费七八十元的主。

而我只是一个巨无霸汉堡，足矣。

还是要省着点，虽然我的确准备向梁应物勒索钱财，不过吃完饭还有很长一段时间要消磨，我可不愿意站在大街上乘几小时的凉。

“喏。”我把一张餐巾纸推到她面前。

“干吗？”

我指了指她的嘴。她左手鸡块右手薯条，不同颜色的酱汁分别沾在两侧的嘴角上。

一截舌头在嘴巴周围迅速溜了一圈，清理的结果让我看了直皱眉。

“吃完一起擦啦。”寇云拿着薯条的手向我摆了摆，一滴蘸上的番茄酱“嗖”地飞上我的鼻尖。

我哭笑不得，那张餐巾纸只好自己先用了。

看着寇云把最后一根薯条送进嘴里，还意犹未尽地吮了吮手指，我把手指向厕所：“你还是直接用水洗吧。”

寇云应了一声，快活地一路小跑进了洗手间。

我忽然觉得，真有这么个妹妹也挺好的。

“你偷跑出来这么些日子，都是怎么过来的？”等寇云洗完小脸小手回来，我问她。

“刚出来的时候呢，什么都不懂，在附近的村镇和县城转了好久，问了好些人，都不知道我哥哥。”寇云说到这里不好意思地笑笑，“现在我才知道原来外面是这么大，人这么多，我哥既然从家里跑出来，当然不会只在附近转，时间又过去了那么久……再后来，我碰到一个人，他说可以帮我找哥哥。”

“哦？碰到好心人啦？”

“是呀，好心人带我坐了好久的火车，把我卖到一个村子里啦。”

我吓了一跳，寇云虽然不是个笨丫头，相反还鬼灵精怪的，但第一次出村子，什么都不懂，被花招极多的人贩子骗了也不奇怪。“那后来呢？”

寇云一撇嘴：“后来？跑呗，那个想娶我的老男人一看就让人恶心。”

“你就这样跑出来了？”我瞪大眼睛看着她。

“是呀。”寇云轻描淡写地说。

被人贩子卖掉的女孩都想跑的，但极少能真跑掉，基本上都会被抓回来打一顿，再跑再打，直到认命为止。那些地方偏僻，村民又凶悍，邻近村庄彼此互通一气，花大钱买个花姑娘，肯定看得死死的。

不过想到寇云的本事，我也就释然了，天知道她受过怎样的训练，那些要抓她的村民再强健也都是普通庄稼汉，怕还吃了她不少苦头呢。

“跑出来以后，才知道已经在广东，所以呢就一路流浪来广州啦。也没特意找哥哥了，外面太大了，还是先好好玩……嗯嗯熟悉一下。”

我看她满不在乎地说着，心里却知道在广州这么个混乱的地方，一个年轻漂亮的女孩可不是这么容易在街头生存的。寇云并没有向我诉苦，但她这三个月所经历的危险苦难，恐怕比一个都市寻常少女十多年的总和还要多。就是因为受了很多磨难，在看守所被我这样一个素昧平生的陌生人挺身保护后，她才会敞开心扉地全然依赖我吧。她怎么都不愿一个人离开，宁愿冒着被警察抓到的危险也要跟着我，恐怕正是受够了那种孤苦无依，需要对人处处提防的生活。

心里感慨着，嘴里随口问道：“你吃饭睡觉怎么办？从家里拿了多少钱出来？”

寇云挺起胸说：“哪可能，我可是赤手空拳闯世界的。钱嘛，哼，这里到处都是坏人，我就劫富济贫啦。”

我心里暗道未必吧，只偷坏人的钱，那她是怎么被抓进来的呢？转念一想，她是偷面包进来的，不是钱。

寇云在标榜自己“劫富济贫”的时候不知道收敛一下，搞得周围桌子的人都往这边看过来。

“走啦。”我忙一把拉起她往外走。

寇云嘻嘻笑着，我把门拉开，让她先出去。

她突地踮起脚尖，在我面颊上轻轻啄了一记。

“哥，你是我这几个月里碰到的最好的人呢。”她在我耳边说，然后精灵般飘出去。

门外的风吹在我的脸上，湿润的地方微凉。我摇了摇头，走出门去。

出了麦当劳往前的街角就是和梁应物约定的地点，不过现在离十点还有几小时。拐过街角走不多远就有几家酒吧，我和寇云此时就坐在其中一家的二楼，隔着栏杆就是跳空的一楼演艺池，那里的两座高台上，穿着三片布的辣妹们正在跳着劲爆的热舞。

身上的钱正够要两瓶啤酒，打算慢慢磨到十点钟。

“奇怪的味道。”寇云咂吧着嘴说。

“你没喝过酒吗？”我问。

“喝过村里自己酿的粮食酒，味道很不一样啊。”

“那当然，你酒量怎么样？少喝点。”

寇云当即大大喝了一口。

“没事……其实味道真不怎么样。”

她咂咂嘴，又把目光移到两个热舞女郎的身上，两眼放光。我看她坐在那里，手脚却随着音乐扭来扭去，好像恨不得也跳上去一般，真是个好动的小鬼。

两个女孩跳了足有半个多小时，这才退到后台休息。这种全身上下没有一处不动的运动，让我跳十五分钟大概就吃不消了。

音乐变得舒缓下来，分贝也不那么大了。刚才那样子，根本就没办法说话，所以我和寇云一样，只能一边紧紧盯着女郎水蛇般狂舞的身段，一边喝冰镇的啤酒润肺定神，其实还蛮爽的。

“哥，我们接下来是不是要逃出广州？”小丫头看别人跳舞看得一头细汗，兴致勃勃地问我。

我差点被啤酒呛到：“虽然我是不准备继续待在广州，不过你能不能用好听一点的词，这不是在玩躲猫猫，也不是在玩追捕游戏，说到逃你有必要这么兴奋吗？”

“哦。”寇云应了一声，不过没过多久，又憋不住，低声问我，“那我们会偷渡去哪里啊？是不是要找蛇头，从陆上越过边境，还是坐船啊？”

好在我没在喝啤酒，真不知道她在外闯荡的三个月都知道了些什么，回道：“那你觉得去哪里比较好？”

寇云皱起眉头，很认真地盘算着，喃喃地说：“要隐蔽，不能被人轻易发现，要热闹一点，人多一点，这样不容易被注意到。还要舒服一点，不能太亏待自己。”她说着声音渐渐低下去，我也听不清她又嘟囔了些什么，突然听见“咕噜”一声，她吞了好大一口口水。

“想好没有，去哪里？”我催促她。

“我们偷渡去迪士尼好不好？”她涎着脸问我。

如果手头有黑笔，我一定在额头上画三道粗黑线，来映衬我此时的心情。

寇云满眼的梦幻，还在说着："有过山车坐，有动画片看，有棒棒糖吃，还有棉花糖。"

"你知不知道什么叫偷渡？"

寇云直了会儿脖子，终于摇了摇头："有点知道，还……有点不知道。哥，我又饿了。"

才吃完麦当劳没多久，哪有这么容易饿的，怕是想到棉花糖，馋的吧。

"没钱，忍着。"我没好气地说。

"知道不可能，我就是做做梦啦。哥，你会去哪里啊？"

"反正不可能去国外，至于到底去哪里……可能，北京吧。"

是的，就是北京。不过还没碰到梁应物，或许计划会改变也说不定，所以也不准备在这时和寇云多说，就让小弟拿来两套骰盅，和寇云玩起吹牛。

这是个酒吧里相当流行的游戏，寇云此前从未玩过，但规则简单，一学就会。

每人六个骰子，摇定就不能再动，用骰盅盖着不让对方看见自己的点数。两人十二个骰子摇出十二个数字，一个六比一个五大，两个一比一个六大，理论上最大是十二个六。每个人尽可能往大里叫，一来一往，相互攀升，等到有人觉得对方叫的数实在大得过分，就可以选择开盅，比方叫到八个五，开盅一看两个人十二个骰加起来不到八个骰子摇出的数是五，对方就输，反之则对方胜。

我们约定，输的人吃一口酒，算作彩头。一开始输了两盘我还觉得没什么，可玩到后来，我竟然没有一盘能取胜，这实在是太不可思议了。

我自觉颇会察言观色，往往还耍些小花招，以往和别人玩，总是赢多输少，今天竟然在一个初学者手里一败涂地。小丫头脸上倒也没什么掩饰，每一次看了自己的牌都是喜不自禁，好似总拿到绝妙好牌，和我对叫的时候也有恃无恐，要么一路叫上去，要么就开牌，没有一点犹豫。

有几盘实在是输得太过离奇。一回寇云叫到了六个五，恰好我这里一个都没有，就叫开牌，因为除非她的六个骰子都摇到五，不然就是我赢，没想到她居然齐刷刷就是六个五。另一回她叫到了七个六，我这边只有一个，一开牌又输了。还有几次，我的牌非常好，寇云要求开牌的时候，她的牌里只要有一个或两个我叫的点数，我就赢，偏偏她竟一个都没有。

我们本来酒就不多，喝到后来我只能抿一抿，但酒还是很快只剩下大半杯的量。

我停手不赌，盯着寇云的脸看了半天，她只是笑。

她肯定是做了什么手脚，可到后来我全神贯注看她的动作，竟然也无法瞧出一点端倪。

“这啤酒一点都不好喝，哥你还是乖乖全都喝了吧。”寇云把骰盅摇得哗啦啦直响，志得意满地对我说。

“我是让着你呀，你以为我会看不出你在使诈吗？”

“哪有使诈，你说，我怎么使诈了？”寇云虎着脸问我，好像一点都不担心我真的看破她的手段。

见没能诈住她，又说不出她怎么使的诈，我只好郁闷地摇了摇头，把剩下的啤酒一口气喝了个精光。

这时音乐声突地又震耳响起，刚才的两个女孩重新出现，不过这次却不是在高台上跳，而是在一楼舞池的中央，在射灯轮番的照耀下领舞。在她们狂热的舞姿引导下，越来越多的男女开始进入舞池，随着音乐节奏扭动起来，现场的气氛再次火暴。

小丫头又开始坐立不安，我对她说：“要是想跳，就下去跳吧，不过别跳太久，就快到十点了。”

寇云“腾”就站了起来，不过却来抓我的手：“一起跳嘛。”

我性格里藏着保守的一面，从来不愿意在这样的音乐里忘形大跳，觉得别人看来一定奇丑无比，所以坚决摇头，死都不肯动。

两个人正在拉拉扯扯的时候，音乐声却一下子轻了下来。我正奇怪不该只有这么短的跳舞时间，却听见喝骂声从下面传来。

我们两个把头伸出栏杆看了一会儿，才知道刚才发生了什么事情。

这酒吧里本就龙蛇混杂，刚才一众人挤在舞池里跳舞的时候，居然有人伸手去摸中间身材火辣的领舞女郎，恐怕还摸了不止一下，那女孩到后来实在忍不住，就给了那家伙一耳光。没想到这下捅了马蜂窝，顿时四五个混子模样的男人把那女孩围在了中间。

刚才领舞女孩被吃了多少豆腐已经说不清楚，但叫骂不止的那个男人脸上可是手印宛然，几个家伙都喝了些酒，这时候撒起泼来，非要那女孩给个说法。

这女孩估计也没什么江湖经验，碰到这种情况，手足无措，只是哭。

旁边围观的人倒是很多，但看这几个男人气势汹汹，保不准还带着凶器，所以都没有出头的意思，只有一个领班模样的男人在旁边劝解。

那几人看这情势，越发地嚣张起来，被打的男人先是伸手狠狠扇了女孩一个耳光，又用手掐着她的下巴，污言秽语喷薄而出，却突然大叫一声，捂住头顶，痛呼间血从头上流了下来。

那个砸中他脑袋的啤酒瓶碎裂开来，掉落在地上。

“他妈的是谁？”旁边的几人没一个看清楚这酒瓶从何而来，这时四下张望。围观的人都向后退了少许，以示此事和自己无关。

还没等他们找出真凶，一人突地指着上方大叫：“小三，小心又来了！”

刚才被砸到的那人闻言抬头，却见又一个啤酒瓶从天花板上垂直就这么掉了下来。或许这人刚才被敲晕了头，看见酒瓶冲自己而来，满脸惊恐，居然并不逃避，好像要用他的脸迎接这酒瓶一般。眨眼之间酒瓶就落到了他的脸上，这次却没有直接撞碎，碰落到地上才爆散开来。

这可怜的人脸上如同开了酱油铺子，却一声不吭，仰面栽倒。旁边一人连忙伸手去扶，结果一齐栽倒在地上。

寇云拍手大笑，我觉得她似乎有点高兴过头，转头看去，桌上两只啤酒瓶早已不见。

我心里吓了一跳，拉起寇云就走。等下面那几人回过神来，查查哪桌上少了啤酒瓶，就能知道是这丫头干的好事。我刚从班房里出来，并不惧这几个混混，但马上就要同梁应物碰面，这是至关重要的事，可不想惹这一场风波。

下了楼，从围观的人群背后绕了出去，好在酒账先付掉了，并没有什么人注意我们。

这时已经过了九点五十分，我拉着寇云，往约定的地点走去，心里却依然狐疑不定。

这酒瓶是寇云扔出去的无疑，可怎么我却对她的动作没有一点感觉，直到看见少了瓶子才反应过来？

虽然刚才我的注意力被楼下吸引，但寇云就在我旁边，她伸手拿瓶子扔出去，照理我眼角的余光会有所觉察才对。

想到先前我紧盯着她也没办法看出她是怎么出千的，我心里微微释然，可这样一来，这小丫头身上的神秘之处不免又多了几分。

更奇怪的是，刚才第二个瓶子落下时我看得分明，并不是一个抛物线，而是从上到下垂直掉落，这才让下面的人分不清楚瓶子从何而来。

要让我无法察觉瓶子是从我身边飞出去的，酒吧里声音嘈杂掩盖了破风声，这倒还罢了，但瓶子的初始速度肯定得快得惊人。这样的速度飞出去，到那人的顶上却要硬生生把向前的势头改成向下，这世界上居然有如此巧妙的运力技巧吗？

寇云年纪轻轻手上就有这样的功夫不去谈，怎么我却觉得，能让瓶子以这样的轨迹运行，并不符合力学原理？

难道我到了武侠书里的世界，寇云小小年纪是个内功高手，把内力附在酒瓶上，才有这样匪夷所思的表现？

可我分明还记得，逃出看守所的时候，跑了这么点距离，寇云喘得比我还厉害呢。

“把人砸得头破血流还这么高兴。”我佯装骂她。

“那几个人实在可恶，我一时没忍住嘛。”寇云吐了吐舌头。

我心里一沉。果然是她干的。

我到底是什么命，连落难的时候，黏在身边的一个小丫头，都藏有如此神秘的谜团。

走到街角的时候，离十点还差五分钟。梁应物还没来。

时间已经很晚，但空气闷热得像要下雨，没有丝毫凉风。那么长时间没洗澡，觉得身上黏得快连衣服都撕不开了。

站在街角，看着偶然经过的路人，二十分钟后，依然没见到梁应物的身影。

几缕阴影慢慢爬上了心头。

第四章

被揭下的通缉令 Chapter 4

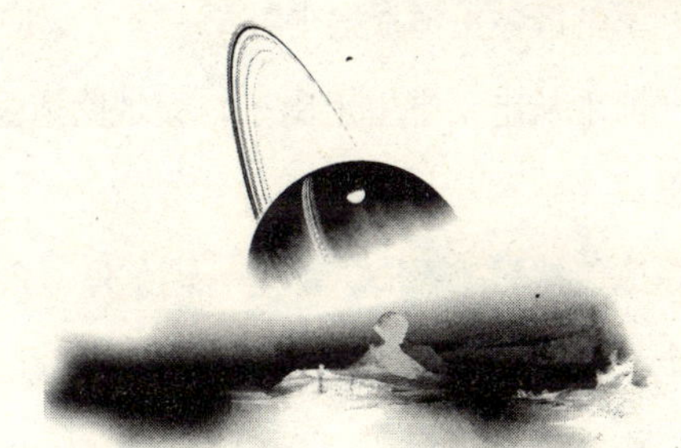

十点四十分。

雨点从一开始的稀疏，变得渐渐密集起来。

在这样闷热的夜晚，冰凉的雨滴打在额头和背脊上，本应是相当爽快的，可是站在黑夜里的我，却觉得这冷冷的雨并不是打在我身上，而是一点点敲进我的心里。

“你有硬币吗？”我问寇云。

她摸出枚一元硬币，默默递给我。

我走向不远处的投币电话亭，寇云突然问我：“哥，要是他不来怎么办？”

我没有回答，径自把硬币塞进投币孔。

究竟是什么阻挡住了他？

拨过去，铃声只响了两下就断了。是被摁掉的。

我心里就像被重锤狠狠击打了一下，梁应物竟然不接电话！

我怔怔地从电话亭里走出来，突地两道强光打过来，晃得我眯起了眼。

我一惊，然后才看清，那是一辆急停下来的出租车。

一个人推开车门走出来，正是那个让我心情坐了回过山车的混账梁应物。

“干吗不接电话？”我劈头问他。

“这个时间，区号是广州，只有你打的。我已经到了，何必多此一举。”他撑起一把长柄伞，慢悠悠地回答。

居然这个时候还要摆绅士派头……

“怎么这时候才到？”我恨恨地问。

“飞机误点，这很正常。”梁应物很轻松地答道。

我斗鸡一样看了他很久，终于忍不住笑出来。

梁应物也笑了，扔了个小包给我。

我接过拉开拉链一看，里面是一沓钱。旁边还有一个手机，没记错的话是他从前淘汰下来的。

我什么都没和他说，但他已经料想到我此时的处境。

看厚度，至少也有一万元。

“这么多？”

“好耶，可以再去吃麦当劳了。哥，你这朋友真好。”寇云不知什么时候凑上来，看见这沓钱眉开眼笑。

“要还的。”梁应物快速补充了一句。

真是个以杀风景为乐趣的家伙。

“你什么时候又多了个妹妹？”梁应物看看寇云，问。

“这事一两句话还说不清楚，还是先把住的地方落实好再说。”

我和寇云这时已经被雨淋得湿透，总不能在大街上和梁应物聊几小时。

在便利店买了些换洗的内衣，我们找了家小招待所开了两间房住下，条件不太好，走道狭窄，灯光昏暗，一开房门是股怪味，有地毯的消毒水味，有不知哪里发出的霉味，还有下水道的臭味。

不是舍不得钱住好点的宾馆，而是稍正规些的地方都要求提供身份证，我和寇云现在都没这玩意儿。再说警方如果下了通缉令，小旅馆也没有这么快收到。

女人对脏的承受力永远要低于男人，所以寇云一进自己屋就洗澡去了，我则在隔壁把怎么碰上她的事告诉了梁应物。

“哦，那她就这么赖上你啦？”梁应物问。

我还没回答，隔壁就传来她的大叫：“赖上啦就赖上啦。”

我吓了一跳，这里的隔音真是太差了，看来得压低声音说话才行，不知另一边有没有住人。

“这丫头人挺不错的，就是有时候比较疯。”我苦笑着说。

“你现在是泥菩萨过河自身难保，居然还有闲心扶老携幼！”梁应物不以为然地说。

我笑得更加无奈，寇云就像块牛皮糖，粘上来就扔不掉了，我还能怎么样，赶她走，还是自己逃走？好像哪一样都挺难做到。

“这事怎么处理你自己斟酌，你的案子究竟是怎么回事？上次电话里你说得太简单，我从侧面了解了一些，最好你再详细说一遍。”梁应物不再和我讨论寇云，把话题转到我身上背的这宗血案上。

我低声把这件事的经过，以及所有能回忆起来的细节完完整整地给梁应物说了一遍。在我讲述的时候，梁应物一言不发，神情冷峻。

说到一半的时候门铃响了，寇云裹着浴巾站在门外，让我小吃了一惊。

“怎么不穿衣服？”

“脏死了，洗了晾在浴室里，明天就会干的。”寇云毫不在意地趴倒在一张床上当听众，两只白生生的小腿跷在天上。

我只好不去管她，对梁应物全部说完后，直勾勾地看着他，接下来该他告诉我，从别的渠道他都了解了些什么。

“这件事不简单，有很深的背景，恐怕我帮不了你太多。”良久，梁应物说出了这么一句话。

我无声地点了点头，对事情的复杂性我在看守所里苦苦等待的时候，就已经作好了心理准备。

“在接到你的电话之后，我通过好几个关系，想把你先保出来，可是……这个案子被压住了，公案部成立了专案组，动不了。”

“专案组？”我瞪大眼睛问。

“是的，虽然你这个嫌犯被当场抓住，但很快还是成立了专案组。我打听不到其中的内情。”

“抓到我却还成立专案组，这么重视却没有立刻来广州把我押解到北京？”我皱起眉头，这其中的确很蹊跷啊。

“是的，如果是一般的凶杀案，我肯定可以想办法介入调查，但是这个杨宏民凶杀案的调查组是全封闭的，不透半点风声。我通过机构里航天方面的专家了解到，这个案子可能和杨宏民的专业和职务有关，有非常高的保密等级。可是我们机构的那些专家，因为研究方向的关系，和国家航天系统里的那些专家一向不对路，所以也了解不到进一步的情况。”

“那么郭栋呢，他怎么说？”

“我最先打电话过去的时候，他拍着胸脯说一定要帮忙。可是我第二天就找不到他了，手机始终关机。他的同事说他出任务去了。”梁应物微微摇了摇头，显然对郭栋相当失望。

我也叹了口气，想起来和郭栋也不算相交很深，不能指望人家出死力相帮。

“你这一越狱，这事情就没办法走正常渠道解决了。”梁应物说。

我不由得转头看了眼支着脑袋听故事的寇云，不是她拉着我，我还不一定这么痛快就跟着跑出来呢。

“老实待在里面你就能走正常渠道解决了？刚才听你这么说好像也不是嘛。”寇云嘟着嘴说。

梁应物听她这么说倒不生气，反而点头说：“那倒也是，比起被关在里面动弹不得，起码你现在主动些。如果能查清楚是怎么回事，就是越了次狱也能洗干净。再说看守所和真正的监狱还有所区别呢。你现在有打算了吗？”

“很简单，只有抓到真正的凶手才能让我真正恢复自由。而要抓到真正的凶手，首先就要搞清楚杨宏民是为什么被杀的。综合你所说的，这一定不是普通的仇杀，我想去北京，杨宏民在那里工作、生活，我相信他最后所说的那只‘老鹰’会是解开谜团的关键。如果可能的话，我想去他住的地方看看。那或许就是他卧室里的一幅画，或者橱柜里的一个雕塑，或者电脑里一个名叫‘老鹰’的文件。”

梁应物笑了：“我就猜到你不会什么都不做，你从前破解过许多不可思议的谜团，这件事也终有水落石出的一天。”

尽管知道这是他在安慰我，我还是冲他笑笑点头。我当然要想办法自救，不能把所有的希望寄托在别人身上，哪怕他是我最好的朋友。

“保持联络，有什么需要就提出来。我这里也会继续努力，那个专案组不可能真的铁板一块，我有信心最终还是能知道那里面是怎么回事，只是需要一点时间。还有，你打算怎么去北京？”

我张开嘴，却没说出话来。我还真没好好想过这个问题。

“坐飞机是肯定不行啦，直接在广州买火车票去北京也有些危险，就是不知道警方对你会用多大的力气追查。我建议你买辆自行车，骑出广州。”

“骑车去北京？”我眼睛一亮，这倒是个相对安全点的办法。

“如果你真能骑过去，倒是最查不到踪迹的办法了。你看情况吧，撑不住了也起码得骑到哪个小站再换火车。”

“骑自行车？好啊！”小丫头兴奋地从床上蹦起来，“啊呀”一声又趴回去，因为浴巾松了。真不知道骑自行车有什么好高兴的。

不过第二天，我就知道了原因。

梁应物清晨就飞回上海了，我和寇云在附近找了个车行，花三百五十块买了两辆自行车。

寇云在车行里左看看右看看，两眼冒光，可是等车子买好了，出门我跨上车骑了几步，却发现她没跟上来。

我绕了个圈骑回去，看看扶着车把的寇云，问：“怎么啦？”

“你得教我呀。”她说。

“你不会骑？”我眼睛顿时就瞪圆了。

寇云小脑袋点得像鸡啄米。

“不会怎么不早说？”

“不会可以学嘛，早说万一你反悔不买了怎么办？我家里没有自行车，有自行车的那几个小浑蛋都不肯给我骑，让我眼红很久了。”她摸着自行车花里胡哨的横杠，就像在摸一件心爱的玩具。

我太阳穴上的青筋突突直跳：“小姐，俺们这是要去逃亡滴……”

“所以才要赶紧学会嘛。有句话叫什么来着，对了，技多不压身。”

我看了看自己骑着的自行车，琢磨着要不要一溜烟逃走，再也不管这个魔王样小丫头。

“哥，你要扶住哦，一定要扶住哦。”寇云两眼盯着前方，手臂僵硬，紧张地大叫。

“放心骑吧。”我说，心里默默念了句“扶住才怪”。

要想快速学会骑自行车，不摔几次怎么行。这可不是我公报私仇。

“身体放松，眼睛别死盯着一个地方，注意找到平衡的感觉。”我回忆着自己初学时我哥对我的教诲，依样照葫芦地对寇云说。

不得不说寇云还是相当有天分的，没多久就找到了平衡点，兴奋地回头准备向我表功，却骇然发现我居然没像她想的那样扶住车的后座。

“啊……”她尖叫一声，车身左一扭，右一扭，哗啦啦倒在地上。

我抢上前拉了她一把，所以她并不是摔得很重。

她趴在车上，抬起头来看我，鼻子一皱嘴一咧。

“别哭。”我喝止她。

“你骗我，说好要扶住的。”她倒是很听话地把眼泪缩回去了。

我一把把她拉起来，然后扶起车交到她手里。

“你已经找到平衡点了，回忆一下刚才的感觉，再试试，你很快就行了。一直扶着你学不会的，就得摔几次才行。你得快点学会，我们没有太多时间。”

寇云小嘴上下左右努动了几下，挤出一声：“哦。”

她也怕惹恼了我真丢下她不管，果然不笨，挺识相的。

又过了半小时，我看她已经稍微有点样子了，就正式起程，照着早已选定的路线，往广州城外骑去。

寇云实在是好玩，刚刚学会，就蹬得飞快，脸涨得通红，显然正热血沸腾中。

“慢点，慢点，会摔的。”我跟在后面喊。

没喊几声就真的出了事，她为了避让一个横穿马路的大妈，车子歪歪扭扭往路边冲去，还没等我反应过来，已经撞在一个摆了好几个铃羊角的地摊上，一个长长的羊角被她的前轮轧过又被她一脚蹬住，脚再抬起来的时候，角已经折了。

做少数民族同胞打扮的摊主急了眼，一把拉住她。

“赔，你得赔我的角。”

“赔你啥角呀，快放开我，没看见城管正追我哪！”

我刚想上去帮她解围，听见她这句话立刻停住，左顾右盼，做不认识她状。

“什么……什么城管，在哪儿？”同胞吓了一跳，立刻往她的来路张望起来。

“看什么哪，等被你看见了我哪还跑得了啊。”寇云用力一挣，从同胞的手里脱出来，扶起车一溜烟就跑了。

我跟在寇云后面飞快地拐过街角，回头看了一眼，那同胞已经拎着地摊垫布的四角打成一个大包裹，慌慌张张地准备撤了。

寇云的车技奇迹般地跃升了一大截，蹬得又快又稳，拐了好几个弯，确认不可能被追上才停下来。

她拍拍胸脯：“好险好险，城管保佑。”

“我发现了，你是个小骗子。”我觉得自己要以全新的眼光去看她，在这样危急的关头居然能吹出这样高水准的一个牛来，真是一流的判断和反应。

或许昨天我玩骰子游戏吹牛完败给她，并不是没有理由的。

“嘿嘿，急中生智，急中生智。”寇云谦虚地说。

这时定下神来环顾四周，不由得吓了一跳。我们竟然停在了警局的门口。

只是这时候却不能“哎呀”一声跳起来就跑，我和寇云打了个眼色，慢悠悠地推着车，做闲逛状从警局门前走过。

其实这时候跳上车逃跑，多半也没有哪个警察会追上来，所以我们这样的举动，也是一种做贼心虚。

这样慢慢地走过大门口，却看见旁边一溜的宣传板，上面贴满了通缉令。

心里犹豫了一下，便对寇云说：“你到前面等我，我看一下。”

“一起看。”她说了这一句，就推着车走到通缉令前。

越靠近警局的地方，通缉令纸张的新旧程度越新，我很快就发现了兔唇的通缉令，省公安厅发布的，日期是今天，看来是早上刚贴上去的。

接着我又看见了国字脸和鹰钩鼻的通缉令，这才知道他们原来是人贩子。

“没我们耶！”寇云已经先一步我看完，跑到我身边压低声音说。

怎么会没有我？

我来回数了一遍，昨天逃出看守所的二十三个人里，有九个人被通缉了，其中只有一个是杀人嫌犯，其他所有八个人的罪名，都比我的轻。他们都被通缉了，怎么没有我？

我走到国字脸通缉令的旁边，盯着那里的宣传板。

国字脸通缉令的右边是另一个我不认识人的通缉令，可是这两张通缉令并不和其他所有通缉令一样，是紧贴在一起的，而是隔了一个挺大的空位。照这空当的大小看，正好够再贴上一张通缉令。

我仔细观察，发现这里原本的确贴过一张通缉令，但被撕掉了。由于贴的时候胶水粘力足，撕去的时候，有些地方还留着一层薄薄的白色底纸残痕。

其中有一小块地方，粘着的纸比较厚，还能隐约看出通缉令原本的字迹，不过能看清楚的只有一个字“杨”。在“杨”字后面的字只能看出一个偏旁，是“木”。

对照旁边的通缉令格式，“杨”字所在的地方，应该是在叙述通缉嫌犯所犯案子的内容里面。想想自己，如果有通缉令那内容里肯定会有杨宏民的“杨”字，看来这张被撕去的通缉令十有八九就是通缉自己的，有“木”字旁的应该是个“某”字。

不敢多留，招呼寇云上路，一下下地蹬着自行车的踏板，我心里却琢磨着这张被撕去的通缉令。

谁把通缉令撕了这点很好推测，通缉令从贴出来到现在没几小时，谁有那么大的胆子在警局门口撕毁通缉令？当然只有警察自己。这张由省公安厅发出的通缉令是被紧急召回的。

“嗵”，寇云用力一提车把，前轮腾空跳过一个小坑。

才学会骑车竟然就玩这样的花样，我还来不及骂她，初学者的后轮就在小坑边别了一下，“哎呀”一声，重心顿时不稳。

我正期待看到她跌得四脚朝天，没想到她急扭龙头，刹车，单脚撑地，居然险险地停住了。

我以为她会满脸羞愧低着头等挨训，可她却抬起头，一脸掩不住的笑。

“哥，没有通缉我们呀，那我们是不是就没事了？”

她刚才在警察局门口不敢放肆，现在骑出了这么远，满心的欢喜终于忍不住爆发出来。这其中固然有对她自己不在其中的释然，恐怕更多的还是为了我吧。

我有些感动，不过对她的话，却只能报以默然的摇头，重新往前方骑去。

寇云连忙也骑起来，几下赶上我。

“怎么了哥？没通缉令你还不高兴？”

我迎着风叹了口气：“如果有通缉令那才是正常的，我刚才看过了，被撕掉的那张应该就是通缉我的。现在的情形，反而是很不正常的，是祸不是福啊。”

其实昨天梁应物所说的话，已经说明了问题，现在和警方通缉相对照，更说明了这宗发生在公海上的凶杀案，有着非同一般的内情，让警方不能以一般的凶杀案来对待了。

通缉令是省公安厅发出的，那么解除对我通缉的命令是哪里发出的？

怎么想都觉得那个专案组不可能放任我自流，撤销通缉令是为了不让地方警力或普通警力介入，换而言之，对我的追捕是秘密进行的。一旦我被再次抓住，肯定就难以和外界接触了。

想到这里，我不由悚然而惊。

这一刻我有些怀疑，我去北京，算不算自投罗网?

我略略和寇云说了，她知道我的前因后果，所以也有些沉默。不过很快她就打起精神来，鼓励我说她一定会帮上我，让我得以昭雪。我不由莞尔，她不给我添麻烦就谢天谢地了。

路上又经过一个派出所，再次停下看通缉栏，确认自己真的没有上通缉榜。这至少代表，一般的住宿、交通，都不会有问题。

两个人照着买来的地图在太阳下骑了近十小时，从城市到乡镇到农田，沿着京广线向北去。寇云说说笑笑，还时常出些小差子，其间终于又摔了一跤，擦破了手肘。她是有意开解我，我的心情因此变得轻松许多。管他前面有什么在等着，都要闯他一闯，要是被人这么轻松就诬陷成功，那我也真是太逊了吧。

等到夜色完全驱走日光，我们骑到了距广州一百多公里的沙口，这是京广线上的一个小站。

寇云对自行车的新鲜劲头早已经过去，从玩耍变成纯体力活，近几小时都无精打采的，所以我决定在这里搭火车去北京。我们不在通缉之列，这又是个小站，想来应该没有危险。

骑车去北京的话，别说寇云绝对吃不消，一路经过些穷乡僻壤，还可能有不必要的危险。用自行车当交通工具的确比较难追查，但我这么个没学过反追踪的半吊子，相信用尽全副手段，也没办法在真正行家的眼前遁行。所以还是坐火车早几天到北京，用有限的风险换有限的时间，按自己的思路进行调查，争取在被警方逮到之前将自己洗刷清白。

在小站的售票处买了票，离火车到站还有一个多小时的时间。我们在小站附近找了个旅馆，付五十块钱开了个钟点房，洗去了一身的臭汗。

把自行车在站前的小广场上一扔，我敢打赌不到一个星期就会有新主人把它们领走。火车打着震天的响鼻慢悠悠地开过来，晚了十分钟。停靠小站的都不会是特快列车，这班车是普快，到北京得明天傍晚时分。

上车的人三三两两并不多，都扛着不少行李，只有我们两个最轻松。我背了个新买的帆布包，主要是为装钱的小包打个掩护，还装了些饮料、零食。除此之外就什么东西也没有了。

硬卧的条件并不好，不过这只是相对的，看守所里出来的人，哪还在乎这个。时间已晚，硬卧车厢只在走道上亮着小灯，好不容易找到自己的床位，旁边的几人都已经睡下。这里也不方便聊天，寇云下铺，我中铺，睡去也。

临睡前我给梁应物发了个短信：明日五点到京。

手里捂着包，我在动荡的黑夜里慢慢沉寂。

醒了很多次，我好像在梦里知道了杨宏民是怎么死的，但醒过来就忘了，回忆的时候又睡过去，就这样反反复复，车窗外的夜色渐渐地淡下去了。

觉得时间已经不早的时候，看了次表，居然还不到七点。挣扎着再次入梦，然后到了七点三十。旁边有人起床洗漱，车厢里走动和说话声开始响起来，又拖了会儿，终于睁开眼睛。第一件事紧了紧手里的包，还在。铁道线上贼多，慢车或普快尤其不安全，这是救命钱，可不能遭了贼。

把头伸出去看看下铺，小丫头呼呼睡得极香。从包里取出湿纸巾擦了脸，又往嘴里塞了两条口香糖，以此代替刷牙。

手机里有一条梁应物发来的短信。我以为自己睡得很浅，却竟然没有听见短信的提示音。

“杨宏民，南京人，六十七岁，中国工程院院士，航天科技集团公司高级工程师，中国登月计划专家组成员，负责空间运载技术顾问指导。工作地点：北京航天科技集团公司总部——酒泉基地。登上‘太平洋翡翠’号之前已经三年没有休假，北京和酒泉的工作时间约六四开，都有配给的居所。其家庭成员都居南京，所以实际上杨基本独自生活。之前四个月，杨一直在北京，居住地址×××××××。目前其居所应处于空置状态。行动时请多多注意，不要太勉强。”

我笑了，他和我还真是默契，这么快就查到了杨宏民在北京的住址。

“收到，谢谢。”我随手回了一条。

梁应物没有回复，估计还在睡觉，这条消息是昨天凌晨发给我的。

我本来还在筹划，要使些怎样的手段才能搞到杨宏民的地址，现在梁应物把它送到眼前，省了许多事情。

不过，我虽然是被冤枉的，这次在北京，少不得要真做些违法的事情了。从盗墓专家卫后那里学来的几手本事，这次要在实践中检验灵光不灵光。

离到北京还有很久，没什么事好打发时间，在铺位上啃完面包，趴着发了会儿呆，又不觉沉沉睡去。这一次却比昨晚睡得更香更沉些。

迷糊中觉得耳朵突然痒起来，伸手一拍，抓到一只嫩猪手。睁开眼睛，却是寇云拔了根头发在挠我痒痒，这时被我抓住手，贼兮兮地笑着。

我把她放开，看了看表，竟然已经快十一点钟了。

“哥，你还真能睡啊，不是属猪的吧？”

“我早上起来过啦，那时你还睡得满嘴吹泡泡呢。”我立刻反击。

“切……”寇云耸耸肩，把头歪到一边。

上铺是空着的，对面床位的三个路人甲、乙、丙，或许是我心情不佳的原因，看起来面目无趣，丝毫没有攀谈的欲望。

便宜妹妹缠着我多讲些自己的事情，就和她坐在走道的翻板小椅上，随便捡了些有趣的采访经历。寇云出来闯世界三个月，也只是见着了这世界的一角，我说的事儿让她极感兴趣，不时插嘴提问。比如我说到卧底采访回收泔脚油烧小龙虾，她会追问什么是小龙虾，盱眙十三香是哪十三香，味道怎么样，然后狂咽口水，一脸向往；比如我说有一次去采访个欧盟经济官员，自己英语不好又没翻译，于是装酷和她讲中文，那个官员结结巴巴满脑门的汗，她又问我，什么是欧盟，盟里有几个人，盟主是谁，还让我说几句英语，听完总结说，俺这鸟语没她老家林子里的鸟说得好。

中午买了火车上又贵又难吃的盒饭，吃完之后寇云爬回床上睡午觉，我想她可能有些轻微的晕车。

“嘟”的一声，我摸出手机，是梁应物的短信。

“知道了一件奇怪的事情，和你也有些关系。”

“是什么？”我立刻回复他。

“你们的这宗越狱案，广东省公安厅的特事处介入调查了，因为新成立经验不足，他们请了我们机构在那里的分支协助。”他很快发来新的信息。

“难道这不是一次意外？”我发出这条短信的时候，心里也奇怪起来。这次轰动的越狱，是因为一盏大吊灯突然落下，砸晕了看守才发生的。难道说那吊灯掉下来并不是偶然的吗？

“初步调查那可算是一宗神秘事件。”

我看了这条短信心里极度不爽，这厮在短信里还要吊我胃口，痛快说出来不行吗。打了个问号直接发给他。

“吊灯是由一串环环相扣的铁环系着的，突然掉落的原因，是当中的一环突然脱落，但是供电的电线无法承受吊灯的重量被拉断所致。可是事后发现，所有的铁环都是完整的。”

铁环是完整的，这是什么意思？我一时间想不出这其中神秘在哪里。

“说得详细些。”

“如果因为年代长久，磨损腐蚀之类的原因导致铁环断裂，那么依然垂在天花板上的那半截铁链的最末一端，或者掉在地上的吊灯上铁链的最前一端，这两端的两个铁环，其中肯定会有一环是断裂开的，只有这样它们才能分离开。还有另一种情况，就是铁环原本密合的接缝口被拉开。但现在没有，所有的铁环都是完整的。”

我对着手机上的小小屏幕愣住了。

梁应物还嫌解释得不够详细，很快又发来一条补充。

“就像这两段铁链天生就是分开的，现在要把它们重新连在一起，必须把接缝口撬开，穿上后再重新用力合拢。现在的情况，要么是有一个铁环突然像水汽一样蒸发了，原本连在这环上的两个铁环自然分开；要么是有一个铁环突然穿透了另一个铁环。不管是哪种可能在物理学上都无法解释。”

“听起来像是魔术师的套环魔术。”

“是的。目前不确定这神秘现象是自然发生的，还是非自然发生的。”

非自然发生？那就是指人为了。当时距离现场最近的是兔唇，直接受益者也是他，可怎么看，他都不像有这种本事的人哪。

“不过这事情没看出和你的案子有什么关联，你就当个八卦听听吧。有没有觉得放松一点？”

“这就是你独门的开解人的方式？”

又和他打屁了几个来回，结束了这次长时间的短信沟通。

他最后一句问候是“记得早点还我钱”。

我的最后一句回答是“收到你羞羞答答的关怀了”。

下火车先带寇云在肯德基大吃了一顿，我这才知道不是她胃口小，而是那天还算是照顾我的。这次吃准我口袋里有钱，连啃了五对鸡翅，最后是两只手捧着肚子慢慢挪出门的。

“请把身份证给我。”

“呃……”

在广州顺利无证入住让我放松了警惕，以为在北京找个小宾馆也不用身份证，却不料这是首都，要比广州严得多。

“只要一张身份证，不管是你们当中谁的都行。”前台的服务员再次对我说。

“吧嗒”，一滴水掉在柜台上，又是一滴。

原本就心虚的我心里一抽，难道是自己冒的汗，怎么不觉得呀。

小男生服务员的脸色也微微变了。

我转头一看，寇云已经泪如雨下。

“我们……我们……”她抽噎着话都说不完整。

“别哭，别哭。”我嘴里安慰着，心里却反而安定了下来。和这丫头认识不久，了解却已经很深了，这般的大哭，必然有诈。

果然，寇云顺着我的话头往我怀里一倒，说道：“哥你还说没问题呢，现在怎么办呀，该死的小偷呀，呜呜，要睡大街上了呀。”

“我们的随身小包在火车站被抢了，钱倒是还剩一些，可是证件都没了。”我对服务员说。

“可是……可是我们有规定的啊。”他为难地说。

“哼，都是坏人，坏人！”寇云从我怀里探出头来，用红红的眼睛盯着那男孩。

她的气势太足，那男生朝旁边撤了撤，脸也红了。

“要不，要不……你还记得身份证号吗？”他迟疑了一会儿终于松了口。

五分钟后寇云摇晃着身子当先走进宾馆标准间，她得意地往床上一坐。

“我的功劳哟！”她翘起脸说。

“你的功劳，小骗子。”

她躺倒在床上滚来滚去，好像小骗子是一个至高的赞誉。看她这模样，我怀疑她离家出走之后，村里的人恐怕还是比较庆幸的吧。

“我去找个朋友，可能晚些回来，你先睡吧。”

寇云“腾”地坐起来。

“这么晚还要出去啊，去哪里啊，能不能一起去？”

我摇了摇头：“还是我自己去吧。”

小丫头的嘴顿时撅得可以挂油瓶。

“乖，明天带你去买漂漂衣服。”

“真的？”她的眼睛立刻亮起来。

“嗯，对了，你就睡这张床，不要换来换去。”眼看着她刚才几下就把床搞得乱七八糟，连床单都狠狠皱了起来，我赶紧先打好招呼。

“哥，你不会是要偷跑去那个杨宏民家里吧，那样的话我也要去哦。”

“不是不是，真的只是见一个朋友。”

“是女朋友吗？”

……

好不容易把寇云搞定，我轻轻关上门的时候，却突然发现，自己居然顺理成章地和她住同一间房，都没有什么不自然，好像是从小看到大的亲妹妹一样。

按照佛家的说法，这是缘分。

我已经想好了，如果能够顺利解决自己的事，那么就给她在上海找份工作，安定下来，不必再四处流浪，至于她哥哥，可以托公安系统的朋友帮着留心寻找。如果我自己的事解决不了，那也绝不能把她拖进这潭泥沼里来。

所以今天晚上夜探杨宅，可不能带着她。

问了几个人，找到家小五金店，买了一段铁丝、一把钳子和一个小钢钩。然后打车到杨宅附近，在家网吧上了会儿网，打了会儿赛车游戏。

时间很快过去，从杨宅小区门口的保安亭前走过的时候，已经接近凌晨两点。

保安什么都没有问。

杨宅在一幢多层的二楼，楼道里用的是声音感应灯，我用力跺了一脚，在灯光下找到了二零一室。

我看着这扇门，杨宏民就曾经住在这里。

灯光熄了。我在黑暗里轻轻呼吸。

从口袋里摸出买的工具，我要对付的是两道门，一道是防盗门，一道是普通门。

在没有钥匙的情况下开锁，其实有很多种方式。

最暴力的是硬撬，这会发出声响，显然我不可能这么干。

还有一种就是万能钥匙。

万能钥匙其实是外行的统称，其实种类繁多。比较著名的一种，是最早出现在欧洲的一套由钢丝、铁钩和齿模制成的组合拨动工具，又叫做“百合匙”，意思是“一百种开锁工具组合而成的钥匙”。这样一套万能钥匙价值不菲，已经渐渐成为某些专家、收藏家的藏品，特别是由欧洲一些著名锁匠所制的百合匙，每套的价格可高达数十万美元。

另有一种中国当下的盗贼比较常用的万能钥匙，看起来和普通的钥匙差不多，分为一字锁、十字锁几种类型，这样的钥匙不像普通钥匙有很分明的棱角，而是钥齿上的起伏平滑不明显，插进锁孔里，用特定的方法使力，就能轻松开锁。

当然还有先进的高压膨胀气囊、高频振动毛刷和电动电磁开锁器，更有超导软射线探测仪、超声波高频探测仪和激光扫描仪，它们利用各种光波、射线扫描和探测锁具内部结构，将其轻易打开。

这些器具，都不是现在的我所能搞到的。

不过，每个五金店里都能买到的铁丝和钢钩，在一个经受过专业指导的人手里，已经足以打开这世界上大多数的锁了。而我恰好就有一次兴趣大发，在卫后那里接受过五天的专业训练。用他的话来说，高科技依赖多了会变笨，我学的这几手小技，如果去做贼，已经可以糊口了。

用钳子剪了一小段铁丝，再弯成一个特定的弧度，塞进锁孔里，然后另一只手上拿着的钢钩，也慢慢伸了进去。

感觉着里面的结构，回忆起那些天的练习和卫后的话，摸索了五六分钟，终于找到那个点，铁丝和钢钩一起抵住，然后慢慢转动。

锁打开了。

有了经验，我打开里面那个普通门锁，只花了三十秒钟。

一切如此的轻易，我把门推开了。

里面和外面一样，黑暗，静寂无声。

老鹰……我真的能在这里得到线索吗？

我深吸了口气，踏前一步，进入屋里，轻轻把房门关上。

我伸手在旁边的墙上摸索，灯的开关应该就在这附近。

灯亮了。

灯亮了，但我还没有摸到开关。

这灯不是我开的！

一时间光明大作，强烈的光暗对比让我眯起了眼睛。

“那多！”一个声音说道。

第五章
迷雾之鹰 Chapter 5

“那多！”

就像被当头浇了一盆冷水，全身的毛孔“刷”地张开了。

我没有转身就逃，那是可笑的举动，既然在这里布了网等着我，我就不可能逃得掉。

我陷入巨大的颓丧中，心灰意冷，觉得这下子全都完了。

可是为什么这个声音，听起来却有些熟悉？

几秒钟后，我的眼睛适应了光亮。

这是一个挺大的客厅，在我面前只有一个穿着便衣的人。.

果然是熟人。

“郭栋！怎么是你？”

这位上海公安局特事处的副处长，怎么会跑到北京，在杨宏民的宅子里等着我？

“杨宏民这个案子的调查组，我是副组长。”

想起梁应物对我说，郭栋出任务找不到，原来他竟是出的这个任务！

“这儿不会只有你一个人吧？”我很快让心绪平复下来，问他。

“为什么不能是我一个人？”

“哦，不怕我逃跑吗？”

郭栋笑了：“你为什么要逃跑？”

他在沙发上坐下来，指了指另一边的沙发。

“坐。”他就像一个主人，微笑着招呼我。

这事情蹊跷得很，不过也代表着有转机。

“你猜到我会来这里？”

“你从看守所里跑出来，不可能甘心永远当逃犯，所以肯定要查清楚这是怎么回事，给自己找回清白。你说你没有看见凶手，那么你就会从死者着手调查，当然就要来北京，而这里是可能有线索，却比较容易进入的地方。我已经等了你一天了。”

我从他的话里听出了玄机，连忙问道：“你觉得我是清白的？是你自己这么觉得，还是你们这个调查组都这么认为？”

“原本调查组是有这个怀疑，不过我加入调查组之后，就基本把你的嫌疑排除了。因为他们原来从常规的资料里，并不能看出你到底是个怎样的人，有过怎样的经历。”

“你是主动加入这个调查组的？”我插嘴问了一句。

郭栋微微点头。

原来他对梁应物说的一定会帮忙，是选择这种方式啊。

这的确是最好的方式，如果我真的是清白的，那么彻底解决问题的办法，就是加入调查组把案子查清楚。

“我对你熟悉，所以加入也很自然。而且在我加入之前，他们就已经有所怀疑了。”

“是不是有我不知道的情况？能说吗，我想我这里也有些你们还不知道的线索。”

“哦？你有新线索？”郭栋眉毛一扬，有些诧异。

“是杨宏民临死前对我说的一句话。”我微笑着没有再说下去。

“你小子还真是鬼。好，我先说。杨宏民的休假是从他踏上‘太平洋翡翠’号的三天前开始的，临上船的前一天夜里，他打了个电话给酒泉卫星基地的对月发射总指挥，说他会提前结束休假，完成‘太平洋翡翠’号的旅游就赶赴酒泉，届时会有一些情况和他商量。”

“什么情况他有说明吗？”我问。

“是关于在今年一月份已经顺利完成的一项运载任务。具体是什么事情，当时杨宏民说要面谈。而且，他的语气比较奇怪，透露出些许游移，好像认为要说的事情很重要，但同时对此又不太确信。”

“然后他就被杀了。”我自言自语。

“是的。现在没有人知道他到底要和那位总指挥谈什么。所以在我到达北京之前，调查组的成员就倾向于认为这件案子没有表面看上去这么简单。而在我提供了你进一步的资料之后……”郭栋说到这里停顿了一下，卖了个关子。

我笑了笑，看着他。我做过什么，能反映什么，我心里很清楚。蠢货是干不了刑侦的，除非是视而不见，蓄意为之。

“如果那多是一个这样不冷静的人，那么这么多次的冒险，恐怕死上十次都不多。反过来说，一个经历了这么多事情的人，更不会只为了如此的小事就想要动刀杀人。甚而再进一步，就算是你杀的人，在杀人之后，也不会因为惊慌失措，而主动叫来别人。你可不是没见过大场面的毛头小子。所以凶手另有其人，只不过看见了你和杨宏民有过冲突，才嫁祸给你，好让这件案子变得单纯，迅速结案。当然，他到底用的什么手法嫁祸，现在还不知道。”

“这么说不是冲着我来的，我只是比较倒霉，因为凶手要转移视线所以顺手栽了个赃？”我顿时郁闷起来。

“看起来有可能是这样子。”郭栋点点头。

“广东省公安厅原本对我的通缉令，是不是你们这个调查组照会他们取消的？”

“你居然知道这件事？”郭栋有些意外，“的确是我们要求撤销的。”

我心中一喜，问：“这么说来我没事了？”

郭栋对我的问题却出乎意料地沉默了，然后轻轻摇头。

“你们不是确认这件事不是我干的了吗，还是说，要追究我逃出看守所的责任？我可算是被裹挟出来的，这……”

郭栋摆了摆手，打断了我的辩解。

“这并不算多严重，也不是没有回旋的余地，你的关系很多，都未必会留下案底。可是，既然那个凶手想拿你为他做掩护，那么你暂时就和这个案子捆在一起了。”

“捆在一起？这怎么说？”

“现在不知道杨宏民到底掌握了什么情况而招致杀身之祸，目前调查组正在极力调查。这件事肯定和中国的太空计划甚至登月计划有关系，事关重大。如果我们宣布你不是真正的凶手，那就意味着我们已经知道这案子有内情，反之如果我们仍旧把你当做凶手，真正的凶手就可能放松警惕，有利于整个案子的早日破解。”

我瞪大了眼睛：“这么说你们一天不破案，我就一天不能恢复正常的身份和正常的生活？”

“暂时只能这样，你还不能恢复记者的身份，对外你仍然是个在逃犯。我所能做的就是不通缉你，没有警察会真的来抓你。你这也算是协助调查吧，事后会发奖章和补偿金的。”郭栋带着歉意说。

“我可不要什么奖章和补偿金。”我满心的郁闷，却也知道郭栋已经帮我做了很多事，这个协助调查既然定下来，再怎样不满都无法改变了。

“那个，你刚才说，杨宏民临死前对你说了句话，是什么？”郭栋问。

我振作起精神，至少现在我不用担心被警察追捕，实际上情况已经比我之前想象的好很多。我要想早日正常生活，也只有全力配合警方了。

“其实他只有力气说两个字，‘老鹰’。”

“老鹰？天上飞的老鹰？”

“他是说的不是写的，所以我只能保证是这两个音没错。本来我是想到这里来找找，有没有什么东西和老鹰有关。”

“老鹰……这里我们已经初步搜索过，不记得有类似的东西啊。”说着郭栋站起身来，把几个房间的灯全都打开，四处巡视起来。

一共三间房，一间客厅，一间书房，一间卧室。挂着几幅山水画，还有一幅人物油画，都和老鹰无关，电脑里搜索不到含“鹰”的文件名，郭栋连床单都抖开来看有没有鹰的图案。

“喂，那多，你来看看这个。”翻箱倒柜搞得一脸汗满身灰的郭栋站在书房的一排柜子前。

我走过去，他手上拿着一个根雕。

“你看看，这雕的是鹰吗？”他不太肯定地问我。

这树根的形状本就十分奇怪，不知哪个民间雕塑者只是很简单地在原形上修饰了一下，所以这玩意就和奇石差不多，你看它像什么，它就像什么。

我对根雕顶部的曲线端详了很久，说：“好像有点这意思，一只展开双翅的鹰。不过好像有点抽象啊。”

郭栋“噔噔噔”跑出去，又“噔噔噔”跑回来，手里多了个放大镜。他把根雕拿在手里，对着放大镜一点一点地看。

“看出什么没，看出什么没？”我在旁边紧催他。

一手可以握住的根雕，郭栋看了二十分钟，脑门上的汗都眼睁睁看着滴了三滴下来，才抬起头。

“要不你来看看？”他皱着眉对我说。

我晕，不过还是接过放大镜和根雕，看了三分钟就放弃了。

“说不定秘密在里面？要不要砸开来？”

郭栋犹豫了一下，说还是带回去再用仪器看一下，表面肯定没花头之后再弄碎看。

我突然想起金老先生写的一部武侠小说中的桥段，问郭栋：“你还记得刚才这根雕放在柜子里，老鹰是冲着什么方向的吗？”

郭栋愣了一下，好好回忆了一番，才伸手一指：“可能是这边。你的意思是问题在这幅画上？”

他指的方向，正是一幅绘着山水的中国水墨画。

我们扑过去，把画框取下，砸开，取出画纸，横竖琢磨了半天。

“要不，用火烧烧，或者放到水里浸一浸？”我迟疑着说。

“你是武侠小说看多了吧！”郭栋怒斥我。

然后他把画小心卷起来，打算和根雕一样，带回去好好研究。

“我说郭栋，现在我和你们在一条船上啦，你们不破案我也上不了岸。要不你发我份工资，我也进调查组算了。”

“切，你以为这个调查组是打零工的地方，可以随便来去进出的吗？”郭栋笑骂了我一句。

“我是说真的，不然我闲着干什么？”

“我清楚你在这方面很有能力，不过，正式进入调查组确实不行，你毕竟不是公安系统的，而且名义上还是在逃犯，我的同事更不会对你有多大的信任。”郭栋正色说道。

“你的心情我完全可以理解，所以你就在野调查算了，你以前不都是单枪匹马的吗，你需要什么资料，以及我们的最新进展，我都可以透露给你。”

“在野调查就在野调查，嗯……”

“怎么了？”郭栋见我沉吟，问。

“刚才有个什么问题要问你的，忽然就忘了。”我苦恼地说。

我歪着头想了很久：“唉，我的忘性怎么越来越大了。”

“我看你是困了，你住哪里？”

我把住的宾馆告诉他，说的时候还打了个大大的呵欠。

“那你先回去休息吧。”郭栋挥挥手说。

“还有，有个忙你一定得帮我。”

“你说。”

“我父母那里，现在还不知担心得怎么样了，你想个办法吧。”这是我心里一块大石头。

“没问题，我让调查组出个证明，说明你作为目击证人被警方保护，为了保证你的安全请两位老人家不要向外人透露。过段时间就会让你恢复名誉，正常工作。”

“这样最好。你有什么新进展一定告诉我，我想起来什么问题也会打你电话。对了你现在用的手机号是多少，你平常用的那个关机了。”

郭栋给了我一个新号码，我也把我的新手机号告诉了他。

“你的新手机？不用了吧。”他问我。

“不用？什么意思？”

郭栋笑笑没回答。

他开车送我到宾馆，我要下车的时候，他冲我一点头。

“你自己去把后备厢打开。”

我这时困得眼都快睁不开了，转到后面打开后备厢，定神努力把眼皮撑开看了会儿，才认出那里面的大旅行包，正是我原本被扣在广州看守所的那个，我的手机、皮夹、身份证都在里面呢。

悄悄打开宾馆房门，里面的灯竟然是开着的。寇云的脑袋冲着门趴在床上睡着了。她应该等我等到很晚，实在撑不住才睡过去的吧。现在的时间接近四点，过不了多久天就要开始亮了。

我草草冲了澡，关灯上床，很快就进入梦乡。

这一觉睡得格外香甜。虽然现在离事情解决还遥遥无期，可是之前被警察追着，让我这个一向自认代表公理、正义的人承受了巨大的心理压力……

睁开眼睛坐起来，从满屋子的光亮看时间已经不早了。寇云依然保持着昨天的姿势，不过脑袋冲着的方向换了换，她正在看无声的电视，怕吵到我她把声音调成了静音。

听到声音，她手足并用，在床上横着转了一百八十度，支着手抬起头对我说："哥，你老实交代，昨天晚上是不是偷跑去杨宏民他家了？"

"啊？"

见我装傻，寇云瞪起眼睛，用手一指。

我顺着看去，见自己搭在床边的长裤裤袋里露出半把钳子和一截铁丝。

作案工具都暴露了，我只好乖乖交代。

我把故事讲得绘声绘色，说到开了门，走进去，突然有人喊我的名字的时候，小丫头"哎呀"叫起来，一脸的紧张。

等全部讲完，寇云松了口气，说："怪不得，我想怎么房间里突然多了个大包呢。嗯，这样就不用提心吊胆啦。”

她突又板起脸对我说：“哥，你以后再有什么行动，可不能瞒着我。这件事听起来，好像很有搞头耶。”说到这里她脸上显出无限向往之色。

“咳，什么很有搞头，是内幕重重，危险重重才对。”

“什么危险重重，不管。”寇云手脚用力，像小野猫一样一蹦就蹦到我这张床上，膝盖顶在我小腿上，疼得我龇牙咧嘴。

她才不管我怎样，压到我身上掐着我的脖子用力摇：“一定要带着我哟！”

我觉得自己的脑袋变成了拨浪鼓，僵硬的颈椎咔啦啦地响，生怕被她把脖子抖断了，挣扎着把她的手掰开，再把她赶下床。

喘了半天气，我对正跪在床边扮纯情、眨眼睛、对我放电的小妖精说：“算我怕了你，不过这件事情不是小孩子过家家，已经死了一个人，也很可能会继续死人。死人懂不懂，死了就活不转了！”我对她吼了一声。

寇云很认真地连连点头。

“而且牵涉面很广，一定会有很多东西是国家机密，所以，我告诉了你什么，你的小嘴巴一定要闭紧，不能告别人，否则会把我们两个都害惨。”

寇云立刻赌咒发誓，从玉皇大帝到山神精怪说了一大堆。不过我想以她现在的情况，也没有其他人可以泄露，这么说是以防万一，毕竟这小丫头身上还有些我不知道的秘密。

看了看时间，居然已经是中午十二点三十分。上午睡过了头，带寇云买衣服的承诺只好延后到下午。

刚才寇云扑到身上的时候我其实一阵脸红心跳，这小丫头身材是不错的，长得也是不错的，这么一扑还真是要命。现在要从毯子里爬出来穿长裤突然觉得有点不好意思，小丫头笑嘻嘻就是不肯去卫生间避避，没办法我只能硬着头皮用最快的速度穿好裤子。

“哥，你的腿上光溜溜的耶，我听别人说，好男一身毛，你不行哦。”她贼贼地笑，又叹了口气，“不过还说好女一身膘，我身上好像膘也不多呀。”

我装作没听到，酷酷地走去卫生间洗脸刷牙。

每个城市都有这么几个地方，可以买到不太贵又很时尚的服饰。上海最著名就是襄阳路服饰市场，不过因为卖假名牌的太多而被勒令在六月三十日停业，六年的辉煌就要烟消云散。北京的动物园附近也同样是这么一块地方。

动物园附近的几条路两边小店林立，寇云就像到了天堂，两条腿几乎迈不动步子，恨不得把每件衣服都换上身试试。

我拿回了自己的旅行箱，所以纯粹是陪她来买。不过既然是我掏钱，什么衣服买什么衣服不买，全都是我说了算。

优雅的不要，性感的不要，一句话成熟风格的统统不给她买，能让我下手的全是可爱型的罗莉派服饰。

这和我个人的审美正好相反，就是因为这小丫头黏起人来不知轻重，整天在我身边蹭来蹭去，真要把她打扮得艳光四射，那不是诱惑我犯罪吗。现在给她一堆水手服啊小熊维尼套装啊，时刻提醒我：这孩子是俺妹子。

寇云自然不太满意，不过好在以她“出山”才三个月的眼光来看，所有店里的所有衣服都是漂亮的。在我诚恳地看着她说“我觉得那件更漂亮”时，最多怀疑地问一句“真的吗”，然后在我的花言巧语中放弃自己原先的立场。

逛内衣店的时候颇有些尴尬，寇云倒是知道收敛，没有拉着我问“这个好看不”“那个怎么样”，不过店员问她胸罩型号，她浑然不知，求助地看我。她这一看，店员也立刻暧昧地看过来。

“看我干什么，自己试试就知道了。”我板着脸严肃地说。

从内衣店出来的时候，寇云忽然用手戳了戳我的腰。

“干吗？”我问她。

“哥，34C算不算大呀？”

我连声咳嗽，含混地说了句：“应该算吧。”

直到日落西山，这场购物才告一段落，这时我双手各提一个大购物袋，寇云手里也有一个。她犹不满足地说：“下次再来。”

我是个诚实的人，所以只好装作没听见。我发现和寇云在一起，必须常常让耳朵失聪才行。

晚饭是在路边一家号称老北京传统风味的面馆里解决的，一碗炸酱面寇云只吃了小半就不动了。

“真难吃。”她对我说，“明天我们还是吃肯德基或麦当劳吧。”

“总是吃那种东西，你刚买的衣服很快就会穿不下的。”我告诫她。只是炸酱面嘛，我也不打算再尝了。

饭后我打了个电话给郭栋。

“根雕已经彻底解剖完毕，什么都没发现。那幅画的检测还在做。不过今天白天我再看根雕，又觉得不太像老鹰了。”郭栋说。

“我想起来昨天想问你什么问题了。杨宏民要谈的事情和今年初的一项运载任务有关，那是项什么样的任务？”

“哦，那个任务啊……”

“怎么，不能说吗？”

“这倒不是，既然你已经完全牵涉到这件事里来了，就没什么要对你保密的，说实话我本人很期待你加入调查后能有所斩获。说到空间运载，因为我不是内行，所以怕说不清楚。这样，我给你介绍个人，你直接去向他了解。你准备什么时候去，明天？”

“我现在在北京什么事都没有，不打扰的话今晚去行不？”

“我先联系一下，你等我电话。不过这个运载任务，依我看的确有不同寻常的地方。”

郭栋的效率很高，十分钟后，他把见面的时间、地点等通过短信发到了我的手机上。

我要见的人名叫彭登，也是一位为中国登月计划服务的科学家，是“月面生存”项目的主要参与者。

因为他此时已经下班，所以见面的地点是在他的家里。而这位彭登住的地方，恰好和杨宏民在同一个小区。

我想航天科技集团为了解决旗下科研人员的居住问题，大概在这一片买下了大量的房子。

为我开门的是一个皮肤黝黑的中年汉子，完全不像在室内搞研究的科学家。联想到他的负责项目，他这一身黑肯定是在酒泉附近的戈壁滩上晒出来的。

“彭老师吗，我是那多。”

“欢迎。”彭登把我们让进屋。他看了一眼我旁边的寇云，说：“我还以为只有你一个人来呢。”

既然答应寇云带她来，事先当然想好了说辞。寇云露出一个甜死人的笑容，说：“我是那老师的助手寇云，协助做一些记录，还有资料收集整理的工作。”

如果早一点想到的话，应该给她买一套正式些的套装，让寇云看起来职业一点，而不是现在小公主般的可爱装扮。不过郭栋不可能对他讲明我的真实身份，所以应该不会露马脚。

客厅里并没有其他人，在沙发上坐下之后，寇云一本正经地拿出笔和记录本。老实说我很担心这个书记员会在记录本上画满鬼脸。

“彭老师，你应该已经知道我的来意了，是否就请开始介绍一下情况？”天知道郭栋是怎么说的，一句话全都给糊弄过去。

“你知道我们的运载火箭除了要完成国家布置的发射任务之外，其实相当多的时候，会接商业发射项目，由于我们的‘长征’系列稳定，价格偏低，所以在国际市场上很有竞争力。你想了解的在今年一月十七日成功发射升空的，正是这样一次商业发射。不过，我们承运的东西，却不是卫星。”

“不是卫星吗，那会是什么？”没想到彭登的第一句话就令我吃惊。在我的印象中，所有的商业发射不都是发射卫星吗，哦不，听说国外有公司在做太空旅游，每人收费几千万，只是那好像是由航天飞机完成的，不是运载火箭。

“发射的东西，倒和我现在的工作有些关系。”彭登说着，脸上露出奇怪的神情，眉头也皱了起来，好像这宗已经过去了近半年的发射任务，至今仍有令他困惑不解的疑点。

想到彭登和杨宏民所共有的一个身份，我脱口而出：“月亮？和月球有关？”

彭登点点头：“那一次我们的火箭并不是运送东西到近地或远地轨道，而是三十八万公里外的月球。所采用的火箭型号，也正是年底要执行‘嫦娥一号’发射任务的长征三号甲运载火箭。”

“可是我国的登月计划，不是要到今年年底才会启动，向月球发射绕月卫星的吗？怎么偷偷先射了？”

“这并不是登月计划的一环，我先前已经说了，这是一次商业发射。别人付钱，我们把东西送上天。委托方是注册在荷兰的一家公司，到底是什么底细我不太清楚，至少此前在空间探索领域从没听说过他们的名字。”

“他们要把什么东西送到月亮上去？”

“一个探测舱，通过火箭反向推力可以实现在月球表面的软着陆。因为这探测舱不是我们制造的，而是委托方直接运送到酒泉，所以里面放着什么我们也没法打开看，估计是个月球车之类的吧。”

“连我们自己的登月计划也要到年底才能发射绕月卫星，之后才会进行无人月球着陆，怎么会……这家私人公司反倒走到前面去了呢？”我吃惊地问。一家私人公司居然在登月方面超过了中国的进度，是他们太牛还是我们太逊？

彭登摇了摇头：“倒不是你想的那样。造一个探测舱或月球车虽然对相关技术有很高的要求，但并不能算最前沿的技术，国际上一些著名的机械生产企业都能制造。实际上美国太空总署的很多项目，比如火星车，就是向这些企业定制的。我们要等到几个月后才会发射绕月卫星，月球无人着陆要再晚些，却并不代表我们没有掌握这些技术。中国人做事，讲究有十成把握之后一击必中，所以登月计划是一步步地来，并不好大喜功。再说，把月球车投放到月球表面并不太难，我们登月计划里要做的无人着陆，是能放能收，把探测器降到月亮上，还要再收回来，带着采集的月壤安全返回地球才行。一月射上去的那个月球探测舱并没有返回的功能，扔在月亮上就再也回不来了。”

听他这么一解释，才解除了我心中的疑惑，否则随便一个公司就有超越中国的空间实力，这也太不像话了。

“而且接这一单还有个好处，就是能为我们的登月计划积累经验。别人出钱给我们做实验，多好的事儿啊。”彭登说到这里开了个小玩笑。

“那么这个探测舱是成功降临到月球上了？”

“长征三号甲花了七十四小时把绕月推进器射到了月球轨道上，推进器携带着探测器绕着月球飞了五圈之后，在委托方指定的地点，月球暗面的某处，成功和探测器分离。可以说，我们的任务圆满完成了。可是探测器最终是否成功地软着陆，由于其信号是直接传回委托方的，所以我们并不清楚。”

“是在月球的暗面啊。”我说。

“是的，月之暗面，你应该知道吧。”彭登问我。

我点点头。由于月球自转和公转的角度，月球始终以同一面对着地球，其另一面永远隐藏在阴影里，这就是月之暗面。

彭登说到这里，差不多把他知道的全都告诉了我。我也已经明白让他心里存在疑惑的是什么，又是什么让郭栋觉得这一次的商业发射任务不同寻常。

不管那个月球探测器里装着什么，有怎样的功能，一家私人企业的所有行为，都应该和营利有关。

然而人类的太空探索还刚刚起步，不论是中国、美国还是其他几个空间技术领先的国家，都还处于投入阶段，国家每年成千上万亿的拨款是不求回报的，也不可能立刻得到回报。那么一家私人公司，是出于什么样的动机，投大把的钱把一个探测舱发射上月球，而且这还是个无法返回的探测舱，连一克月壤都带不回来？

如果是一个人做了一件周围所有人都无法理解的事，那么这个人多半会被当成神经病。但如果一个企业做了这样的事，难道说这家公司的决策层集体得了精神病不成？

这样以亿计的投入肯定是有理由的，只是这个理由我现在还想不到而已。不但我想不到，郭栋和彭登也同样想不出来。

那么杨宏民呢，他是不是知道了理由？

想要问的都问完了，那家公司的背景彭登不清楚，他甚至没记清这家荷兰公司的名称，不过我相信郭栋肯定不会放过这家公司，他一定会调查其底细。

寇云一直老老实实地做着记录，一句话都没说，有几次我偷眼看了看，记录本上还真的密密麻麻记满了字。

我最后说了几句感谢的话，就打算告辞了，招呼寇云起身的时候，却发现她在向我打眼色。

我一时搞不清这小丫头在打什么主意，心里怕她捣乱，瞪了她一眼，催促她快起来。

寇云嘴巴动了动，无声地说了三个字。

我看她的口型，是“杨宏民”。

这时候我已经站起来，彭登也起身准备送我出门，我却没有迈步，问他：“彭老师和杨宏民院士，应该挺熟吧？”

被寇云这么一提醒，我顿时想到，彭登和杨宏民都是中国登月计划成员，连住的地方都如此接近，而他又是郭栋帮我联系的，肯定是熟悉杨宏民的人。那么他对于杨宏民的被杀，是否会有自己的想法?

彭登果然点了点头，他神色黯然，说道：“老杨这个人脾气急，和他相处难免磕磕碰碰，不过我们都知道他心地是好的，就算有时红脸也不会真往心里去。谁知道这次会遇到不测。”

我听他说到这里，突然一阵冷汗。在对着彭登的时候，我完全当自己还和以前一样是个记者，可老天，我是公安局的逃犯耶，是明面上杀杨宏民的人啊，天，刚才我还自报家门说是那多，幸好，幸好这彭登看样子不知道被抓住的那个倒霉蛋叫什么名字。

彭登没注意到我一瞬间闪过的不自然神情，接着说：“听说那个杀人犯当场被抓住了，一定要重判，老杨对中国的登月事业的贡献和作用是无可取代的呀。”

他说着脸色越加凝重起来。

明明不是我杀的人，这一刻我却心虚得要命，连连点头认同。

这彭登连被警察抓住的人就是俺那多都不知道，也没提杨宏民上船前的那通电话，说明这案子保密工作做得很好，他也并不是我期望的知道内情的人。

“对了，彭老师你到他家去做过客吗？”

“经常去啊，我们离得又近。”

“你看到过他橱里的那个根雕了吗？”

彭登点头：“你是说那个松树根雕吧，见过的。”

“松树根雕？那个是用松树的根做的吗？”

“哦，是什么根不知道，我是说他雕的是一棵迎客松呀。”

“迎……客松？”我张大了嘴，在脑子里回想了一下那根雕，好像又有点像松树了。

我和郭栋一心想着老鹰，结果把好好的松树看成了展翅的雄鹰。

“那，你在杨院士那里，有没有看过老鹰呢？”

“老鹰？”彭登皱了皱眉。

我正要解释说不是真的老鹰，而是和老鹰有关的东西，彭登迟疑了一下，却说：“老鹰，我倒是知道，可从没在老杨家里见过。”

随口居然问出了大线索，我心中一喜，却听见彭登接着说了句完全出乎我意料的话。

“我记得，他近些年没来过中国呀。”

“老鹰是一个人？”寇云终于也憋不住，瞪大眼睛脱口问了出来。

“是呀。”彭登看我们这样的反应倒奇怪了，“难道你们说的不是维布里博士吗？”

我和寇云四目相对，忍不住笑起来。

昨天翻箱倒柜找不着，现在得来全不费工夫。

维布里博士，瑞士云森国际机械制造公司首席科学家，杨宏民的好友。云森机械，就是国际上最著名的几家制造太空探索相关机械的公司之一。因为维布里有一双鹰眼和鹰钩鼻，工作态度和方式又极犀利，所以他的朋友给他起了个外号：老鹰。

从彭登家里出来，我不禁抬头望向夜空。

今夜云层浓厚，不见月色。

第六章

湮灭的密码 Chapter 6

“老鹰找到了！”郭栋转头一声喊。

调查组的专案室里顿时一阵人仰马翻。

我在电话那头把动静听得分明，心里也不免有点自得。

管你多大来头的调查组，管你有多少经验丰富的成员，关键性的进展还不是由我取得的？

至于我取得进展的过程是不是有点偶然，那叫吉人自有天相，又叫皇天不负苦心人，这也是一种能力，完全不会让我不好意思。

俺现在已经过了年少时青涩的谦虚时节，时不时在心里自吹自擂一番，自信心和厚脸皮同比例增长，这可是行走江湖的两大利器啊。

不过江山代有才人出，一代新人换旧人。假以时日，寇云一定会把这两大利器打造得比我更犀利。因为我还只是在心里自吹自擂，她却从彭登家中出来开始，一路表功表到了宾馆。

“是是是，你是个超合格的记录员，一点都没给我添乱。”

“就只是记录员，就只是没给你添乱？”寇云一叉腰一撅嘴说。

“不不不，你就像福尔摩斯身边的华生医生，为破案立下汗马功劳。”

“福尔摩斯？这名字有点熟。华生？奇怪的名字，这俩是谁呀？”

我被她噎住，好在脑筋转得快，立刻换了个说法：“那你就是包公身边的公孙策，缺了你不行呀。”

寇云的传统教育接受得不错，总算知道这两位是何方神圣，扮了三秒钟酷，就忍不住哼哼唧唧笑起来。

“我才不要公孙策，我要，我要……”她的眼珠子转了转，大声说，“我要白玉堂。”说到白大帅哥，她整张脸都在放光。

我摇了摇头，怎么突然就怀起春来了，这丫头的心思比六月的天变得还快。

“擦擦嘴，口水都流下来了。”

寇云忙用手抹。

“哥，你骗我！”

“谁叫你笑得那么……啊……”我虎吼一声，这丫头竟然进化到用掐的了，谁教的她这么毒的招数，还是……这是女人天生的技能?

我睡了个好觉，起来就打电话给郭栋。

看来郭栋一夜都没睡，他已经把关于维布里的情况，调查整理得有些头绪了。事实证明这是一个极重要的线索，把隐藏在阴影里的东西一点点拉了出来。

调查组全组动员，开足了马力收集情报，甚至其中一名组员，已经于凌晨飞去香港，再转机去瑞士，亲赴云森。

郭栋告诉我，等再过二十四小时到四十八小时，就会把这个案子的脉络初步梳理好，到时再详细对我说。

只是耐不住我的追问，他还是告诉了我一个情报。

维布里在杨宏民被杀的几天前就失踪了。怀疑鹰已殒命。

天坛、地坛、紫禁城，这两天北京市区里的景点我几乎都带着寇云转了一圈。

这些地方我早已经去过，玩起来提不起多大的兴趣，而且……北京跑到哪里都那么大，这么转一圈，真是累呀。

寇云倒是没看出多累，她有另一个深切的体会。

这时我们正在从颐和园返回宾馆的车上。车停在马路中间，前面是车，后面是车，左面是车，右面是车。

“这两天在车里的时间，好像比在外面的时间长耶，我们到底是在北京城玩呢，还是在北京城的出租车里玩呢……”

虽然我听到过很多次对北京交通的控诉，但这是让我印象最深刻的版本。

晚上，我终于等来了郭栋的电话。我们来来往往谈了近一小时，急不可耐的寇云绕着我不知道转了多少圈。

放下电话，我把郭栋所说的整理了一下，从头开始转述给寇云听。

杨宏民临死前所呼喊的，是他的好友维布里博士。这本身就说明，这只“老鹰”虽然不会是杀他的人，却和案情是有重大关联的。和郭栋的调查结果相印证，一些缺失的环节也能推导出来。

一月十七日发射升空的神秘探测舱的委托方，是一家名字有些奇怪的公司，叫黑旗国际集团有限公司，下辖几家小船厂和贸易公司，没有任何和太空相关联的业务。这家集团成立的时间不算久，到今年整十年。

黑旗集团在国际刑警的档案库里是挂了号的，一直被怀疑参与洗钱业务，但经过一段时间调查，却没露出任何马脚，也似乎并未与什么黑帮或毒枭有联络。

这次突然进军太空，并委托中国发射登月探测舱，黑旗集团表现得十分克制，甚至称得上隐蔽，没有记者会，没有商业计划的公开发布，一切都悄无声息地进行。加上中国方面卫星发射的保密工作一向不错，所以直到郭栋向国际刑警组织申请调阅黑旗集团的档案时，已经放松监控的国际刑警才知道黑旗集团竟开始打月球的主意。

黑旗集团的业务中虽然也有制造业，但造一个能点火在月球表面软着陆的登月舱，显然超出那些小船厂的能力范围。所以这个探测舱，黑旗集团是外包制造的。承接这个单子的，就是瑞士云森国际机械制造公司。

也就是说，从那个探测舱到舱里的东西，都是云森机械制造的。由于黑旗集团的要求有相当的技术难度，所以云森机械负责这个项目的，就是老鹰维布里。

探测舱里是个什么情况，也已经调查清楚。探测舱如果成功在月表软着陆，一辆月球车会从舱里开出来。这辆月球车由太阳能供电，可以分析月壤成分，可以进行静态、动态的拍摄，并把拍摄的画面传回地球。此外，月球车上的四条机械臂，可以由远程控制，翻动月壤甚至击碎一些质地松散的岩石。实际上所有的月球车、火星车都可以叫做机器人，云森制造的这架机器人，其设计寿命为五年。不过呢，所有的太空机械设计寿命都是很保守的，不碰上特殊情况，工作超出设计年限一倍以上时间的例子比比皆是。

在整个项目的进行过程中，作为负责人，维布里需要和黑旗集团不断沟通，通常，设计制造的一方要非常清楚订购方的意图，才能做出尽可能完美的产品。可是，恰恰在这个沟通环节，维布里和黑旗集团闹得很不愉快。

据当时和维布里一同工作的几名工程师说，在仅有的几次和黑旗的沟通中，几乎每次沟通完毕，回到云森自己工作室里的维布里都面色不佳。维布里不是个好脾气的人，心里不爽时，往往直接从嘴巴里表现出来。几次下来，他的同事就知道了原因。

维布里不愉快的原因其实很简单，黑旗集团负责和他沟通的人，就是不肯告诉他为什么要把东西射上月球，而只能告诉他，月球车需要实现的功能。

维布里则执拗地认为，如果他能知道黑旗集团最终要实现怎样的目的，那么以他的经验和技术，可以设计出更好的月球车，而不仅限于黑旗现在要求的这几个功能。

维布里会提出这样的交涉，很难说其中有没有好奇的成分。他想必也无法理解，黑旗这个一样和航天事业完全不搭边的公司，怎么会想要造一个月球车扔上月球。只是黑旗出乎意料的强硬态度，把他这么个在业内极有声望的科学家的合理要求毫无商量余地地一口回绝，让维布里大为恼火。可是按照合约，这个探测舱和月球车还是必须按时完成。

在项目完成后的一个小型交接仪式上，维布里对出席仪式的黑旗集团副总说了一句话："我会搞明白的。"

当时那位副总的脸色就有些难看。

维布里似乎并不是说着玩，他和美国、俄罗斯、中国、法国这些航天大国的航天机构都很熟，像杨宏民这样有交情的朋友，每个航天机构里都能找出几个，所以在黑旗集团委托中国发射探测舱后不久，他就得到了消息。他的同事听到维布里在办公室大声打着国际长途，在确定黑旗把单子交给中国之后，他还兴奋地大力捶了记桌子。

“这个人，听起来有点讨厌。”寇云皱着鼻子说。

我笑了笑。从郭栋说的这些情报里，维布里的确是个不好相处的人，脾气古怪，自尊心太强。黑旗集团不告诉他原因是扫了他面子，但黑旗集团也有不告诉他的权利，他却为了这个原因执意要找黑旗的麻烦。这坏脾气到头来反害了自己，他的失踪，综合下来怕和黑旗集团不无关系。

维布里喜欢下班去附近的酒吧喝酒，有一次他喝得有点多，一个同去的同事听到他说了一句奇怪的话：“那帮鬼鬼祟祟的家伙，我可不会和他们妥协。”听的人当时没有在意，但不久之后的一天深夜，维布里醉酒后跌跌撞撞走出他常去的酒吧后，没有回到自己的寓所，就此失去踪迹。警方开始调查的时候，维布里的同事把这句话告诉了瑞士警察，警方也怀疑过与黑旗集团有关，因为维布里也曾用“鬼鬼祟祟”形容过他们，可是除了这句虚无缥缈的话之外，没有任何线索指向黑旗集团。维布里就此人间蒸发，用警方的话来说，某些人“干得非常漂亮，很专业”。

由于维布里的声望、地位，现在瑞士警方虽然还在加紧侦查，但实际上，这宗案子多半会成为悬案。

寇云是很聪明的，尤其是专心于一件事的时候，她听我说了这些，忍不住问我："听你的口气，你和那个郭栋，都认为维布里失踪是黑旗集团干的，只是抓不住证据。但是他们为什么要这么做？维布里不准备和他们妥协的是什么，月球车已经造好，整个项目都结束了，是什么把他和黑旗集团再次连在一起？"

我眯起眼睛意外地看着寇云："你居然也能正经说话耶……"

寇云猛力跺脚："快回答，快回答啦。"

果然，正经只能维持二十秒钟。

寇云问的正是关键所在。在完成了黑旗集团委托的项目之后，维布里手上却仍然握有黑旗集团需要的东西，为了这东西，维布里生死不明，杨宏民死于非命。

那位飞赴瑞士的调查员从维布里的同事那里了解到了关于维布里的一个传言，这个只在一定范围里私下流传的说法，如果属实，正可以补上那个缺失的环节。

"据说维布里有一个很不好的习惯，他常常会在由他制造的东西里，留一个后门。"

"啊，后门！"寇云皱起眉头说。

她的眉毛越皱越紧，好像在紧张地计算着什么似的。

"那个……"她再次开口问我，"这个后门，是前门后门的后门吗？"

我用手戳戳她的脑门："以后不懂就直接问，不要在那里装样。"

寇云捂着脑门，嘿嘿笑着，摆出洗耳恭听的模样。

我遂把电脑程序里的后门概念和她说了一遍。

“月球车里的电脑系统，负责月球车的一切行动，更可以把月球车拍到的影像传回地球黑旗集团的基地，并由地球远程操控。维布里全权负责这个项目，如果他愿意，的确可以在其他工程师不知情的情况下，埋进一段后门程序。实际上，调查组已经从维布里的另一位好友处证实，他曾经做过类似的事情。如果揭露出来就是个很大的丑闻，对维布里会有很大影响，不过现在人都已经死了，那位好友才愿意说出来。”

“那这老鹰肯定设了后门了呀，否则他怎么会说‘肯定搞明白’这样的话呢。”

我点头说：“郭栋他们也是这么认为的，除了这个办法，维布里不可能再有其他手段搞清楚这辆月球车的用途。如果他激活后门，接收到月球车的信号，就可以知道月球车到底在干什么，要是他造的后门功能足够强大，他不仅能看见月球车传回的影像，更可以和原本的控制方黑旗集团争夺月球车的控制权。维布里对黑旗选择哪家发射如此关心，也间接证实了我们的猜测，因为接受月球车的信号乃至控制月球车，需要专门的设备，一般来说，只有各国的太空中心才有这些设备。换而言之，他想启动后门，必须通过中国，通过酒泉基地。”

“所以黑旗集团肯定打听到这头老鹰的恶趣味，要他交出启动后门的密码，但是他不肯。”

“更可能的是维布里一口否认，说自己没有设置后门。不过黑旗集团为了这就下毒手连杀两人，一方面说明黑旗集团的背景又黑又深，另一方面也表明这月球车背后藏着的秘密，非同小可。”

“连杀两人？你肯定维布里已经死了？杨宏民也肯定是黑旗干掉的吗？”寇云问。

“既然动了手，那维布里多半是难逃活命，要保守秘密的话，死人是最安全的。至于杨宏民，则是个合理的推测。杨宏民死前喊出维布里的外号，说明他的死和维布里有关系，而杨宏民是中国整个太空机构里，维布里最熟悉的人，如果他想要利用酒泉基地来发现真相，肯定要借助杨宏民。虽然不知道他是怎么对杨宏民说的，但肯定有很多危言耸听的话，不然只是他的小小怀疑，不可能说服杨用后门程序接通月球车，毕竟杨宏民也必须要有个合适的理由，才能让酒泉中心同意做这件事情。而一旦此事外泄，对中国的空间运输声誉会是个巨大的损害。杨宏民想必也对维布里的理由有些疑虑，所以他在和酒泉中心的对月发射总指挥通电话时，语气会有些迟疑，而且没有立刻说出原因，要等到他完成旅行到酒泉后才说。他肯定打算在船上的这段时间好好琢磨琢磨，又或者再和维布里通电话问问清楚。当然，这时候他已经找不到维布里了。”

“可你只是推测到，维布里为了这件事找了杨宏民，但黑旗集团是怎么找上杨宏民的呢？”

我看着寇云，摇了摇头说："如果是为了保密杀维布里，那么在维布里死之前，黑旗集团一定要问一问，还有谁知道这件事。我想，维布里一定是把后门的密码告诉杨宏民了，他一招供，杨宏民自然也逃不脱毒手。"

"他怎么可以把朋友招出来呢？"寇云有些愤然。

"刑讯逼供的手段太多，到时候死是容易的，但守住秘密不说，几乎是不可能的。"

"英雄不都是不怕严刑拷打的吗，换了哥一定可以。"寇云信誓旦旦地说。

我都不知道她对我哪来的信心，叹了口气说："哪里只是严刑拷打这么简单，这里面的花样啊，你还是不要知道的好。换了我，多半也是不行的。呸呸呸，这不是咒自己嘛！"

寇云也连忙跟着乱"呸"一通。

"没事没事，哥肯定没事。"她讨好地谄媚着。

"刚才我说的这些，其实是一个推测，如果没有掌握实际的证据，就没办法通过国际刑警对黑旗集团展开正式调查。可惜密码已经随着维布里和杨宏民而湮灭了，现在只有寄希望于维布里不是只把密码记在脑子里，去瑞士的调查员正在他的工作室及寓所里进行细致的搜查，看能不能找出密码。"

"那我们接下来干什么呢？"

我双手一摊："我们暂时没什么事好做。"

"啊……"寇云哀号一声，好像被夺走了心爱的小熊玩具一样。

“我准备回上海了，住在这里每天都是钱啊，我还有一万块钱外债要还哪。”

“耶……去上海呀，听说上海可好玩了，有许多好吃的，还有许多好看的衣服，还有外滩漂亮的灯光。”说到后来，寇云像个小白痴一样哧哧笑起来。

听到她说到“好看的衣服”，我的头皮就开始发麻。如果有什么事比陪女人逛街更可怕，那就是陪一个速度忽快忽慢、身影忽左忽右，一不留神就会不见，而且不知疲倦的女人逛街了。

寇云右手抓着我的左手，左手抓着自己的右手，都抓得很用力。

“第一次坐飞机是不是很紧张。”我笑着问她。说起来寇云能坐上飞机，还有赖于郭栋替她神速办出的身份证。

“去去，嘘。”被我这样说小丫头觉得很没有面子。

“其实我才不是紧张。”寇云凑到我耳边轻声说，“看见我旁边那个扳手了吗？”

我们两个的座位有幸在紧急逃生口旁边，这是经济舱所有座位里空间最大的一排，甚至比头等舱座位的空间还大，唯一的缺点是为了保持逃生口的通畅，坐椅靠背不能放下来。寇云说的，正是打开逃生门的扳手。

“怎么了？”我顿时警惕起来。

“刚才那个空中小姐不是特意来关照不要动那个扳手吗？”

“对呀，又怎么了？”

“本来我也没想动，可她这么一说，我就好想动一动哟。”说着寇云的身子扭了扭，好像要表现不动那扇门有多么的难受。

“可是我也知道动了以后大概会很糟糕，所以呢，只好把自己的手管住。”寇云说着两只手使劲抓了抓，把我抓得龇牙咧嘴，却不敢说什么。

我越想越担心她会管不住自己真的去开门，把她抓着我的小爪子用力掰开。

“咦？”寇云奇怪地看我。

我松开保险带，站起身说：“你跟我换个位子。”这样才最安全。

“不要不要。”寇云大力扭起身子，“我要看外面。”

这时飞机已经快要起飞，空姐看见有个人突然站起来，连忙向我走来。

周围人的目光顿时集中到我身上，心里极度郁闷，只好乖乖坐下。

“先生，有什么事吗？”空姐温婉地问我。

“哦，没有没有。”我狼狈地回答。

等空姐走开，我瞪着寇云压低声音说：“那你绝对绝对不要去碰那个扳手，知道不？”

小爪子再次狠狠抓上来。

“知道啦。”她笑眯眯地答道。

飞机开始向前移动，然后猛地提速，把人紧紧压在椅背上。

从手臂的疼痛度我就能知道寇云的心情怎样，有些失望地发现她离吓破胆的程度还很远，不多会儿抓着我手臂的力度就大大减轻，注意力全都被越来越小的地面吸引住了。

“哎，这外面的云好漂亮耶。”寇云要拉我一起看。

“你这样子很逊知不知道？”

这句话正中要害，她立刻装作自如地坐正，眼睛往四周看了看，发现的确有几道注视她的目光，连忙轻轻咳嗽几声。

其实我知道，那几个男人会看她，只是纯粹对美女的关注而已。

寇云不多久又被窗外的云海吸引，爬升阶段忽上忽下的不适感可能只被她当做在坐过山车。我则靠在椅背上，开始闭目养神。

回想整件事，从杨宏民死在我眼前，到之后的每一个环节，都异常离奇，到现在牵扯出的深远背景，已经不是凭我单枪匹马去调查所能解决的了。

每踏出一步，每知道一点新的线索，都会冒出新的谜团，而旧的谜团却仍未解决。四面八方的迷雾笼罩在一起，让我不禁有些无力感。

就拿杀害杨宏民的凶手来说，在基本排除我是杀人凶手之外，调查组就开始摸排其他船上的成员，结果发现，搭乘“太平洋翡翠”号处女航的旅客，基本都是名人，没有一个是身份可能有问题的。而且因为票务紧张，早在首航开始前的两个星期，所有旅客名单就已经确定。也就是说，等到黑旗集团从维布里口中知道杨宏民，他们已经没有机会把凶手安排上船了。

怡乐游轮公司事后也向警方提供了所有船员的名单，这些船员也都没有问题。

那么凶手是怎么上船，又是怎么下船的呢？

我在一阵猛烈的抖动中醒来，心里一惊，不知出了什么事情，睁眼一看，原来飞机已经降落在上海虹桥机场的跑道上了。

寇云的手已经松开不再抓着我，而是扒着窗口，眼睛看着外面。我怀疑在我睡过去的这两小时里，她一直保持着这个姿势。

“看够了吧。”我说。

“嗯。”寇云应了一声，脑袋微微一动，随即整个肩膀转了过来。

果然，她的脖子别住了。

直到走出机场的时候，她的脑袋还是歪着的。

“哥，那你这段时间岂不是没事？”寇云在出租车上问我。

“是呀，都不知道报社里怎么传我的事情呢，现在也不方便在他们面前出现。怎么，是想要我陪你玩转上海吗？”

“当然要玩啰，不过，哥你好像很厉害的样子哟，哥你认识很多人吧，有很多关系吧，有……”

“不要拍马屁，要我干什么就说吧。”我打断她。

寇云笑眯眯蹭过来：“反正也是空着，哥你能不能想想办法，帮我找找我哥？就当找件事做嘛。”

“原来是这件事呀。”我笑了笑，“这忙是能帮，但能帮多少可说不准，毕竟人海茫茫。而且以我现在的情况，有大多数的关系暂时都不能动。”

“那能不能帮我在网上先查查看，听人说网上能找到很多东西的，不过我对上网不太在行。”

“哦，这么好玩的东西你不在行？”

“真的很好玩吗？”寇云有些怀疑地看着我。

“当然，你不知道有很多人迷到在网吧里不回家的吗？”

寇云两眼发光，神情坚毅地点了点头，显然下定了决心，不能放过任何一件好玩的玩具。

有兴趣就好，要想真正融入这个社会，不会上网是不行的。

打开自家房门，换上合脚的拖鞋，整个人一下子就松弛了许多。这不到一百平方米的空间有着神奇的力量，它能让我感到硬壳下内心的疲惫，又能在疲惫中缓缓注入新的力量。

来回权衡了许久，我决定把卧室让出来给寇云，自己睡书房。因为我的电脑在书房里，我怕等这丫头领略了电脑和网络的妙处，没日没夜地上网，管她不住。我发现自己现在对寇云，竟然产生了老掉牙的家长心理。

另一个很重要的原因，就是我也要上网，而且要上很长时间的网，必须借助地利，捍卫自己的上网时间。

我在电脑边给寇云上了堂网络普及课，又演示了几个单机游戏又介绍了几个网游，再带她到各大八卦BBS转了一圈，直看得她小脸通红，迫不及待地要推开我自己上阵。

我一手拦住她："不是要找你哥吗，先别急着玩。"

我打开GOOGLE，输入"寇风"开始搜索。

眨眼间出来无数关于"寇风"的搜索结果，我陪着寇云一页一页往后翻，心里却知道尽管以网络之大，内容之丰富，要这么简单就找到寇风的资料，实在是一个奢望。

中国那么多同名同姓的人，能通过搜索引擎找到的，十个里也不见得有一个，哪有这么巧的事情。

翻了几页，我就让寇云自己操作，在旁边看了会儿，站起来打算到冰箱里拿两根美味的"绿色心情"绿豆棒冰出来。绿豆类的冷饮一向是我的最爱，希望寇云也会喜欢。

这时却听见寇云"咦"了一声，然后点开了一个搜索条。

这么巧？我心里嘀咕着，重新坐下来详细看这个打开的网页。

这是上海马戏城官方网站上的一个公告宣传网页。上海马戏城长年有许多大大小小的团演出，每一个新的团进入上海马戏城，都会在网站的公告版块放这样一个宣传广告。寇云打开的这一页上，是一个以杂技和魔术为主打的团，名叫幻彩魔术杂技团。其中每一个表演者的表演项目，都有一两句话的介绍。这个团共有两位魔术师，其中的一位就叫寇风，擅长的魔术是"隔空取物"。

“我觉得这个有点像。”寇云转过头对我说。

“你怎么能确定，你哥会魔术？”

寇云迟疑了一下，点点头说：“他会的，常常表演给我看的。”

我暗自摇头，每个男孩子小时都会有学魔术的冲动，特别是有兄弟姐妹的，都喜欢学一手炫耀一下，手法嘛多半是很拙劣的，不过小孩子也没那么好的眼力识破。但这样一点能耐和专业的魔术师相比，可就差得太远了。

不过，既然就在上海马戏城，了解一下详细情况倒也并不困难。

这时时间已晚，我试着照官网上的咨询订票热线电话打过去，铃响了但没人接。

“明天一早再打电话吧。”我放下电话对寇云说，“只是你别抱太大的希望，就算这个寇风真是你哥……”我指了指网页标题下的一小行日期，“这是2002年的事了，已经过去了四年，这个幻彩魔术杂技团不一定还在上海马戏城。”

有了自己亲哥的一点不确定消息，小丫头罕见地怀起心事，对上网的兴致也一下子弱了许多，随意看了一会儿，就被我赶去洗澡睡觉了。

我却不准备立刻就睡，洗完澡坐在书房的写字桌前，把大灯关了，开了桌上的台灯，拿出一个本子，从我碰见杨宏民开始，把整件事情的脉络，以及我所能记起的所有细节，全都用笔写下记在了这本子上。

这是我一向就有的习惯，每一次我接触、调查神秘事件，都会在每天的夜里，把这一天的经历，发现的线索记在本子上。通过这种原始的方法，事情的真相会在我的手下一点点梳理清晰，我会尽量记得详细，因为有许多当天看着无关紧要的细节，过了一段时间回头再看，却是打开最后大门的关键之匙。

而这一次，从开始我就被卷入旋涡的中央无法自拔，失去了以往的从容自由，所以直到这时，才得空开始往我的笔记本上添加内容。

我吹着冷气，常常闭目回想许久，才写下一小段。我尽可能让自己在回忆的时候抽离出来，客观地记下事实和一切细节，不让已经形成的主观判断影响了对事实的记述。以我的经验来说，这个世界太离奇，所以做人不能太自信。

我一直写了四个多小时才搁下笔。我有一种玄妙的感觉，在记下的这些东西里，藏着一个重要的突破口，我知道它就在里面，却一时无法把它找出来。

杨宏民在我面前飘浮着，他的身体是半透明的，隐隐有雾气在里面翻滚。他看着我，目光中有一丝急切。他张开了嘴，突然间一道雷霆霹雳，把杨宏民震成一团烟雾。

我被雷声吓得一激灵，睁开眼睛，寇云一手钢勺一手钢锅，张牙舞爪地逃出门去。原来在我梦里降下轰雷的就是这个小祖宗。

我气得大喊一声："刚才杨宏民正准备告诉我密码你知不知道，被你给敲没了！"

"咣咣咣！"回答我的是三声锅响和一阵笑声。

看看时间，已经十点了。想起昨天答应她今早打电话，难怪她心急等不了，只是这手段也太暴力，以后一定要好好改造她，否则我有苦头要吃了。

赶快洗漱完毕，招呼坐在客厅里转马灯似的转换着电视频道的寇云，准备打电话。

"我早已经打过啦。"寇云说。

"呃……"我愣住了。

"接电话的人说，幻彩魔术杂技团今天没演出，所以没有人来马戏城，让我明天打电话去。哥，要不我们明天直接过去吧。"

"好吧……不过你既然已经打过电话，为什么还要来吵我呀？"

"今天空出来，正好陪我玩呀，上海那么多好玩的地方，怎么能浪费时间？"寇云理直气壮地说。

我哀号一声，歪倒在沙发上。

寇云从鬼屋里出来，小脸惨白，用手拍着胸口。

"真是太好玩了。"她说。

位于上海浦东的科技馆里有许多娱乐项目，鬼屋就是其中的一项。进去鬼屋之后，坐在一张椭圆形的餐桌前，桌上空空如也，什么都没有。然后戴上特制的耳机，灯熄灭之后，会听见极逼真的声音，桌上开始有杯碟的声音，左右开始有人说话，能感到碗重重落在桌上的震动，能感到脖子后的喘息……黑暗中好像有许多人在你周围，实际上那儿什么都没有。

科技馆里全都是些和科技沾边的好玩东西，当然每个大型项目都是要额外收钱的。寇云对任何项目都有极大兴趣，一个都不愿意放过，从鬼屋里出来，就拉着我往一间屋子里冲。

我跟着寇云走进这间屋子，就这么前后差几秒钟的工夫，寇云已经是从地上挣扎着爬起来的姿态了。

“这间屋子，好奇怪。”寇云站起来，刚走两步又歪歪扭扭差点摔倒。

我来过科技馆，也进过这间屋子，所以知道其中的奥妙。

“你闭上眼睛走几步试试。”我对她说。

寇云照着我说的闭起眼，果然走路就恢复正常了。

“真的耶，闭起眼睛就没事了。”寇云睁开眼对我说，结果身子又是一歪，撞在墙上。

“其实我们平时走路，大脑会根据眼睛看到的情况，来自动调整重心，让人可以稳健地行走。”走出屋子，我向寇云解释其中的原理。

“久而久之，大脑也会找出一些偷懒的规律，比方在屋子里，大脑就是根据墙壁和地面、天花板的夹角角度来调整重心。

刚才这间屋子就是利用了这点，虽然地面是平的，也不抖动，但在很多关键地方做了手脚，比方说一些应该是平行的地方不平行，应该是直角的地方不是直角。”

寇云满脸迷茫，听得一头雾水。

“简单说呢，这间屋子故意误导了大脑，大脑认为这是一间正常的屋子，所以就让你按照正常的方式走路，其实并不是这样，所以你就走不稳了。但是你闭上眼睛，大脑就不会被视觉误导，一切就恢复正常了。”

“哦。”寇云似懂非懂地点了点头。

“人呢，往往会被一些想当然的表象误导，就像这间屋子，其实什么都放在你眼前了，但还是会被习惯性的思维欺骗，视本质而不见，所以就只能歪歪扭扭走弯路啦。”我随口说了句感慨，这却并不是说给寇云听的，她恐怕也无法有很深切的体会。

“走啦，前面还有许多可玩的呢。”寇云拉我。

拉了几下没有拉动，她这才发现我的神情有异。

刚才我这随口的一句感叹，说完之后，大脑里却像划过道闪电，猛然之间，发现了那个突破口到底在哪里。

我昨天做了一件正确的事，就是把一切细节都完整地记了下来，如果不是这样重温了那个细节，现在我不会有这样的顿悟。

就如我刚才所说的，其实我要的东西就放在眼前，但因为习惯性的思维，此前我一直都视而不见！

我摸出手机，拨通了郭栋的电话。

“我知道密码了，郭栋。”我平静地对他说。

“天，你是怎么知道的？我们还一点头绪都没有呢，你不是回上海了吗？你确定？”郭栋大声叫喊起来。

“我确定。但是，我想当场看到输进密码之后的情况。”

“当场？你是指？”

“中国三大卫星发射基地，对月发射都在酒泉基地，那里的设备可以接通月球车，并通过密码接收到影像等资讯。作为破解出密码的我，想当场看到三十八万公里外的那个地方，究竟在上演一出怎样的戏。”

“就是说，你不愿意现在就告诉我们密码？”

“我想成为第一批看到真相的人之一。”

电话那头沉默了一会儿。酒泉基地是军事管制区，曾经进入那里只有两种方式，一种是乘军列，一种是搭专用飞机。现在酒泉基地在没有任务的时候对外开放，持通行证的旅游车可以进入，但也只限于基地有限的几个地方。真正关键的场所，未经特批，外人是不可能进入的。

“我将汇报上去，我想，应该可以。”郭栋说。

第七章

杀人者是谁 Chapter 7

远远望见了上海提篮桥监狱森严的大门。这是我第二次来到这个地方。

去年的夏天，我曾经探访过这里一间空空如也的囚室，在那里找到了解开二十五年前一宗奇案的钥匙。今天，我希望在这里能得到另一把钥匙。

解开我身陷的这个复杂的迷局，需要许多把钥匙，这或许不是最关键的那把，但对我来说，却很重要。

今天我要找的人，是一个被判死缓的杀人嫌犯，名叫欧阳承。

一个人已经被法院判了刑，那么他就不是嫌疑犯，而是认定了的罪犯。可对我来说，这个欧阳承是一个嫌疑犯，他或许是有冤屈的。

这个世界上受了冤屈的人很多，我不会无缘无故地去关心其中之一。

昨天，我拿着记者证找到了幻彩魔术杂技团的团长。幸好他看我相貌堂堂一脸纯良就相信了，没有打电话到《晨星报》报社求证。不然的话想一想，接电话的同志告诉他“那多以前是我们的记者，不过听说杀了个人已经被公安机关绳之以法”，会是怎样的后果。

中年团长翻箱倒柜找出一张从前的海报。这张海报吹嘘了一番他们的魔术项目是多么的精彩，里面就有魔术师寇风穿着燕尾服的照片，很神气。

我转头打算问寇云，这是不是她哥，看见她的表情，就知已不必再问。

她呆呆地望着寇风的照片，眼圈已经红了。

之所以说这是张从前的海报，是因为海报上的两位魔术师，现在都已经不在幻彩魔术杂技团了。

海报上的另一位主角，欧阳承魔术师行凶杀了寇风的女助手，寇风也因为这件事而离开了幻彩魔术杂技团。

这是一年半之前的事情了，到如今，寇风原本的手机号已经不再用，人也多半不在这座城市，团里没有人和他仍有联络。对寇云而言，她找到的是她哥哥过去的痕迹，仅此而已。

我和寇云站在提篮桥监狱的大铁门口，等待约定的人出来接我们。

伴随着刺耳的警笛，一辆囚车在我面前开进了监狱铁门。

我心里涌出荒谬的感觉。我这样一个在逃犯，竟然堂而皇之地站在这里，准备去探望一个囚犯。这实在是黑色幽默。

人是郭栋帮我介绍的，从前是郭栋的同事，现在刚升任这座监狱的副监狱长。

并没有等太久，一个看上去不到四十岁，微胖的警官向我快步走来。

“你就是那多吧，你好，我是徐鸿。”他和我握了握手。

“我是寇云。”寇云也凑上来要和他握手。她一定觉得作为一个小逃犯和警官握手是刺激又好玩的事情。

徐监狱长和寇云握过手，并没有直接带我们进去，反而站在原地，脸上露出一丝尴尬。

“呃，真是不好意思。”他向我抱歉地笑笑说，“我刚来不太久，老郭和我说你们要找的那个犯人，我当时在电脑里查了一下，是我们监狱的，就答应了。不过刚才我准备安排具体见面的事，找人来问了一下，才知道……”

“他转到其他监狱了吗？”我看他踌躇，问道。

"严格说起来，还算是我们监狱的。可是目前人不在我们这里。这个犯人的精神出了问题，现在已经转送到市精神卫生中心了，让你们空跑了一次，实在抱歉啊。"

说到寇风，幻彩团的张团长一脸的惋惜。

最初这个小伙子来团里应聘的时候，张团长并没怎么在意，结果寇风当场就变了个隔空取物的魔术。他把自己的一支钢笔交给张团长藏好，再甩了个花哨的手势，施施然从西装里把这支笔再次拿了出来。

这一手当时就把场子震住了，张团长不是魔术师，但他和这一行沾边已经几十年了，基本的道理都明白，只是没有下苦功练，可这一次，他居然看不出寇风使了什么手段，把他亲手放进裤袋里的笔变了回去。

另一位在现场的魔术师欧阳承也看不出来。

所以幻彩团的魔术师，从那时起就变成了两个。

欧阳承的拿手魔术是纸牌，在此之前，团里就他一个魔术师，所以在团里的地位是台柱级的。可是自打寇风来了之后，情形就大为改观。

每一次寇风出场，都能把台下的气氛调动到最热烈。他有一个表演项目，是拿出一件东西，任由台下的观众藏，藏完之后他说一二三，东西就再次出现在他的手里。这样反复多次，寇风又善于调动气氛，最终可以让观众的情绪为之疯狂。表演得多了，甚至有许多的观众，看了一次之后，回去苦思寇风的破绽，第二次作好准备再来看他的表演，打算揭穿他，却没有人能够成功。

最出名的有两次。一次有十多个观众事先商量好，由最先的观众把寇云的东西接下来，却暗地里交给后面的人，这样看起来是一个坐在前排的观众把东西藏起来，实际上却是坐在后场的一个观众把东西藏进了内衣里。另一次一位观众带了一个保险箱，当场把寇云的东西锁进了箱子里。这两次几乎是难以破解的死局，但都被寇风成功地把东西取到手里，当那一群观众当场告诉别人他们是怎么传接的，当那个保险箱打开里面空无一物时，全场为之震撼。

事后欧阳承私下对别人说，这一定是寇风找来的托，否则不可能完成这样的魔术。流言多了，张团长亲自问寇风，寇风却笑而不答。

不知不觉间，寇风在幻彩团里的地位，完全超越了欧阳承，两人之间的关系，也从一开始的微妙，渐渐转为众人皆知的对立，甚至相互拆台。由于欧阳承人长得帅，变纸牌魔术时很有气派，也颇受欢迎，所以尽管张团长更看重寇风，但对两人之间的矛盾，一直能压就压，能调解就调解，并不打算把其中一个开除出团去。

可是事情，终于还是走到了无可挽回的一步。

幻彩团所有的成员都住在团里统一的宿舍里，重要的成员都有独立的屋子，次要一些的就几个人合住一间。而欧阳承和寇风，都是住独立居室的。

2005年初春的一个晚上，欧阳承揣着一把水果刀闯进了寇风的房间，但当时寇风不在，为他开门的，是寇风漂亮的女助手黄芸。黄芸出现在寇风的屋子里，这并不奇怪，团里每一个人都知道他们的关系。

那天寇风邀请了张团长和另外两个团里的人，准备搓一通宵麻将，算算时间差不多了，他去楼下的超市买了几包方便面。等他重新回到宿舍的时候，发现门大开着。

他推开门，却看见客厅里，黄芸倒在血泊中。旁边坐在地上的欧阳承，满脸满身的血，手里还握着滴血的刀。

寇风吓得倒退一步，正好撞上走进门的张团长。

“杀人啦！”两个男人大声叫嚷起来，惊动了其他团员，很快就响起了女人惊恐的尖叫声。

欧阳承一刀捅在黄芸的心脏上，女孩当场因失血过多而休克，死在了医院的急救台上。

欧阳承坐在地上愣了有几分钟，缓过来抬起头，众人已经把他团团围住。

他把刀扔下，大叫着“不是我，不是我”想要夺路而逃的时候，警笛声已经快到门前了。

欧阳承被当场抓获，整件凶杀案在认定上没有问题，尽管他死不承认，依然很快被判死缓。

这件事让寇风受了很大的刺激，不久就不顾团长的苦苦挽留，离开了幻彩魔术杂技团，不知所踪。同时失去两个当红的台柱，虽然张团长很快又引进了一位魔术师，依然免不了票房的一落千丈，从之前的蒸蒸日上大有盈余，变成了现在的苦苦支撑。

让我下定决心去找欧阳承的，是张团长告诉我，他事后才知道的一个小道消息。

魔术师和漂亮女助手有绯闻是常见的事情，寇风也并不避讳和黄芸的关系，两个人时常出双入对。可是，和黄芸相熟的几个小姐妹却说，在出事之前一段时间，她和寇风之间的关系似乎出了点问题，反倒是有几次看见黄芸和欧阳承在一起，看两人的眉梢眼色，已经不仅是暧昧，还没等找个机会私下里问问黄芸，就出事了。

如果黄芸甩了寇风，转投欧阳承的怀抱，照理该是寇风气急败坏，怎么会是欧阳承动手杀了自己的情人呢？

不过欧阳承是在行凶当场被抓获，凶器也是自己家里的水果刀，证据确凿。他直到被警察带走，还一直叫喊着自己是冤枉的，水果刀前一天就已经不见被人偷走，并说寇风才是真正的凶手，不过这一切都无济于事。在场十几个人都看见，刀握在他的手上，黄芸的血喷了他一身。

听张团长讲述这些的时候，我遍体发凉，心脏却剧烈地跳动着。

真是熟悉啊！

“请坐。”欧阳承沉着地对我们说。

他穿着蓝白条纹的病号服，很瘦。他长得很像电影明星金城武，胡子拉碴，眼窝深陷下去，眼睛炯炯有神。

“坐，随便坐。”他再一次微笑着说。

我和寇云对望了一眼，看来和他的交流会很困难。

“我们已经坐下了，欧阳承先生。”我说。

“你看过魔术吗？”他并不在意刚才的失语，微笑着问。

我注意到他两只手的手指从我们进来的时候就一直不停地颤动，这句话说完，他的右手就忽然多了一副牌。

他的手指转了转，这副牌背向我们形成了一幅扇面。他把左手也举了起来，那儿也有一把扇面状的牌。

他把两把牌重新收拢，两手相向，做了几个经典的拉牌动作，然后将牌摆在桌上，顺手捋成一条长龙。

“请挑一张，不要被我看见。”他彬彬有礼地说。

寇云伸手去抽，被我拉住。

“我来。”说着我随意抽了一张牌。

方块七。

“现在请把这张牌插回去。”

我把牌插了回去，欧阳承把长龙收起，眼花缭乱地切了许多次，然后对我说：“你来切一次。”

我照着他的话，在三分之一的地方切牌。

他笑了笑，把切好的牌再次展开成长龙，然后从中间轻轻捻起一张，翻开。

方块七。

“是这张吧。”

寇云刚才看我抽了这张牌，这时正要惊叹，就被我撞了一下，把话堵了回去。

“不是。”我肯定地说。

“不是？”欧阳承看着我，眼睛里仿佛多了点什么东西。

他低下头去看牌，这次显得有些犹豫。

他又抽出一张牌。

梅花八。

“这张也不是。”我微笑道。

在我们进病房前，欧阳承的主治医师对我们说了一句话。

“欧阳承现在很自闭，他完全活在自己的世界里，所以你们大概没办法从他嘴里问出想要的东西。”

欧阳承的确很自闭，从我们进来到现在，他视而不见，或者说，在他的眼里我们只是道具。他仿佛还是幻彩魔术杂技团的当家魔术师，正在对台下的观众表演魔术。如果我照实说，我抽的牌的确是方块七，他肯定会继续他的表演，玩出下一个魔术。

虽然有一个魔术师当面表演给我们两个看，但我们可不是为了这才来的。

不让他顺心如意地表演下去，不老老实实做一个完全配合的道具，这就是我打破他自闭的方式。

我想如果在正式的演出中，要是碰到我这样的刁顽观众，一个合格的魔术师肯定会有化解的办法，可现在欧阳承是一个精神病人。他自顾自的表演被打乱了，潜意识里前进的思维突然撞上一堵墙，这让他明显无措起来。

“我来给你表演一个魔术，好吗？”我对他说。

“你？”欧阳承皱起眉头，好像对这样一个转折有些难以接受。

我从口袋里也摸出一副扑克，放在桌上说：“这是一副有魔力的扑克，你每抽一张牌，这张牌就会告诉我你相对应的一些事情。”

“我的事？”

“是的，怎么样，有没有兴趣玩一下？”

桌上原先的扑克已经被欧阳承收起来，此时他两手空空，不知把牌藏在宽大病号服里的什么地方。

他没有说好，也没有说不好。我把牌放在桌上，随意切了几下，对他说：“抽一张吧。”

欧阳承慢慢伸出手。

他的神情和动作有些木讷，不像刚才表演魔术时那样自如。这是一个好的开始，因为先前的自如，是照着他臆想中的剧本上演，在他的世界里，一切当然很流畅。可是现在我已经把他的世界敲破一个小缺口，外面的世界对他来说有些陌生，有些畏惧，当然就会迟疑不前。

他终于还是抽了一张牌。

这是一副三国人物扑克，我接过他抽出的牌，翻开。

牌上绘着的人面如桃花，浑身上下粉色系打扮，衣带飘飘，妖娆诱人，正是四大美人中的貂蝉。这是一张红桃四。

我心里一乐，抽到一员女将，这个切入点不错。

“你的第一张牌抽到了一个女人。”我慢慢说道，试图让自己的声音听起来悠远而深邃。

“第一张牌是一个开端，这代表有一件对你来说很重要的事情，是以一个女人为开端，或者，这个女人是一个契机。”

欧阳承默默听着，没有任何反应。

“貂蝉是个美人，所以，她所对应的那个女人，长得也不会太糟糕，你会被她吸引，并且试着靠近她。关于貂蝉，最著名的传说是美人计，她的身边，总是围绕着几个男人，先是董卓，后是吕布，再是关羽。那么，那个女人，围在她身边的，也并不只是你一个人。”

我一边说，一边注意看欧阳承，就见他的两道浓眉慢慢板了起来。

“告诉我，你想到了谁？”

他盯着貂蝉看了许久，嘴巴动了几下，没有说话。

我笑了笑，觉得装神弄鬼的思路如泉涌，就继续说下去。

“这是一张不好的牌。”

欧阳承的眉梢跳动了一下。

“董卓死了，吕布死了，关羽也死了。和那个女人有关的男人，都遭到了不幸。你想到的那个女人，她带给了你不幸。而且，她自己的处境也很不堪，四大美人里，除了西施其他三个都没有好下场，女人长得漂亮是罪。”

我一边说一边在心里呸自己，漂亮女人可是上帝的杰作。而且我感受到旁边寇云传过来的寒意了，我很担心她伸手过来拧我一把，让整个气氛都破坏掉。幸好她还知道克制。我也得克制一下，扮神棍比较过瘾有点得意忘形了。

不过刚才这段话的效果很不错，我看见欧阳承的眼角都跳了起来，唔，再给他加一把火。

“这张牌是四。四对中国人来说，是个很不吉利的数字，代表着死亡。而且，这是张红桃，凝结在一起的红色，我已经看见了血。”

“你想到了谁？”我再次问他。

欧阳承的嘴唇颤抖了起来。

“一个女人。”他仿佛又回到了那晚的杀人现场，脸色变得青白。

“一个叫黄芸的女人。”他说。

“我刚才说得对吗？如果有什么不对的地方，你可以告诉我，这样在抽第二张牌的时候，我就可以说得更准确一些。”既然他开口了，就会很容易继续说下去，虽然我的理由狗屁不通，不过一个精神病人，应该不会计较这么多吧。

“黄芸死了，她不是我杀的，不是我杀的，不是我杀的……”欧阳承低声碎碎念着，思维好像又陷入循环。

寇云终于忍不住，凑到我耳根说：“哥，好像你的戏法不太灵光耶。”

“安心做你的木头人。”我狠狠瞪了她一眼。

“黄芸最喜欢的人是谁？”我问道。

我已经作好了欧阳承充耳不闻的准备，没想到他一下子抬起头来，盯着我说：“当然是我。”

“一直是你吗？”我连忙问下去。

欧阳承的情绪又低落下去，他嘴唇嚅动着，这次我听不清他在说什么。

“再抽一张牌吧。”我说。

牌上的人头戴高冠，身披鹤氅，神色淡定，是个做道士打扮的老者。

红桃九，于吉。

我心里暗叫一声庆幸，如果再摸出一张女将，可真不知道该怎么说下去了。

只是这于吉是个道士，治病救人，活人无数，要怎么扯到寇风身上去，脑袋还得赶紧转几转。

“你知道于吉吗？于吉是三国时期非常有名的一个道人……”我滔滔不绝讲着于吉的身世，其实这都是废话，我得给自己一点时间，想想关键的话该怎么说。

一路说到了《三国演义》里的桥段，这于吉给孙坚叫小兵一刀杀了，然后变作鬼把孙坚吓死了。讲到这里，我心里一动，欧阳承抽到的这张牌，其实还真是非常的合适。

“你第二张抽到了于吉，这也是一张红桃，说明于吉所代表的事情，和你刚才抽到的貂蝉，是一脉相承的。”心里主意打定，我就进入了正题，能不能印证自己心中的猜想，就看接下来的这一番话了。

“在传说里，于吉是个有神通的人，就算他死后，都能化作鬼魂，向杀死他的人报复。这说明，他所代表的，是一个很诡异的人，或者一件很诡异的事。”

欧阳承的手指已经停止了颤动，而是相互纠缠，用力地绞在一起，像个麻花。

“所有关于于吉的记载，都和生死有关，他医好了许多人的病，这是生，他被杀，被杀后又杀人，这是死。所以他所代表的那个人，那件事，也纠缠着生死。”

“告诉我，你想到了谁？”我问。

欧阳承的脸色变了，不再像刚才的呆滞，而是愤怒、害怕、惶然结合在一起的复杂神色。

“寇风！”他从牙缝里迸出了两个字。

我感觉到旁边的寇云身子抖了一下，忙安抚性地轻轻拍了拍她的手臂。

“他是个怎么样的人呢？”我用尽量轻柔的声音，朋友聊天一般地随意问他。

“我刚看到他的时候，老张说，你变一个看看。他给了老张一支笔，然后就又变了回去。很奇怪，很奇怪，老张看不出，我也看不出，他到底用的什么法子。”

欧阳承开始絮絮叨叨，说起寇风第一次来团里面试时的情形。我觉得有点奇怪，他回答得有些不对题，不过想到他的精神状态，也就耐心地听了下去。

没想到他这一开口就没了完，声音忽高忽低，说的内容夹缠不清，有时同一个情节会说两三编，前后顺序也会打乱，而问他什么，他也再不回答。我只能很用心地听，才能理清楚头绪。

听到后来，我才明白，原来我之前作的这些努力，什么诱他回答啊，装神弄鬼地翻牌啊，并没能让他回复神志到回答我的问题，他依然封闭在自己的世界里，只不过从一个情景，被我拨弄得跳到了另一个情景罢了。

我相信他现在对我说的这些，在没人的时候，也会翻来覆去地说，有时说的节奏和次序，让我觉得好像是受审讯时，在回答警方的提问。在他的面前，好像坐着一个无形的警察，不断问着各种无声的问题，有时来回迂回，有时突然袭击，所以我一开始听的时候，才感觉混乱。

我几乎可以肯定，这就是他在接受审讯时的真实场面，反复的审讯加上内心的压力，他精神的失常就源于此吧。

我和寇云坐在欧阳承的对面，听他就这么说了一个多小时，我和寇云有时交换下意见，他也浑不在意。

等他把所有的内容细节，都说了两遍以上，深深印刻在欧阳承脑海中的，那天夜里所发生的一切，已经一笔一笔在我眼前绘成了一幅比较完整的画面。

张团长听到的小道消息并非空穴来风，就在事情发生前不到一周，黄芸已经决定甩掉寇风，转投欧阳承的怀抱。

实际上黄芸对寇风也谈不上有多深的感情，只不过工作关系，整天在一起，寇风有这个意思，黄芸的观念又比较开放，就顺理成章黏到了一起。不过当欧阳承正式向她发起感情攻势，一切就不同了。

欧阳承长得帅，又懂投女孩子所好，而寇风在黄芸的口中，是个“很多东西都不懂的土包子”，所以尽管魔术变得炫，并不能阻挡黄芸的变心。

黄芸比寇风进入幻彩团的时间更早，虽然颇有些姿色，但此前欧阳承并没有多动心。直到他和寇风的争斗愈演愈烈，并且总是处于下风后，就到处寻找能打击到寇风的每一个机会。当他发现，寇风对于黄芸几乎言听计从，极为在意的时候，就萌生了把黄芸从寇风身边夺走的念头。对于这点，欧阳承在警方的盘问下供认不讳。不过人的情感是会互动的，当欧阳承用了种种浪漫手段，把黄芸的心拴到自己身上之后，也慢慢觉得，这个女孩有很多令人心动之处。

出事那天的傍晚，欧阳承在屋里听到有人敲门，开门后却没见到半个人影，门前的地上静静地躺着一张纸。

欧阳承把纸捡起，发现这是一封写给他的信，写信的人正是寇风。

信上的内容很简单，即约欧阳承晚饭后七点十五分，到寇风的房间，和黄芸一起三个人把事情说清楚，做个了结。

在欧阳承看来，这不过是一个失败者的最后努力，他打算以成功者的姿态，到时好好给寇风点脸色看，以泄这两年来被寇风压住一头之气。

欧阳承是个很守时的人，看看快到时间，给黄芸打了个电话，发现她把手机关了。欧阳承也并未在意，这两天因为寇风要排一个新的魔术，作为助手，黄芸常常在寇风那里排演及商量改进一些细节，所以欧阳承估计黄芸此时正在寇风那儿。随手把信放在桌上，欧阳承就出门往寇风处去。

七点十五分，欧阳承来到寇风门前，正要按响门铃，却发现门是虚掩着的。他隐隐约约闻到一股异样的气味，但并未多想，不客气地直接推门而入。

屋里没有寇风，只有黄芸一个人。

一个倒在地上，满脸惊骇与不信，胸膛插了一把刀的黄芸。

欧阳承这才知道，他先前闻到的，是黄芸的气味。

血的气味。

他抢上前，抓起黄芸的手，挽起她的肩，发现她的身子还是温热的。她几乎把眼眶瞪裂的双眼还有一丝神采，但已经无法动弹。

“是谁，是谁？”欧阳承手足无措地哭吼了几声，黄芸却毫无反应。

等到慌乱惊恐过去，欧阳承才想到，这时最该做的不是追问谁下的毒手，而是叫救护车。其实在他的心里，已经隐约想到了一个人。

欧阳承把黄芸轻轻放下，想站起身准备找电话拨120。大概是心情激荡，又闻到了血腥气，刚直起腰就一阵头昏眼花耳鸣。

这阵天旋地转持续了超过十秒钟，欧阳承以手支地，等自已渐渐平复下来，打算慢慢站起来。他已经看见电话就放在不远处的茶几上。

小腿有些麻木，使不上力，欧阳承抓着旁边的真皮沙发扶手作为支撑，还没用力，心里忽然一悸，猛地回头。

寇风静静站在门口，也不知已经来了多久。他面色阴沉。只是冷冷看着欧阳承，一句话都不说。

欧阳承接触到他的眼神，心里先是一抖，随即明白了一切，怒火腾然升起，张口大声呼喝。

“是你……”

刚一开口，就看见寇风露出一丝异样的笑容，这笑容和他平时的温和全然不同，看了直让人从心底里感到阴森，胸口一窒，只骂了两个字就憋回了口中。

这精神上的冲击一瞬而过，转眼间欧阳承就回过神来，心想就算这寇风如何古怪，杀了人决不能让他溜走。心里的畏惧被对黄芸的哀痛压倒，就要大声喊叫，站起来冲上去和寇风拼命。

“你快看黄芸。”寇风突地抢在前面说。

欧阳承还以为黄芸缓过气来，顾不得寇风，猛地把头转回去。

血从黄芸胸前的伤口里喷出，溅了欧阳承满脸满身。

欧阳承惊得瘫坐在地上，然后猛然发现，原本插在黄芸胸口的水果刀已经到了自己的手里。

欧阳承处于惊骇后的失语中，而寇风却扯开嗓子大叫起来：“杀人啦！”

没过多久，张团长也急奔了过来，见状和寇风一起大喊起来。

欧阳承的叙述，到这里基本就结束，但还有些只言片语，反复地肯定他真的收到过寇风给他的那封信。反推警方的提问，竟然是在欧阳承屋里的任何地方，都没有发现那封信。而在欧阳承出门后的这短短一段时间里，也没有发现别人进入他家的痕迹。

当时他一身的血，手里又握着凶器，所说的话也完全和现实状况对应不起来，所以毫无争议地被判杀人成立。

扔下还在那儿自言自语的欧阳承，我和寇云走出了这间单人病房。从欧阳承这里知道的和我预想的基本符合，不过由于他的状态，我没办法问一些更细致的问题，比如水果刀突然出现在手里的那一瞬间，是什么样的感觉。

“哎呀，你们这一来，我们对他的治疗又前功尽弃了。”医生进去看了看，立刻出来埋怨我们。

“怎么？”我抱歉地问。

“他又回到刚来这里的样子啦，只要清醒就不停地辩解，好像有警察在盘问似的，说到嗓子沙哑都不休的。唉。”医生重重叹了口气。

我并没有觉得，最初他给我们变魔术的样子，要比现在更正常，只不过从一种封闭状态，转换到另一种而已。当然，可能不停地说话更招人烦一些。

“他这病的病因是什么？”

“过度惊吓后被警方连续审讯，精神疲惫到无法恢复。还有呢，就是他觉得自己是冤枉的，被判死缓想不通呗。”

医生说着转头对走过的一名护士说：“你注意一下欧阳承，太激动的话就打一针镇定，还有，赶紧让他吃药，观察一下效果，不明显的话下顿就要加量了。”

我看这医生有些不耐烦，识相地告辞离开。欧阳承算是毁了，就算有一天昭雪出狱，他也回不到从前的生活。治疗精神疾病的药无一例外都有很强的副作用，常常会把人治成行尸走肉。

实在想不到，为寇云寻找离家出走的哥哥，最后会和自己的案子联系起来。我的经历不可谓不离奇，但越来越感觉到，这世间的一切机缘偶遇，冥冥中仿佛有无形的线在牵引。

欧阳承的遭遇，几乎就是我的翻版。哦不，从时间上应该说，我是他的翻版才对。

寇风无人能够看破的魔术“隔空取物”实在太容易让人产生联想。在表演这个魔术的时候，一件东西不管被藏到哪里，他都能让其一瞬间重新回到自己的手上。而我和欧阳承两宗谋杀案的关键点，是一件东西在一瞬间到了我们的手上。

从欧阳承的讲述里，寇风当时一直站在门口，并没有前进一步，而插着水果刀的黄芸倒在欧阳承身旁。屋子里肯定没有第三个人。我曾经分析自己的情况，有一种可能是在甲板上有我和杨宏民之外的第三个人，他用极快极巧妙的手法，拔下了杨宏民身上的匕首又送进我的手中，现在看来，如果欧阳承案和我的遭遇是同一原因造成的，那么这种分析就可以排除。

仿佛有一只隐形的手，趁我们不注意的时候，把凶器从死者身上拔出，塞进我们的手里。

这究竟是寇风秘不示人的魔术绝技，还是说，这根本就不是魔术！这世界上有看不见的魔法精灵吗，又或者是寇风养了一只能隐形的生物？

如果杀死黄芸的是寇风，那么杀死杨宏民的，会不会也是寇风，还是掌握了同一种技巧的另一个人，他和寇风之间，有没有联系？

杨宏民案现在看似是个无处下嘴的乌龟壳，如果寇风与此有联系的话，从这条线查下去，说不定就能找到把这乌龟壳砸碎的那丝裂缝。

当然，另一个可能是欧阳承是个彻头彻尾的疯子，他的话全不可信。

寇云一声不响地走在我身边。

我极想向她问清楚，她哥哥寇风是个怎样的人，那个魔术究竟是怎么回事，可看她现在情绪低落的模样，一时话到了嘴边，又缩了回去。

自己的亲生哥哥可能是个杀人犯，听到这样的消息，寇云大概宁可永远都找不到哥哥，不知道哥哥的一点音信吧。

现在去问她这些，实在太过残忍。

转念间，我已经决定，不去管寇风，先带寇云在上海好好玩几天，让她的心情变好再说。

正打算告诉寇云，晚上带她去嘉年华坐云霄飞车，我的手机突然响起。

是郭栋。

“可以去酒泉了，把你的密码准备好，希望别让我出个大丑，我可担了责任的。”他说。

“我们去酒泉。”我放下电话对寇云说。

“让你看看，火箭是怎么飞上云霄的。”

第八章 三十八万公里的两端 Chapter 8

飞机在跑道上加速，然后腾翼而起。我坐过很多次误点的飞机，但是像这样还没到起飞时间，就提前出发的飞机，还是头一回坐。

因为这是飞往酒泉卫星基地的专线飞机，只要乘客都到了，就可以起飞。现在是早晨九点四十五分，比预定的起飞时间早了一刻钟。

上海没有到酒泉基地的飞机，郭栋帮我订好了昨晚由上海至北京的火车票，今早七点刚过就到达北京，吃过早饭，就直接来了南苑机场。

和我一样飞往酒泉的乘客，除了郭栋之外，还有几十个人。其中有些穿着军装，有些穿着航天工作服。酒泉基地经过半个世纪的建设已经成了个卫星城，除了部队之外，还有人数庞大的科研人员，为了满足需要，每个月北京和酒泉基地之间都会飞几次。

从北京到我们的目的地鼎新机场约一千六百公里，十一点五十分，飞机开始下降，从机窗向下望去，一片土黄色的大戈壁在苍苍茫茫间微微起伏，而机场只是很小很小的一块。

飞机平稳降落，走下舷梯，外面一片阳光明媚，没有想象中戈壁沙漠的沙尘气息，空气反而比北京和上海都要清新。走在停机坪上，望出去是无边无际的辽阔。旁边的寇云在火车上睡过一觉之后，精神比昨天刚从上海精神卫生中心出来时要好得多，现在到了这里，已经完全恢复了本性，把哥哥的问题藏到内心的小角落里，甩开步子蹦蹦跳跳，抢到了我和郭栋的前面。

她跑了几步，忽地跳转身来，挡在我的面前。

“哥，给我拍张照。”

她双手张开，要把身后的壮美全都抱拢似的。

我从包里翻相机，却不防郭栋拍了拍我肩膀。

“干吗？”

他用手一指。

不远处一个巨大的告示牌：军事禁区 严禁摄录像！

寇云哀叫一声，声音听起来很是恐怖，其实却浑然没往心里去，继续蹦着向前走。

“这就是你的助手？”郭栋摇着头轻声问我。

这次重新在北京见到郭栋，寇云已经抢着主动把自己的身份向郭栋介绍过了：我是哥的助手，哥到哪里都要带着我，我可不会添乱的。

真不知道这话是说给郭栋听，还是说给我听，或是说给她自己听的。

其实我之前就已经给郭栋专门去了个电话，详细说明寇云的事情。早在办身份证之前他就知道这小丫头是和我一起从广州的看守所里跑出来的，听我说她的哥哥可能和杨宏民被杀有关，也吃了一惊。因为寇云实际上已经卷入了杨宏民案的中心，而且背景相当清白，所以才能以我的助手之名，和我一同来酒泉观月球的光，不然哪能这样容易。

下飞机的旅客不多，来接机的更没有几个，很容易就看到举着写了郭栋名字的接机牌的人。这是个穿着航天工作服的年轻人，胸口还别了一块印着火箭图案的身份卡片，他有一个在两千多年前十分显赫的名字——王翦。

王翦话不多，手脚干练，一派军人作风。确认了我们的身份之后，把我们引上机场外一辆军车牌照的桑塔纳轿车，往酒泉基地方向驶去。

酒泉卫星基地名为酒泉，其实离甘肃酒泉市有近三百公里远，只是因为酒泉是其附近最著名的大城市才得名。确切说来，酒泉卫星基地所在的省份是内蒙古。而从鼎新机场到酒泉基地，也有近八十公里的路程。

这条从戈壁里修出来的路两边是粗壮的防风树木，路比上海的很多小马路都要窄，只容两车交会，要是两辆大客车迎面驶过，怕得要放慢车速，小心翼翼才能不磕碰到。

一小时之后，桑塔纳驶入了酒泉卫星基地的中心区域，一路上过了好几道安检关卡，不过这辆小车只是略微降下速度，就毫无阻挡地一驶而过。

基地里的道路多是四车道，行人车辆不多，看见的人极少有便服，以军装居多。道路建筑看起来就像是八九十年代的上海，多了一份质朴气息，不过一些航天题材的雕塑倒是极具现代气息。路面极为干净，想来这座以军人为主的卫星城里，不会有随手乱扔杂物的人吧。

王翦先把我们领到航天餐厅去吃了顿午饭，四菜一汤，不算很可口，仅能管饱。不过让我眉飞色舞的是饭后上的一整个西瓜，这绝对是我这辈子吃到的最棒的西瓜，又脆又爽口，咬下去蜜一样的汁水四溢在舌齿间。寇云吃得满脸都是红瓤，我也好不了多少。只有戈壁滩特殊的气候和地理环境才能种出这等圣品，在这样干燥炎热的天气里品尝，真是绝妙的滋味。

指挥中心是一幢很普通的大楼，完全没有想象中太空中心的架势。有这样的想法应该是自己科幻片看太多的缘故吧，我反省着。

大门口是两个持枪站岗的警卫，车直接开进去，停在了院子里。大楼的入口也有警卫，我和寇云分别出示了身份证，并填写了出入登记，然后领了三张参观证。

我心里纳闷，怎么和上海的政府机关进出登记一个样，完全没有想象中严格呀。

整洁而平凡无奇的走道，如普通写字楼一般，硬要说差别，那么上海大多数的写字楼都要比这里更漂亮更现代。

“请跟我来。”王翦腰背挺直地大步走在前面，顺着走道，进入大楼深处。

他的背影在转角处消失，跟着转过去的时候，发现他已经停了下来。

一扇厚重的钢门挡住去路。钢门前面，左边两个，右边两个，四个士兵横枪站岗。在四个战士旁边是一个专门的守卫室，王翦站在守卫室窗前，里面的人正在打电话。从玻璃窗望进去，这间屋子里就摆放了许多仪器，光闪动的屏幕就有三四个。

“知道了。”我听见他这么说了一句，然后放下电话，走出门来。

他拿着一个类似机场安检员用的检查器，给我们三个从上到下检查了一遍，就是寇云也不放松。查完之后，他让我们交出刚拿到手的参观证，给我们换了另外三张临时工作证。

“把这个挂在脖子上。”王翦特意叮嘱了一句。

这临时工作证手感和先前的参观证完全不同，透明塑胶里封着的，绝不只有那张印着“工作证”字样的纸，还夹着一块硬卡。我猜想这是一种自动身份识别卡，如果没带着这东西，恐怕进了里面，警报就会响起。

低沉的轰鸣声中，钢门缓缓移开。出乎我意料，里面是个电梯间。

左右两排各五扇电梯门，王翦做了个请的姿势，在他旁边一扇电梯门正在打开。

电梯里的空间比一般的货梯还要大几分，没有华丽的装饰，四周是青色的金属壁，白色的光线从顶上照下来。我特意察看了一下，生产这台电梯的不是常见的几家电梯厂，而是一个从未听说过的牌子，厂家的名称是一串数字。这是由军工厂生产的电梯。

王翦按了四楼，然后电梯门关起，微微一震，开始运行。

电梯速度很快，我有一瞬间的失重感，重新恢复重力的时候我意识过来，这电梯正飞速下降。

我扫了一眼楼层按钮，一到七楼共七个按键，直接用阿拉伯数字表示，这上面的二楼就是地下一层，而我们的目的地是地下三层。

隔了很长的时间，楼层指示灯才跳到了“2”，不知道这电梯每秒的速度是多少米，但普通的钻地导弹肯定穿不到地下一层。

心里琢磨着，指示灯就跳到了“4”。

“你们终于来了，我是张鸿渐。”一位老者站在电梯门外，衣装笔挺，头发梳得一丝不苟。

“张总指挥。”王鶲肃然立正。

他和我们一个个握过手，手掌粗糙有力。

“我这里已经就绪，就等密码了。”他对郭栋说。

郭栋点点头，同时用眼角余光扫了我一眼。

这地下三层四处是回廊，像迷宫一样，天顶距离地面有四米多，让人感觉很空阔。不知这一层到底有多大，肯定比地面上看的一层大得多。

米白色的走廊两边每隔几步都有壁灯，头顶还有棱形的吸顶灯，四下里照得通明。走廊里空空荡荡，没碰上一个人。所有的房间门都是关着的，每扇门旁都至少有一个刷卡感应器，我看到有几扇门旁还有密码键盘。

“这儿有多深呀。”寇云好奇地问张总指挥。

“很深。”张鸿渐看了一眼寇云说。

“挖这么深要用很久吧。”

“是的。”

这位总指挥一边走一边回答着，口气不加掩饰的敷衍。寇云的神态一向很讨人喜欢，不过在他这里好似完全失效。这里的一切都是高度机密，我们这几个人能进来，已经是例外，又怎么会透露过多的信息给我们。

在这迷宫里并没有转很久，很快我们在一扇门前停住。张鸿渐拿他的工作卡在门前刷了一下，然后推开门。

这是一个有五六百平方米的大厅，数十名工作人员正在终端电脑前工作，与一般公司相区别的是，这里绝大多数的位子之间是相通的，没有隔板。最前方有一个十平方米左右的大屏幕，现在这屏幕是黑着的。

我们这几个人鱼贯而入，一些工作人员向这里望过来，随即又埋头工作，并没有和他们的总指挥打招呼。

穿过这些人，我们走到大厅的前方。这里有一排呈弯月形的座位，每个座位都很宽大，每个座位前的控制台上有两个显示屏和许多不知功用的按钮，还放着一个麦克风。

张鸿渐停了下来，他看着其中的一张坐椅，叹了口气，转过头对我们说："碰到重要发射的时候，这儿就是指挥、副指挥还有重要专家的位子，杨宏民就坐这里。"他摇了摇头，停了一会儿，重重地说，"不能让老杨死得不明不白。"

"您放心，我们一定会查出来的。"郭栋脸色沉凝地说，然后他望向我。

"我们的调查员从维布里的手提电脑里找到了他用以启动后门的程序，之前已经传给张总指挥这里试验过了，只要有密码，这段程序就能接通那艘探测舱。那多，告诉我们密码吧。"

这时连寇云都瞪大了眼睛看着我。因为我一直保守着秘密，连她都没有告诉，这属于我偶然倔犟脾气发作，小丫头用尽各种方法都没能从我嘴里撬出密码，早已经心痒到不行了。

"还记得我对你说，杨宏民在临死之前，对我说了什么吗？”我问郭栋。

“他告诉了你维布里和这件事有关啊，不然我们也没办法查到现在这一步。”

我摇了摇头：“他说的是老鹰。我们通过这两个字找到了维布里，然后把整件事穿了起来，所以就不再怀疑这两个字其实是别的意思。但是，老鹰是维布里的外号，是圈子里玩笑性质的称呼，杨宏民死前如果要告诉我们维布里，多半是会直接说名字，而不是外号。再者，一个人在那样的情况下，多半会把他认为最重要的消息说出来，显然有一个信息比维布里还重要，就是密码。”

“这么说，密码就是老鹰？”郭栋有些不可置信地反问我。

我摇了摇头：“和老鹰有关，但不是老鹰。维布里不是密码专家，他所设置的密码，应该对他来说有一定意义，并且简单易记，而杨宏民临死前对我说的，其实并不仅仅是老鹰这两个字。”

“可你对我说就是老鹰，如果还有别的，你怎么不早说！”郭栋皱眉，看着我的目光中有一丝不悦。

“你先别忙着生气，其实我也一直以为他那时对我说的就是老鹰。他那时是这样说的：‘老鹰，鹰，老。’说到这里他就断气了，所以我很自然地认为，他说的是老鹰，鹰，老鹰。是在反复强调老鹰。”

“老鹰，鹰，老……”郭栋反复念了几遍，不断地点着头，“嗯，的确非常有可能，这就是密码。”

“老鹰在英语中是EAGLE，鹰老就是ELGAE，我想连起来就是密码了。”

“好，我们来试一试。”张鸿渐打开了身边的一个麦克风，用手敲了几下，然后弯下腰说，“程序对接准备，打开大屏幕，密码EAGLEELGAE。三次尝试。进程通过四号频道报告。”

大屏幕亮了起来，满屏的雪花。

张鸿渐坐了下来，戴上耳机。他面前的两个屏幕上不断地跳出各种信息。

大厅里的气氛顿时紧张了起来，尽管没有人离开座位，但我能感觉到每个人都完全进入了工作状态，低低的进度报告声此起彼伏。

焦急等待中的时间总是过得特别慢，我们只能干着急地盯着大屏幕，帮不上什么忙。可是屏幕上的雪花却迟迟不见消失。

“尝试EAGLE，空格，ELGAE。”我听见张鸿渐重新下达指令。

又过了半分钟，他抬起头对我说：“这个密码不对。”

我的心脏重重跳了一下。不对？那后果可严重了。

郭栋的脸色也变得难看起来。

我全力开动大脑，想找出有哪一点漏过了。

“对了，维布里在瑞士工作，瑞士是讲法语和德语的，法语和德语里老鹰怎么说？”

我这话一说，几个人相互对望，看来都不会这两门外语。

“欧阳，你去查一下法语和德语里，对应老鹰的单词。”张鸿渐通过麦克风发出指令。

“可是，维布里是英国人啊，他笔记本里大多是英文软件，包括WINDOWSXP。”郭栋对我说。

我心里一紧，这样的话，维布里应该就不会用别的语种设置密码，肯定是英语，或是数字。

老鹰，鹰老，EAGLE……我在心里默念了几遍。

“去掉一个E。”我猛然对张鸿渐说。

“什么？”他不明白地问我。

“EAGLELGAE。用这个试试，中间去掉一个E，用原单词的词尾直接当做后半部分的开头，这更符合美感。”

“新的密码，EAGLELGAE。尝试三次。”张鸿渐没有废话，直接下达了新的命令。

“密码通过！”

这次不用张鸿渐转达，我直接听见有一个声音在大声报告。

“八秒后建立信号联系。”

“八，七，六，五，四，三……”我在心里默数着。

所有人的眼睛都紧盯着大屏幕。

屏幕上的雪花一阵抖动，然后出现一幅模糊的画面，又过了几秒钟，画面稳定下来，三十八万公里之外的景象，慢慢变得清晰。

“月亮上就是这个样子的啊。”寇云叹息着说。

“月球上……是这个样子的吗？”我不禁向张鸿渐发出了疑问。

因为眼前的情景，和想象中的月表，有着一点区别。

我看过几幅月表的照片，多半是美国人的阿波罗系列登上月球时所拍摄的，那是一片灰白色的世界，和从地球上看到的明亮皎洁完全不沾边。因为遭受了无数次陨石的撞击，没有大气层保护的月球就像被巨犁翻了一遍，每一次的撞击会把碰到的一切坚硬东西轰成飞灰，亿万年飞灰沉淀下来，就形成了覆在月球上的厚厚一层月壤。月球上最常见的，就是比沙子还细，一不小心就会溜进宇航服的月壤。平坦的月壤平原，或高低起伏的月壤山丘，还有少许千疮百孔风化状的月岩，和月壤一样，这也是灰白色的。

当然，风化只是一个比喻，月球上没有空气，也就没有风。岩石之所以会变成如此糟糕的模样，全因陨石撞击时被爆炸的外围扫到，还有月球昼夜三百摄氏度的温差热胀冷缩崩碎所致。

可是现在显现在大屏幕上的，却不是这么简单的月壤月岩。

画面中央只有一块石头，石头表面坑洼不平，有许多棱角，但并不是结构松散的风化状，反而让我觉得，这块石头质地紧密，有些细部甚至还比较光滑。

石头的颜色是暗红色的，这让我想到火星的颜色。光线的照射下，石头略微有点透明，仿佛是一块火宝石，红晕流动，很是妖异。

实际上我觉得这不像石头，反而有些像金属矿石，或者是结晶体的矿石。

“这是什么东西？”郭栋也同时发出了疑问。

画面基本是静止的，但这不是照片而是不断传回的摄像数据。这是一个近镜头画面，没有参照物，所以不知道这块石头大概的大小。

我们的运气不错，正好赶上了月球车上的摄像机启动运转。由于使用寿命和电力的关系，摄像系统不可能不间断运作，一天拍个两三小时算是相当长的了。可是这么样盯着一块石头拍，有什么玄机？

“这应该是……”张鸿渐也皱起了眉头，他端详着屏幕上的图像，语气也显得有些犹豫。

“这应该是月表比较罕见的露天矿石，在月球表面有十多种储量丰富的金属矿，但像这种露天的很少见。可是单凭这一幅图像，很难判断到底是哪一种。”

张鸿渐缓缓说出了这一段话，脸色越发的凝重，他眼中的疑惑之色一闪而过，心里所思考的东西，绝不只是这两句话这么简单。

郭栋作为经验丰富的刑侦队长，对人的观察力只会在我之上。我能发现这位张总指挥语多保留，他当然不会看不出。我不方便说什么，但身负破案重责的他就不同了。

“张总指挥，这个案子上上下下都极为重视，但是内情复杂，进展缓慢，您的专业知识，对我们来说非常重要。”郭栋说得很委婉。

张鸿渐点了点头，但没有立刻回答。他盯着大屏幕上的画面看了一会儿，才开口道：“我心里大约有点数，但我不是搞月球矿藏研究的，科学讲求精确，特别是我们搞卫星火箭的，一丝一毫的疏忽都不行，已经养成了习惯，所以还是不要轻易开口。我们这里有专家、有设备、有资料库，你们等一段时间，等有把握一点的结果出来了，再告诉你们。你放心，我比谁都想知道真相。”说到这里，他的眼神不禁在杨宏民的空位上滑过。

“啊，快看。”寇云忽然指着大屏幕叫起来。她这一声叫得又脆又响，把我们都吓了一跳。在这样的场所，我们都不太敢高声说话，这丫头却没一点顾忌。

大屏幕上的情景，已经发生了变化。

说来也没什么大不了，就是月球车用机械臂推了一下这块矿石，让它翻了个个儿。我们看的时候，机械臂正慢慢从镜头前退出去，矿石摇晃着，再次平稳下来。镜头略微调整后，矿石还是处于画面中央，看上去和刚才没什么分别。

这是在干什么？我的心里浮起一个大大的问号。

月球车的这个动作，要么是程序预先设定，要么是黑旗集团正在远程指挥。让三十八万公里外的一块石头翻个面，这里面的意图真是让人摸不着头脑。

“张总指挥，这个……刚才月球车的这个举动，从对月探测的专业角度说，有什么讲究吗？”郭栋问。

“没有。”张鸿渐爽快地回答，“看起来是无意义的举动，我不知道他们为什么要这么做。要是几年后我们的月球车上去了，要么采样准备带回，要么就地进行简单分析。这种半天没有动作忽然推一下，除非……”说到这里张鸿渐摇了摇头。

“除非什么？”郭栋追问。

“除非月球车的程序出了问题。”张鸿渐笑了笑，他自己也觉得这不太可能，接着说，“但据我所知，就是把地球上的模拟试验都算进去，也从没发生过这样的事情。月球车的各个环节都有严格的测试，突然失去联系或机械故障卡壳这些，在极端的外部条件下都可能发生，但程序出错令月球车乱动，这样的错误太低级了。”

“会不会是维布里做的手脚呢？他既然能放后门，如果再放个病毒进去，不就能让月球车失控了吗？”我问。

“不会，他放了个后门进去已经是大丑闻了，病毒……除非他疯了，不然不可能这么干，哦等等。”好像有研究员通过耳机报告新的消息，张鸿渐听了会儿，说了句“知道了”。

“月球车是接到远程指令，才做了刚才的推动动作的。”他说。

“这个后门程序，最大限度发挥出来的话，能做到怎样的程度？”郭栋问。

因为无法猜到黑旗集团的意图，所以我估计郭栋是希望尽可能掌握月球车的资料，来进行分析。

“共享信号是没什么问题的，而且不会被发现。这个程序倒是也能尝试夺取控制权，但这不可避免会让主人知道。如果在主人没有准备的情况下，有一定成功的可能。”

“如果有准备呢？”郭栋问。显然黑旗集团已经知道了后门的事。

“那样机会就很小了。而且，一旦被发现我们插手别人的商业机密，会对我国航天事业的声誉造成不可挽回的巨大损害，一般情况下，我不可能批准这么做。”说到最后一句时，张鸿渐的语气是决然的。

我完全理解。

无论在什么国家，国家利益是凌驾于个人生死之上的，哪怕杨宏民是个优秀的科学家，也不可能为了解开他被杀之谜，而让中国航天业蒙羞。

只是这样一来，我们的调查就会困难许多。

“对了，张总指挥，用刚才出现过的月球车机械臂进行参照，这块东西大概有多大？”郭栋问。

我们这几个人对月球车的大小都没什么概念，所以无从比较。

“大约这么大吧。”张鸿渐用手比画了一下，比篮球稍小一点。

又等了一会儿，屏幕上的画面没有再动过，王翦把我们领出指挥中心，陪我们在基地里走马观花地参观了一下，晚饭后安排在航天宾馆住下。

两间房，我和郭栋一间，寇云一间。她吵闹着要和我一间，被我大声喝止，这让郭栋看我的眼神十分暧昧。

洗完澡躺在床上，电视里能看到的频道十分有限，不过我们两个眼睛看着电视，脑中想的却是这宗悬案。

真是线索越多，头绪越乱，想来想去一片茫然。

我们能看到月球车拍的矿石图像，说明信号正不断地传回来。可是这种和空镜头无异的信息，又有什么价值，要让宝贵的月球车一直拍个不停？还得保持和地球信号通畅，把这几十分钟、几小时的空镜头传到黑旗集团的神秘基地。

说它神秘，是因为调查组直到现在，都没有发现黑旗集团这个太空控制中心在什么地方，所有这个集团的产业里，找不出一丝痕迹。

通过后门程序，这台月球车和地球之间的通信往来、资料传输，就像橱窗里的陈列品，看得清清楚楚。除了源源不断地回传静止图像数据流之外，月球车刚才没发回来任何其他信息，而黑旗集团方面，也就仅发了一个推石头指令，再无其他。

然而我和郭栋都清楚，导致维布里和杨宏民被杀的天大秘密，恐怕就隐藏在这对张鸿渐来说毫无科研价值的矿石图像里。那一下推动矿石，也绝对是有道理的。

我们两个人貌似看着电视，其实都快想破了头。

“看来是机缘未到啊，怎么都想不通呀。”我叹了口气，自嘲了一句。

郭栋“嘿”了一声，却不答话。

“你说会不会是黑旗集团方面故意搞的玄虚，知道有人会用后门偷看，来个故布疑阵？”我忽然想到了这种可能。

“也许吧，不过如果这样的话，我们只要一直监视，他们终究有一天会露出马脚。再说对他们而言，知道密码的人已经全死了，有必要这么做吗？”

“我这不是想不出了才这么说的嘛。”我苦笑着说。

“对了，关于黑旗集团，有一个不太寻常的消息。”

“哦？”我竖起了耳朵。郭栋下午参观基地的时候接了个很长时间的电话，我就猜有什么新的情况。

“黑旗集团昨天宣布，旗下的一家船场和一家新成立的能源公司合作，制造了一艘利用新能源作为动能行驶的游艇。”

“新能源？是什么能源？”

“黑旗集团搞了个噱头，并没有宣布新能源的详细情况，只说这是一种高效、安全、清洁的能源。采用这种能源的游艇叫做‘新希望’号，它有两套动力系统，一套是常规的石油动力系统，另一套就是黑旗集团宣布的新能源。为了见证新能源的真实有效，‘新希望’号将进行一次环球航行，一些能源和轮船机械动力专家已经被邀请随船参与这次航行，今天上午黑旗集团在这些专家的面前，封闭了石油动力系统，下午这艘船离开伦敦，直航亚洲。他们宣布在中国将停靠的两个港口是上海和香港，每个城市都会逗留一天。整个环球航行过程中，船上的专家将会监视动力系统的运作，保证这艘船所采用的是新动力，而不是石油。等到环球航行顺利结束，‘新希望’号回到欧洲，黑旗集团才会公布这种新能源的奥秘。”

听郭栋这么详细一说，我还真被吓了一跳。在这个全球高喊能源危机，石油价格节节上升的时候，如果有能取代石油的新能源出现，其重要性用石破天惊来形容也绝不过分。

“这可是爆炸性的新闻哪。”我惊叹着说。

“这倒也未必。这些年类似的新闻难道还少吗？水变油之类的笑话倒是闹了不少，所以新闻媒体都相当的慎重。而且欧美的各大媒体比我们这里要严谨许多，在最后结果没有出来、黑旗集团对新能源的详细情况秘而不宣的情况下，他们没有进行大规模的报道，就是有也写得很克制。”

我重重咳嗽一声，我一个中国记者就坐在他面前，这不是指着和尚骂秃驴吗？

郭栋也反应了过来，笑着说：“哎呀不好意思，倒忘了你是个记者，不过这也是事实嘛。”

我苦笑，却也无法反驳，总不能说国内的这些媒体，比欧美各大通讯社还要牛吧。国内也有一些精英级的记者（内心深处升出一只小手摇一摇，比如俺），也会出一些不错的报道，但行业的整体水平，却不是靠个别的优秀人物就能提升上去的。这是长时间的积淀，急也急不得。

“但据我所知，那些媒体现在虽然没有集中报道，却都很关注。因为黑旗集团请的那些专家，都相当有威望，如果这新能源是弄虚作假，在这么长的航行时间里，不可能瞒住他们所有人的眼睛。黑旗集团这么做的意图，是先让事实说话，这和之前的能源骗局，还是有很大不同的。一旦这次环球航行获得成功，黑旗集团成为巨富不在话下，连全球的局势都会为之改观。”

这话可一点都不夸张。各国对中东地区的战争纷纷插手，说到底还是为了那里的石油。对一个国家来说，石油就是生命线，如果冒出来一个可利用的新能源，其将产生的剧烈影响，是让所有国际形势分析专家都会热血沸腾的大课题。

如果一个国家掌握了这种能源，那么世界上国家力量的格局就会改变；如果是一个公司掌握了这种能源，那么它的力量连一个国家都会感到畏惧。

“难道这就是黑旗集团隐藏的秘密？维布里和杨宏民的死，会不会和这种新能源有关？还有那家能源公司，是什么背景？”我问了一连串的问题。

郭栋直接回答了我最后一个问题，因为前两个问题也是他所怀疑的，但和我一样他现在也没有答案。

“那原本是一家注册在英国的小能源研究所，资金和研究员都很缺乏，一直没有什么成果，也从不被人注意。两年多前这家研究所被黑旗集团以很小的代价收购，改组成公司。”

“没了？”我惊奇地问他。

郭栋双手一摊："没了，就这些。这个新能源项目显然不是收购之前带过来的，看起来更像黑旗集团为了把某项不知从何而来的技术合理化，才借来的壳。实际上这样一艘采用双能源系统的船，从设计到造好，就算只用三年时间也是神速了。"

"真是见鬼了，难道是外星人给他们的新技术不成？"我嘟囔着。

"以你的经历，说出这么一句话，也不能权当玩笑听哟。"郭栋开了个玩笑。

我哂然一笑。外星人给地球人新能源的技术，这是太老的科幻小说套路，如果这就是真相，也太俗套了吧。

"上午专家上船，下午起航，在起航前，有几位参观过'新希望'号能源动力系统的专家接受了记者的采访。据他们说，新能源动力系统的关键部分非常袖珍，有少许设计让他们联想到核动力系统。然而黑旗集团对新能源的形容是安全和清洁，现今的核能利用情况是既不安全又不清洁。"

"是啊。"我叹了口气，"今年是切尔诺贝利核事故二十周年，那场灾难的创伤到今天仍未愈合。现在各国几乎都不再建造核电站，就是因为那玩意儿的问题太多、太危险。"

"更重要的是，核裂变反应堆结构复杂，并且需要重重的安全保护装置，'新希望'号的关键部分既袖珍又简单，如果那也是核能，至少比现今各国的核技术领先两代以上。而且黑旗集团说了，是新能源，而不是老能源的新利用方式。"

“说了半天，其实还是搞不清楚其中的玄机啰。”

“就这样看一看，哪能这么简单就搞清楚。”

不知不觉间，和郭栋聊到很晚，这可和平时的打屁闲聊不同，说话的时候脑子一刻不停，到后来又累又困，呼呼睡去也。

一夜过去，天刚蒙蒙还没全亮，“叮咚叮咚”的门铃就把我们吵醒。我眯缝着眼爬起来开门，刚开一条缝，一脸鲜活的寇云就把门扒拉开跳了进来。

原来这丫头昨天玩得太累，回到房里很快就睡着了。我昨天还奇怪呢，她怎么这么老实没跑过来串门烦我们两个，原来在今天早上等着我呢。睡得早当然醒得也早，这丫头从来闷不住，也不顾别人的死活，冲过来也。

她既然已经过来了，我当然就睡不安生，心中痛骂嘴里抱怨，挣扎着爬起来。我既然已经爬起来了，郭栋当然也别想好好睡，很不甘地被我吵起来。

寇云早上起来精力足话也特别多。两个目光呆滞的男人以拉长音的“嗯”和“哦”来回答她，还不时夹进一个惨痛的哈欠。

洗漱完毕，准备去吃早饭的时候，房间里的电话响起来。

是王翦打来的，说是半小时后来接我们，再次去指挥中心。是关于那块矿石的事情。

昨天他说让我们等一段时间，我还以为会要好几天，没想到这么快。搞科研的说话果然很谨慎。

同时也比较欣慰，因为就算我们不被寇云吵起来，也会被这个电话吵起来，多睡不了多久。

早饭后来到宾馆大堂，王翦已经等着了。

第二次来到指挥中心，这回却没有去地下基地，而是在地上二楼的一个会客室里。我们略等了一会儿，张鸿渐快步走了进来。

打过招呼，他很快进入正题。

“昨天的图像传输，从我们接通开始总共持续了一小时三十二分钟，你们走后矿石又被翻了两次，除此之外月球车没有其他的动作。画面上的矿石，我们请了几位专家一起讨论过。以往环月球飞行的探测器也曾拍到过一些月球上的露天矿脉，像这种近距离的图像却没有。我们比对了一下，同时根据月球的自然条件推测，最接近的有两种矿石。一种是铁，另一种是钛。月球上这两种金属的含量极高，一般情况下它们分布散落于月球的玄武岩或者月壤中，只有在少数的情况下，它们才会聚集成能更方便利用的天然矿石。”

“铁……和钛？”我有些失望地问。听起来这是两种没什么搞头的金属，还期望能听到什么惊天动地的大宝藏，这样才能稍稍解释一下黑旗集团干吗要派辆月球车盯着嘛。不过转念一想，就算是那么大颗的彩钻，光派月球车盯着又有什么用？能看不能吃只能意淫一下，黑旗集团没这么无聊吧。

“是的，那块矿石中，应该富含铁或钛。可是，如果就这样把它称做铁矿石或钛矿石，并不是合适的叫法。”

“那该叫什么？”这次抢着提问的是寇云。

张鸿渐略一沉吟，好像在思索有些话该不该说，又或者该怎么说。

“关于人类登月的历史，你们都熟悉吗？”他问了个看似无关的问题。

“应该多少都知道一些吧。”说完我忽然想到寇云，估计就她不清楚。

“唉，我知道得少一点。”寇云怯生生地举手。

什么少一点，肯定是根本就一点都不知道。

张鸿渐也不禁向寇云微微笑了一下，说：“那我简单介绍一下，20世纪60年代初，美国航空航天局就提出了‘阿波罗登月计划’。他们用了八年的时间，阿波罗1号至10号飞船进行了多次不载人、载人的近地轨道飞行试验或登月预演，终于到1969年7月20日，阿姆斯特朗和奥尔德林乘‘阿波罗11号’宇宙飞船首次成功登上月球。从那时起到1972年年底，美国共发射了七艘飞船登月，其中包括中途返回的‘阿波罗13号’。前后共有十二名宇航员踏上了月球。那时不知有多少人惊呼，人类就此走向宇宙。”

说到这里，张鸿渐露出了一个意味深长的表情：“那时候我还很年轻，听见这个消息，激动得不得了，就立志要搞航天，让中国人也能上月球。可是，自1972年之后，美国航空航天局全面收缩，登月计划中断，直到今天，美国人再也没有上过月球。然而从去年开始，美国、欧洲、中国、日本、印度等纷纷启动登月计划，从各国公布的登月时间表来看，几乎是争先恐后地要再次登上月球。这突然停止和突然复苏之间，究竟藏着怎样的玄机，估计你们就不清楚了。”

听他说到这里，我心里突突直跳。看来张鸿渐准备把一宗牵动各国登月计划的隐密抖出来了。

“其实也算不得绝密。”张鸿渐看看我们的表情，笑着说，“注意留心这方面的新闻报道，也能猜出一二，还算是在台面上的，只是大家心照不宣，没有公开正式地宣布罢了。1972年以后美国人不再搞登月，原因很简单——入不敷出。以人类当时的航天水平，登一次月要耗费大量的人力财力，回报却几乎没有，那么多年撑下来，终于扛不住，得歇一歇了。这一次各国几乎同一时间要再次登月，其实是同一个原因，那就是登月能产生利益，而且是巨大的利益！”

“利益？”我皱起眉问，“难道现在的航天科技已经发展到投入有产出的程度了吗？怎么在我印象里这还是个砸钱的活呢，在月球上建立移民区或开发月球矿藏，这还远得很吧。”

“你说对了一半。在月球建立适合人类居住的区域，这还是一项相当长远的目标，但那么多国家的登月计划，却的的确确是冲着月球上的资源去的。当然，把月球上的铁啊、钛啊运回来，成本太高，就算是金矿也抵不上来回的运费。但是月球上有一种东西，其价值远远超过了黄金。”

“什么？”我和寇云同时问道。

“氦-3，听说过吗？”

我肯定自己看到过这个名词，可也就是看见过而已。

“好像有点印象，不过您还是详细说一说吧。”

“氦-3是热核反应堆最合适的燃料，热核反应堆和你们一般概念里的核电站里的反应堆是两回事，热核反应堆要做的是核聚变，而之前我们利用的是核裂变。核聚变又干净又安全，没有放射性，而且地球上的核聚变原料是核裂变的一千万倍。就在去年，欧盟的一些国家和美国、加拿大、中国、日本等多个国家合作，在法国卡达拉舍开始建造国际热核反应堆，乐观的估计是八到十年建成，也有可能会长达三十年。”

“造什么东西要这么长时间？”寇云感叹。

“这项工程的确非常困难，因为目前能用的燃料是氚和氘，让它们达到核聚变需要上亿摄氏度的高温，热核反应堆要能持续长时间承受这样的高温，所以难度极大，要攻克的技术难关比比皆是。但如果用氦-3和氘进行聚变，则聚变的点火温度大大降低，以我们现今的技术水平，可以说利用起来是没有难度的。可是地球上氦-3储量极少，有的说是五百公斤，有的说是几十吨，这些氦-3散布在各处，所以不管是五百公斤还是几十吨，都和没有一样，提炼的代价大到不可能承受。”

“原来是这样，那月球上一定有大量的氦-3了。”我说着，却忽然想到了黑旗集团的新能源。

“是的，其实不管是地球还是月球，氦-3都来自太阳。氦-3最初是在太阳上由于热核反应形成，然后借太阳风散向四面八方，只是能到达地球和别的行星的量很少。因为有大气层和磁场所阻，它们很难落在岩层表层上。而月球没有大气层，所以太阳风所携带的微粒便能顺顺当当地落在月球表面。因为月球的土壤经常被小行星撞击，撞击以后，土壤就翻来覆去，大约每四亿年月球的土壤就要翻一次，所以月球的土层当中吸收了很多氦-3，且含量比较平均。月球有四十六亿年的年龄了，氦-3的储存量非常丰富，因为没有详细探测过，只能说，氦-3在月球上的储量在几百万吨到几亿吨之间。"

说到这里，张鸿渐看看我们，说："你们可能还不清楚这几百万吨的意义，以石油的价格换算，每吨氦-3的价值高达四十亿美元，而大约十吨氦-3就能满足中国一年的能源消耗，全世界一年用一百吨左右。像北京、上海这样的城市一年的照明用电，几百克的氦-3就能解决。"

"这么厉害！"张鸿渐这么一说，我才知道这种叫氦-3的燃料居然牛到这种程度。

"是的。俄罗斯人作过估算，在月球上提纯氦-3，再通过宇宙飞船运回，每吨的成本是十五亿美元，远低于石油。而随着航天技术的发展，成本会越来越低。所以有登月可能的国家，现在都拼了命地发展航天科技。虽然月球是属于全人类的资源，但谁能早一步在月球上站住脚，就抢占了先机，谁能最先把氦-3运回来，谁就掌握了未来！"

最后一句话张鸿渐说得掷地有声。老头子年纪大了，在1969

年燃起的那把心火却还没有熄。

“有点扯远了，回到正题吧。理论上所有的月壤里，氦-3的含量都高到可以直接拿这些月壤提炼，但是在有些地方，氦-3还会更密集。而钛和铁，都能吸收大量的氦-3，所以那块矿石，不管里面蕴涵的是钛还是铁，它的正确称呼，应该是氦-3矿。这样一大块矿石，如果进行提炼的话，很可能会提纯出几十克甚至更多的氦-3。”

我和郭栋对视了一眼，都从对方的眼里看到了一丝惊骇。

黑旗集团的月球车紧盯着氦-3矿，他们的新能源安全、高效而清洁，并且动力装置看起来像核反应堆。

这两者之间，是巧合吗？

第九章

最强的神偷 Chapter 9

我压低了头上的棒球帽，让帽檐几乎和太阳镜连在一起。拉了一把旁边的寇云，让她跟着我，慢慢移到另一边的船舷，躲到了楼梯的背面。

“哥，你在躲他们吗？”寇云看着刚从露天的弧形楼梯上走下来的一行人说。

“嗯，现在被他们看到，的确不太方便。”我苦笑着回答。

“哦……”寇云说着，鬼鬼祟祟地伸出脑袋去偷看。

我一把把她拉回来。

“喂，我说，你要么就正大光明走出去，要么就安心和我躲在一起，你这样露半个脑门会把他们引过来的！”我气急败坏地说。

“那就算啦。”其实这丫头就喜欢鬼鬼祟祟地给我捣乱，真叫她跑过去专程看那些人，又没有帅哥，她才没兴趣。

那行人并未在甲板上过多逗留，很快下船去了，让我松了口气。

都是上海各大媒体的熟人啊，碰上以后大眼对小眼，你说让人家报警好还是不报警好，还是不要难为别人了吧。我很好心地想。

我脚下的这艘游艇，就是近日里在亚洲各国大出风头的“新希望”号新动力游艇。

两个多星期前我们从酒泉返回上海，结果正遭遇台风过境，飞机一头扎进雷暴雨云团里，外面乌黑的云团里一道道骇人的闪电炸开，机身剧烈震动，像被巨人的手捏住不停地甩着。

我一颗心怦怦直跳，寇云更是面如土色。机长拼命把飞机开出云团，盘旋许久，然后转飞杭州。在萧山机场等候了大半夜，气温降到二十摄氏度，等第二天早晨五点在浦东机场降落时，寇云已经发起了烧，回到家里一量体温，飙到了摄氏三十九度二。

于是吊针吃药卧床睡觉，直到一个星期前，寇云才完全恢复。

这次回到上海，照顾寇云之余我没回父母家，既然郭栋专门开了证明让他们安心，在事情没水落石出之前我就不回去了，否则都不知道该怎么应付他们铺天盖地的问题了。倒是趁寇云后来慢慢恢复了，我跑到马戏城再次拜访了幻彩团。既然把寇风作为重要突破口，张团长和其他的团员好歹也和他共处了相当长的时间，或许能找到什么有用的线索。

为了有个合适的理由，我精心编织了一套说辞，说从来没在中国听说过像寇风这么有传奇性的魔术师，也没有人可以识破他的魔术，这样的人才湮灭太可惜，一定要写一篇人物专题报道，希望通过这篇报道能把寇风找出来，让他重回魔术舞台。

子虚乌有的报道计划被我说得头头是道，张团长满面红光，已经在想象着寇风重回幻彩团，重振往昔荣光的景象。对我所问的一切关于寇风的问题，知无不言，言无不尽，非但如此，还发动全体团员来给我提供素材，一些鸡毛蒜皮的小事也都被重新翻出来，好让我的报道更血肉丰满。

拿着记者证扯瞎话我也不是第一次，所以一点都不会有心理负担，回头告诉他们稿子被领导毙了，没准还会有好心人来安慰我。

连着采访了两天，还真得到了一条线索，顺着摸下去，竟然断了。再往下查，以我的身份，再怎么编瞎话都不太方便，只好给郭栋打了个电话，郭栋转手交给了上海公安局特事处的下属，帮助调查。

寇云在床上躺了这么久，用她的话来说“闷得痒痒虫爬进脑壳里，快要疯了”。没啥说的，那就陪她玩吧。

上东方明珠下黄浦江，逛新天地泡衡山路，热带风暴嘉年华外带室内滑雪。我的皮夹子由厚变薄再由薄变厚，如是反复三次。这当然不是变魔术，三顾自动提款机罢了。可怜我现在并没有收入，坐吃山空啊。

之后的一天，郭栋突然给我打来电话，告诉我“新希望”号就要抵达上海了。

这是个极出乎我意料的消息。由上海到欧洲走海路的速度，我大概是知道一些的。走苏伊士运河，一般海运快速货轮来回的周期是五十六天。当然其中有停靠沿途各国口岸的时间，但海上航行时间单程总要二十天以上。

可是“新希望”号离开伦敦这才几天，这艘船也不是直航上海，当中也是要在一些大城市靠岸的。

“因为‘新希望’号的最高时速接近六十节。”郭栋告诉我。

“六十节？那不是要将近每小时一百公里？”我惊叹。

“是每小时一百一十一公里。”郭栋纠正我。

“这艘船的动力可真够劲的。”

“是的，而且‘新希望’号在亚洲停靠的口岸比较少，远低于接下来要去的美洲和最终返回的欧洲。所以两天后它就会抵达上海，停留一天，有限度地开放参观。”

郭栋上次和我说过，“新希望”号环球航行的最终目的是证明新能源的真实可靠，然后大量融资。或许开发能源的过程中已经让黑旗集团财力耗尽，只能寻求国际上的风险资金注入。只要这次航行能成功完成，不用他们吆喝，想要投资的资金流一定会汹涌而至的。从这个目的上说，选择美国和欧洲重点展示自己，就是再自然不过的事了。

郭栋问我有没有兴趣上“新希望”号看一看，我当然说想。

“新希望”号穿过杨浦大桥，停靠在新建成的十六铺客运码头。黑旗集团方面给出的参观名额，是上午下午各一百名市民，加上媒体记者，晚上还要遍邀名流，在甲板上开一个最High的Party。

在郭栋的安排下，我和寇云就成了被“幸运”选中参观的两位市民。

按顺序上船的时候，我们没有像其他的参观者一样，先上楼梯看动力系统的展示。因为寇云在上船之前，就对昂然立在船首的一件东西发生了浓厚的兴趣。

我玩过著名的“大航海时代”系列游戏，对这东西是相当熟悉的，但现代的船只上就很少见了。这就是船首像。

这尊船首像是精钢所铸，黑黝黝立在船头。在船下远望的时候，觉得是个挺凶猛的兽头，现在上了船，却看不见它的正面。寇云扒着船舷踮起脚探出头去看它的侧面，我担心她摔下去，正要拉她回来的时候，看见了正从不远处楼梯上下来的同行们。

看他们走远，我和寇云转出来，顺着楼梯拾级而上。

这艘“新希望”号游艇头尾长六十三米，完全是超豪华游艇的配置。甲板是橡木的，弯月状的露天透明楼梯也很有型，三层高的船舱就像三层起伏的海浪，曲线柔和优美。

顺着楼梯上到二楼，入口的门楣上是一个木质的高浮雕，我一看就认出，这和船首像是同一个造型的。

这样近距离地细看，原来是一个虎头，圆睁虎眼，额上一个“王”，张着血盆大口，两只长长的獠牙露在唇外，两只利爪向前探出，抱住门楣，要进门，就要从它的钢牙利爪下过。

雕师的功力很深，这虎头雕刻得并不狰狞恐怖，却又气势不凡。

然而再多看几眼，我又觉得，这未必是老虎。

额头上的花纹实际上不是“王”，而是“三”，弯曲蜿蜒，更像三道深深的皱纹。两只獠牙间的上下两排牙齿，不是食肉动物尖尖的锐齿，而是食草动物的平板牙。抱在门楣的两只爪子，也都各只有三指。

似虎而非虎，还有一点点像狮，这抱着门的样子，让我猜到了它的来历。

这应该是一种名叫狴犴的怪兽。

中国的传说中，龙生九子，各不相同。这狴犴又名宪章，形似虎，是老七。

让我奇怪的是，狴犴在传说里急公好义，仗义执言，而且能明辨是非，秉公而断，再加上它的形象威风凛凛，因此是装饰在狱门上的，又或者匍匐在官衙的大堂两侧。古时每当衙门长官坐堂，行政长官的衔牌和肃静回避牌的上端，也有它的形象，虎视眈眈，环视察看，用以维护公堂的肃穆正气。

这刑讼的象征，怎么会成了“新希望”号的船首像，还装饰在门上？难道负责设计的人从中国的神话传说中选择这个形象，却不知道它的象征吗？

怀着满腹疑惑，我在狴犴的俯瞰下走了进去。

“好漂亮啊。”寇云小声赞叹着。

这是一个很宽敞的环形大厅，正中央竖着一根粗大的青铜色立柱，其上是精美的浮雕图案。这是一幕天堂地狱图，大约以一个正常人的身高为限，可以平视或俯视的地方是地狱，罪人有的正垂首进入地狱之门，有的在亡魂渡口排队等候，浊浪中无数挣扎的头颅若隐若现，再往下数层是各种接受可怕罪罚的景象。而抬头仰望，天堂之门正散发出煌煌光焰，天使飞舞接引贤者，再往上是天界的圣洁世界，圣歌缭绕于祥云之间，天使神态各异，或威武或怜悯，或神圣或逍遥，最上方大天使们众星拱月托起圣母和耶和华，圣光万丈。

只是这一根图腾柱，就让大厅生出无穷气象。

环形大厅四壁的上半部分是透明的玻璃钢，厚厚的天鹅绒窗帘早已经拉开，浦江两岸的景色尽收眼底。如果是在海上，想必更有一番风味。这玻璃钢是淡蓝色的，且经过了特殊的工艺处理，猛烈的阳光经过这一层过滤，洒落在大厅里时变得相当柔和。

有繁复花纹装饰的窗台向内伸出很长一截，成了展示船主藏品的展台，上面安放了许多风格迥异的艺术品。这一圈窗台上都有特制的固定装置，以便船在海上航行遇到风浪时，这些珍贵的藏品不至于倾倒损坏。

负责带领参观的船员正在向市民讲解介绍，这个大厅本是宴会厅，和三层的露台乃是一体。主人在这里宴请贵宾，晚宴之后如果觉得气闷，就可以直接上到三层，那里有一个圆形泳池，中央是一个小型音乐喷泉，没雨的时候，三层的顶篷可以自动张开，人处其中，有和天光大海融为一体的美妙感受。

现在这个宴会厅撤掉了桌椅，所有先前上来参观的人都拥在大厅后方的一处，因为那里正在展出这艘“新希望”号的心脏、黑旗集团的骄傲——新能源。

我和寇云选了个略有空隙的角度，伸长了脖子向里面张望。

聚光灯下的玻璃罩中，足以支撑“新希望”号作全球航行，并且能以六十节的速度乘风破浪的新能源，就静静地躺在那儿。

玻璃罩中央是一个透明的玻璃球，又或者是水晶球。它躺在黑丝绒上熠熠生辉。这是一个中空的容器，仔细看去，环绕着腰部有一道几不可察的白线，要是把这个水晶球拿出来顺着白线一拧，它就会分成两个半球。

现在水晶球里放着的，是一个不规则的哑光金属物件。

因为不规则，所以很难形容出这个小物件的模样，勉强要说的话，就像一个生了很多脚的圆柱形铁块，有的脚粗些，有的脚细些，有的脚直直地伸出去，有的伸出去后还会拐一个弯。

水晶球的直径和一圈没用过的卷筒纸差不多，这枚金属物件的大小，比一枚二号电池大不了多少。

根据介绍，这枚造型奇怪的“电池”的许多脚，实际上是一个个接口。为了方便我们这些外行参观，“电池”被拆了下来，放在这里供人观赏。在开船之前，把“电池”重新安放回去，排山倒海般的能量就会从这枚小小的“电池”里奔腾而出，驱动“新希望”号驶入茫茫大海。

想象着这枚“电池”的威力，再对比这眼前小小的身躯，让人不由得觉得这简直是神迹。

参观完这枚奇形怪状的小铁块，再参观这艘游艇上其他的地方，不管是再豪华的装饰，还是价值连城的艺术品，都有些索然无味。身前身后的人口中所议论赞叹的，也全都是它。

“这个世界又要变啦。”一位花白头发的老者对身边的人说。

在巨大的力量面前，能丝毫不被震慑的人极少，我也不是其中之一。

“如果能把东西拿出来研究一下就好啦，不知道那里面装的是不是氦-3。”我轻声说着。

“不是说等环球航行结束，他们就会宣布的吗，哥你太心急啦。”寇云抓住少有的机会数落我，笑嘻嘻的很是高兴。

“那可得再等一两个月，没办法，好奇心一发作就难熬得很啊。要是我还是个正牌的记者，一定会找个随船的专家好好采访一下，刚才的那帮人，也不知采访到了些什么。再说，什么时候宣布，宣布时透露多少消息，可都掌握在黑旗集团的手里，只要证明了新能源的安全有效，就算他们到时候毁诺什么都不说，也不愁找不到资金啊。而且黑旗集团的谜团实在太多，他们说的话，会掺多少水分可难说。”

“可如果里面真的像哥你猜的那样，是氦-3的话，那岂不是更奇怪了？”

“嘘，轻点。”我见寇云说话越来越不注意压低声音，赶忙提醒她。这可是在黑旗集团的船上，好在左右看看，没人注意我们。

不过寇云说得可一点都没错。黑旗集团绝不可能有实力发射飞船上月球去采矿。像美国、中国这些航天大国，要做到这一步，大约还需要二十年，黑旗集团要是有这实力，又何必委托中国把登月舱发射上天呢？

更不用说把飞船发射上月球，又从月球带着矿石成功返回，这是多么大的动作，能瞒得过谁？

即便套用科幻小说的路数，这黑旗集团得了外星人的技术，又或者有外星人的帮助，能神鬼不知地从月球上运回氦-3，那么请问，他们又何必借助中国那么“落后”的航天技术，发射那么“落后”的探月舱和月球车上月球呢？

无论从哪一种角度推想，都存在悖论啊。

“哥，我想再去看一看那个东西。”

我们已经顺着参观路线走了一遍，准备通过搭在甲板上的舷梯上岸时，寇云却朝楼梯上方指了指说。

这个很平常的要求我当然满足她。重新走上楼梯，经过狴犴，我看着寇云围着玻璃罩左看右看，心里着实奇怪，这丫头怎么突然对“电池”这么感兴趣了？

我围着浮雕立柱细细看它的雕功，过了约十分钟，寇云才结束了她的第二次参观。

“看出啥来啦？”我笑着问她。

寇云一脸神秘，笑而不答。

真是奇怪了，难道她还真看出了什么道道？

我忍不住也凑上去看了会儿，转头瞧瞧寇云，摇了摇头，走了出去。

这小丫头肯定是等着我去求她呢。

我就是不去问，看她能憋多久。

出了码头，我正扬手要拦下一辆出租车，却被寇云挡住了。

“哥，先别叫车。”她说，模样很鬼祟。

她拉着我沿着中山路走了几步，然后停下来。

“嗯，大概没法再远了。”她四下看看说。

“你在搞什么啊？”

“哥，进去喝茶吧。”寇云指着旁边的小红茶馆说。

我眯起眼睛盯着她瞧，直看到她低下头去玩衣角。

“进这个茶馆就可以了吗，还要干什么不？一起说出来。”

“没什么要求了，进这里就行。”

推开门，茶馆里一个客人都没有，寇云找了个很隐蔽的角落坐下，

“冰红茶。”我对服务员说。

“一样。”寇云没看茶单，她的心思明显不在喝茶解渴上。

服务员应声走开，我靠在椅背上，等着寇云开口。

寇云蹙着眉，抿着嘴唇，神情局促。

我笑笑：“怎么现在又犹豫了，我看你先前的模样，不是都准备好了吗？”

“嗯，哥，有一件事情，我一直都没对你说。”寇云垂下头看着空空的台面，好像做错了事的小女生。

“那也没什么，每个人都会有些秘密。不过，你现在准备说出来了吗？”

“唔。”寇云点头，“其实好几次我都想说的，可是从小到大，村里人一直都叮嘱，说这个本事，一定不能让外面的人知道，否则会有很大麻烦的。不过哥你一定不会害我的，而且……”

寇云顿了顿，深深吸了一口气，仿佛下定了决心。

“哥，你是不是很想要那个玻璃球里的东西？”她眨了下眼睛，有些促狭地问我。

“是有一点想，可是这和你的秘密有什么关系？”

寇云没有回答，反而闭上了眼睛，两只手收起，挺直背，正襟危坐。

她的眼皮颤动，咬着牙，太阳穴鼓起来，额头一会儿工夫就冒出一片细细的汗珠。

这副模样，好像很努力地在“想”。

更正，是恶狠狠地“想”。

服务员把茶送上来，扫了我俩一眼就匆匆走开。在她看来，肯定是寇小美女正在向男友撒气，指不定什么时候就哭出来了。

过了三四分钟的样子，寇云睁开眼，大口喘气。

“距离这么远，还真是难搞定啊。”

说着，两只原本放在桌下的手托了个东西上来。

没有强烈的阳光，没有射灯的照射，这个晶莹剔透的水晶球，却几乎晃得我双眼失去了焦距。

还是那个水晶球，里面长了脚的怪“电池”安静地躺着。几分钟前它还在几百米外的一个玻璃罩里，现在却被寇云用力地“想”到了我的面前。

哦，天哪！

“这就是我们刚才看到的那个？”

寇云点头。

“那现在展览大厅里……”

寇云摊了摊手，好似一切后果与她无关。

哦天哪！天哪！天哪！

顾不得追问是怎么回事，逃跑先！

幸好我随身带的公文包足够大，把水晶球塞进去，立马付了茶钱，拉着寇云出门跳上出租车就走了。

开过几个路口，我隐约听见远处传来了警笛声。

旁边寇云老老实实坐着，一声不吭。

这惹祸的祖宗呀。

我忽然又想到了狴犴。我们竟然在这只主管刑讼的神兽眼皮底下，干了件偷鸡摸狗的事，这也算是一种行为艺术了吧。

出租车上不方便盘问寇云，我暗自回想着刚才的情形。

首先，这是一宗现阶段科学所不能解释的事件，也就是俗称的超自然现象。寇云隔着很远的距离，用“想”就把水晶球隔空摄入怀中。在“新希望”号上她最后要求再参观一次，显然就是为偷水晶球作准备。

寇云居然有这种能力，这足可称之为特异功能了吧，讲起来，和隔瓶抖药丸算同一种能力，都是无视间隔把一样东西从一个地方转移到另一个地方，但难度就有天壤之别。

寇云的奇异能力就像一根线，转眼之前，把许许多多的东西连在了一起。

不知为何，第一个在我脑海里冒出来的，却是一盏灯。

那盏在看守所里突然坠地，引发绝地大逃亡的灯。挂着灯的铁链莫名其妙地分开了，原本紧密相连的两个铁环被魔术师抖了开来，而那时，寇云不正扒着窗往外看吗？还有之前，她被带出去审，回来的时候，因为磨磨蹭蹭而挨了看守警的训。她在看什么呢？她一定抬头往上看，看那盏灯。

如果我没猜错的话，施展这种能力的前提，是要对转移的物体有一定的熟悉度。至少你得知道，那是什么样子的。

第二样在我脑海里冒出来的，是一把枪。

我曾经以为寇云受过严格的训练，可以让她在奔跑途中从地上捡起枪。后来我对她慢慢熟悉，觉得她实在不像个受过那种训练的女孩，那把枪，就成了埋在心底里的一个谜。

现在谜底揭开了，寇云不需要动手也不需要动脚，她只要想一想，就可以把枪弄到手。

还有她百战百胜的骰子，被从天花板上掉下来的啤酒瓶砸到的可怜男人……哦，还有她被抓进看守所的原因——偷面包。

天，她可绝对是个神偷，不过空有技术，人太笨，这才被逮了进来。

然后，还有寇风，那个神奇的魔术师。

那个再优秀的魔术师，都无法识破的魔术。因为那并不是魔术！

我把公文包放在沙发上。现在这个鼓鼓的包价值亿万，不过我并不急着打开它。

“除了你和你哥哥，这种本事还有人会吗？”我问寇云。

她脸色有些苍白，不知是刚才耗了太多的“能力”，没有恢复过来，还是心情忐忑不安的缘故。

她坐在沙发的另一端，像头惊慌的小羊羔。

“别人我不清楚，不过村子里，人人都会。”她轻声回答。

听起来，这像遗传。一种变异的能力，通过血脉传承下来。

“所以，你在看守所里听我说起自己的遭遇，就猜想，这件事情可能和你哥哥有关。别人以为这是个笑话，插在死人胸口的刀怎么可能自己飞到我的手里，但是你却知道，这是有可能的。因为你能做到，你哥哥能做到，甚至你们寇家村的每一个人都能做到。”

寇云“哇”地大哭起来，边哭边和我说：“哥……我是那么想过……我想跟着哥走，可能会找到……找到……但是，但是，哥，我不是要利用你呀，真的不是……”

她情绪激动，哭得连话也越讲越不利索了。

我站起来，走到卫生间给她绞了根毛巾。走回来的时候，小丫头以为我不理她了，缩成一团号啕大哭，还不时“哥”“哥”地喊着。

“哭啥哭啥，再哭邻居就该来敲门了，不知道的还以为这家出什么事了呢。来来，自己擦擦脸。”我把毛巾塞给她。

“先说好啊，这身衣服你可得自己洗，眼泪鼻涕的，脏死了。”

“哥你不赶我走？”寇云仰起大花脸，抽噎着问我。

“哪个说过要赶你走啦。自己在那里瞎哭一通。”

其实我眼睁睁看她哭起来，也是蓄意让她误会，好出出心里的气。这丫头最初死赖着我，绝对有顺着我找她亲哥哥的意思，这丫头可精着呢，哪有被一个陌生人帮了一把，就不顾三七二十一黏上去的道理。但是后来我们相处，她确实是越来越把我当兄长亲人看，所以今天把这个大秘密说出来，才表现得如此患得患失，诚惶诚恐，生怕失去我的信任。

所以嘛，虽然已经决定不和她计较了，哭还是要让她哭一通的，好叫她长长记性，以后少和我玩什么花样。

这是少有的可以收拾小魔女的机会，怎能轻易放过。

擦完脸，顶着两只水蜜桃眼睛的寇云前所未有的乖，鼻子还不时抽几下，问什么答什么。

寇氏一族，也不知从哪位祖先开始，就有了意念摄物的本事，之后但凡血统纯正，大多天生就带了这项本事。只是这样的能力太过惊世骇俗，连现在说出去都不会有人相信，估计会被斥为伪科学的骗子，又或者被秘密保护起来，配合相关机构进行研究也是极有可能的事，在古代，更是没有好下场。吃的苦头多了，又发生了几宗惨剧，到了清中叶，当时寇家的几位长辈，下了决心，遗世隐居，自我放逐，以求平安。

从那时起，寇家就自成一系，不和外人往来，并立下规矩：除非有人能在这隔空取物一项本事上慑服全族，才能打破全族的隐居状态。

说来定下这条规矩的寇家先人深谙心理学，如果定一条没有退路的死禁令，那么人心思变，时间一长，迟早会有人把它打破。而留一个空缺，让族人的心里有一个盼头，那么禁令的有效期，就可以大大延长。

可是寇家之外，要找个能隔着玻璃瓶把药丸抖出来的奇人异士，已经难得，又怎么可能有一个人会胜过所有的寇家人呢？

一代传一代，代代都是近亲结婚，竟然极少出现痴呆残障儿，倒也是一大奇事。不过香火却一直不旺盛，寇氏一脉的人数始终维持在百人左右。

这隔空取物，据寇云说，一是取的东西重量越重、体积越大越困难；二是距离越远越困难。另一样，就是是否在视线范围内。

如果是眼睛看着的东西，只要不是数十上百公斤，对寇云来说，不用费什么力气，就可以取到手上。可如果眼睛看不到，在视线不及的所在，那么就必须对这样东西很熟悉才行。不管这东西是藏在保险柜里，还是被别人紧紧抓在手上，都没有关系。意念所至，隔空取来，不在话下。

至于距离，小时好玩的寇云和她哥哥寇风专门做过试验，超过三百米，成功率就大幅降低，五百米以上，他们一次都没有成功过。村里的其他人，或有超过的，但也差不了太多。

“看到那把刀了吗，你试试把它移到我手里。”我指着餐桌上那把长柄西瓜刀说。

寇云看了看刀，又看我的手，瞄准了很久。

“小心不要扎到我。”我被她看得有些不放心。

话刚说完，我的左手被轻轻碰了一下，然后“叮哐”一阵响，刀掉在了地上。

“呀，失败了，要正好把刀柄转到你的手掌里，这太精细了，如果是到我自己手里就比较容易。”寇云说着，也没见她怎么闭眼凝神，地上的西瓜刀就到了她的手里。

“哥，要不我再试几次，多几次就知道分寸了。”

“算了算了。”我连忙摆手。万一她不小心把刀刃转移到我手里怎么办……

寇云只要练习几次就能做到的事，寇风肯定就手到擒来了，毕竟他做过两年的魔术师，那是很考验精细度的工作。

从科学的角度来说，这种事情的发生简直无可解释。物体无视空间而点到点地从一个地方到另一个地方进行位移，就算用空间折叠假说中的虫洞说，也无法说明。因为使空间弯曲产生虫洞，需要天文数字般的能量集中在很小的一点，在一瞬间爆发才可能达到。看看寇云，除了把水晶球搞到手的时候出了几滴汗，眼前的东西转来移去的还不和玩似的，难道说她身上蕴涵的能量，比氦-3还厉害？

然而科学无法解释，并不等于这样的事情就不会存在，反而，现在科学力所不能及之处比比皆是，我面前就站着一位。

说到底，还是人类的科学依然处于相当低级阶段的缘故。

阻止了寇云继续拿刀子做试验，我忽然想到另一个很重要的方面，连忙开口问道：“那你们有没有试过移动有生命的东西，比如人？”

这样神奇的穿越空间旅行，刀啊、水晶球啊的没有知觉，但如果是一个人，会是什么情况？是眼前一黑，就到了另一处，还是会看到瑰丽的空间奇景？

又或者……变成一堆碎肉……

我期待着寇云的回答，却见她摇了摇头，答道："试过移动小甲虫，可是再大一点的，像山里的野兔就不行啦，更不用说人。"

这是什么道理？我心里嘀咕。

一样那么重的东西，为什么野兔不行，铁块就可以，如果说有生命的不行，那么甲虫却又可以，而且就算是一把刀，上面也附着千千万万的微生物，那不也是生命吗？

我见过许多有特殊本事的人，所以寇云隐藏的能力虽然匪夷所思，也不至于把我惊吓到怎样，心中感叹一番，打开包，把水晶球捧了出来。

有些犹豫，但还是决定不把水晶球打开，就让"电池"待在里面就好。虽然黑旗集团说这东西很安全，可谁知道呢，命是自己的，万一水晶球有隔绝辐射的作用，把它打开不是找死吗。

"看来这里面就是氦-3了，没想到竟然能用这种方式，把矿石从月球上取下来，这成本小到可以忽略不计啊。"

"啊，哥你说用这种能力从月球上拿矿石？不可能的！"寇云用断然的口气说。

"怎么？从一切的迹象来看都是这样的啊，那辆月球车把镜头对着氦-3矿石，还时不时地翻一个个儿，你哥哥肯定待在黑旗集团的基地里看着，等他把这块石头熟悉够了，就能把它变过来啦。就算你哥哥做不到，肯定有能力比你哥哥强的人可以做到。”

“地球到月亮那是多远哪，怎么可能有这样的人。别说一个人，就是有一千个、一万个这样的人，把他们的本事拧到一个人身上，也干不了这件事呀。”

我被寇云说得一愣。

原本这件事里让我最难以索解的两个节点，都可以用寇云这种隔空取物的能力穿起来。首先是那天夜晚刀是怎么到我手上的，这答案已经极为明显，无可争议；其次就是黑旗集团为什么大费周章地把月球车送上天，又为什么只是将摄像机对着一块矿石，唯一的动作就是每隔一段时间换个角度拍摄。这第二点，在我的心里本也得到了完美的解释，因为具备这种能力的人，只有在非常熟悉一件东西之后，才能对它进行位移。那块矿石有一定的体积重量，全身上下坑坑洼洼，很不规则，所以需要很久才能熟悉，进度很慢也是自然。

但我却忘了一件事，经寇云提醒才反应过来。

那就是人力有时而穷。

我见过许多的能人异士，与其中的一些也成了朋友，他们所具备的能力诡异非常，比如遵循远古修行秘法的路云的幻术和夏侯婴的超级暗示，都可以让一个人迷失本性；而身上流动着海底人血脉的水笙则可以长时间在水下活动，不必换气；基因变异的六耳力量非凡，更能变幻体形，化出翅翼，凌空飞翔。他们每个人的本事，都称得上厉害二字，却没有一个人的力量，真的能达到排山倒海的程度。

而从月球上把氦-3矿取到地球上，这需要的力量，恐怕用排山倒海，也不足以形容吧。

那是需要突破地球和月球的引力圈，跨越三十八万公里真空宇宙的力量啊。

能做到这一点的，恐怕只有神。

仿佛觉得自己解开了所有的谜团，又一下子被打回原形，其间的落差，让我不禁有些沮丧。

不过沮丧只在我心里一闪而过，倒是另一种情绪慢慢滋生。

“哥，你笑什么呀？”寇云奇怪地问。

原来不知不觉，我的嘴角浮现起一丝微笑。

“我是觉得，这件事情变得开始有趣了，看来这件事情的答案，是在我现在的想象力所达不到的地方啊。”我说。

该死的好奇心，像一头小野兽，撅起屁股开始扭来扭去。

第十章

思感锁定和超距实验 Chapter 10

还记得告诉郭栋时他的反应。

“知道‘新希望’号出事了吗？”我问他。

“刚知道，怎么有这……”

没等他感叹完事情的古怪，我就插嘴打断说：“是俺们干的。”

然后我把话筒拿开，依然很清楚地听见他的大声叫嚷穿过几千里的电话线外加一米的空气传到我的耳中。

等了几秒，我把话筒拿近，问他：“要还回去吗？”

“还回去？你已经搞出来了还要还回去？哦，嗯，还是要还的，不过也不急在这一时，你，哦不，我立刻就来上海护送这宝贝，你好好保管着，不要乱动。”

郭栋匆匆忙忙挂了电话，不过只隔了五分钟，他又打过来了。

“刚才晕了，”他说，“你是怎么把东西搞出来的？”

我也不隐瞒，把寇云所具备的能力告诉了郭栋。

郭栋在进特事处前复习过一大堆稀奇古怪的案件卷宗，对于这种事情也有一定的接受能力，听我说完，只是连呼了两句“原来是这样”。

我也从郭栋口中，得知了“新希望”号上的情况。比我想象的，还要妙一些。

这艘船上参观者不断，我原以为，这水晶球是在众目睽睽之下消失的。这样子，对一般人来说当然不可思议，但黑旗集团里的关键人物，一定会猜出，是有人以隔空取物的能力，将水晶球偷走。可实际上，偏偏水晶球是在一批人参观完毕，下一批人还未到的时候消失的，等到“新希望”号方面发现动力源被偷，立刻禁止所有人上下船，哈，这下水被搅浑了。

可怜“新希望”号环球旅行就这样破产，它只能用石油当动力开回欧洲了。融资的计划遭到了毁灭性的打击，就算先期已经打算投资的，现在也一定转为观望，黑旗集团的老总们，怕要气炸了肺。

十五分钟后，一个警察敲开了我家的门。

还是郭栋思虑得周详些，这个警察带来了专门的电子信号侦测装置。他一句话都没说，开着仪器在我房里转悠了一圈，冲我摇摇头就离开了。

这下我彻底放下了心，要是我手里的动力源加装了个不断发射信号的定位装置，神秘的大盗就要被高科技识破面目了。

郭栋来得很快，深夜提了个旅行箱敲开了我家的门。两天之后，检测的结果传来。

氦-3！

现在只剩下一个问题：他们是怎么办到的？

在从寇云处了解到这项能力的限制之后，郭栋也不太相信光靠隔空取物，就能取下月球上的氦-3矿，可是我们都肯定一点：最终的答案一定和这项能力有关。

接下来的一段时间，我一直在等待着特事处调查的结果。就是我从张团长那儿得到的线索。没想到先接到的，是梁应物打给我的电话。

“我的一位同事正在受到警方的调查，听说和你的事有关？”

他从返回上海时起就再未和我联系，肯定已经获悉了调查组对我的态度，知道我其实没事。这次电话里劈头一句话，把我问得一愣。

“谁，你那同事叫什么名字？”

“陈远责。”

“没听说过呀，怎么就和我有关系了？他是搞什么的？”

“生物异常能力研究。”梁应物嘴里迸出一个我从来没听过的研究项目。

“哇塞，果然是X机构，竟然还有搞这号研究的。”

我又和梁应物来回问了几句，这才梳理出事情的原委。这位在X机构里从事吊诡研究的学者被警方骚扰，还真是因我而起。

这要从张团长告诉我的一个消息说起。

寇风在幻彩团的这段时间里，表现出的性格是不喜与人交际。对团里的成员还好，团外就几乎没见他带过什么朋友来玩。名气渐响之后，寇风拥有了一批忠实观众，不过他并不热心于和粉丝们互动，最多点个头，打个招呼。

但是有一名观众是例外。这位观众叫林文，看年纪应该过了半百，在看了一次寇风的表演后，林文专程找到寇风，和他在后台的角落里聊了很久。寇风就此与其成为好友，两人时常往来，关系好过团里的同事，所以寇风的去向，这个人极可能知道。

寇风辞职之后，林文也再未出现过。要找到这个林文，只有公安系统出马才有可能，这就是我通过郭栋，让特事处插手的那条线索。

林文此人只有姓名，没有照片，也没有联系方式，但是会说上海话，体貌特征也由专家画了出来。特事处反正最近闲着没事，就调集所有资源查找林文，最终的目标却圈在一个失踪人口上面。

这个林文离异独居，没有正常职业，却相当富有。他是个赌博高手，常常去澳门流连赌场，并且十赌九胜。他的财富，据说都是赌来的。

1999年之后，林文的邻居就再也没有看见过他，这人就此失踪，好些人传说，他赌博的时候惹了黑道，被“做”掉了。

特事处申请到搜查令，进入林文的旧居，发现的确已经有好几年没人居住。在那里发现了一些旧书信，其中往来最多的，就是和陈远责。而且在信中，有只言片语提到过和陈远责进行的一些实验。身为特事处的警员，对特异事件的感觉最为敏锐，那些信里对实验并没有详细的形容，却足以让他们嗅出一丝别样的味道。于是，调查的矛头转而指向了陈远责。

X机构一贯低调，但也相当排外，对特事处的调查并不很配合。调查人员没有办法，却知道我和梁应物的关系，转而拿梁应物当突破口，希望他劝说陈远责配合调查。

"你和陈远责很熟吗？"

梁应物约好了陈远责和我见面，同去的路上我问他。

"一般，也就是同事关系。但这个面子还是可以卖给我的。"

"你先给我介绍一下，这是个怎样的人，还有那个什么生物异常能力研究，是什么东东？"

"这个人不是科班出身，原本是民间的研究者。从80年代后半期，到90年代初，有一段特异功能盛行的时期，不知道以你的年纪还记不记得？"梁应物问我。

"哈！"我气得笑起来，"什么叫以我的年纪记不记得，好像你是我同学来着吧，进X机构几年就摇身变成长辈了吗？"

"我是搞这个的，当然不同。"

我被他说得一窒。这人真是无趣，嬉笑怒骂各种招数使上去基本都不会得到回应，绝对是让气氛僵掉的一把好手。当然，极少数情况下，兴之所至他也会用不咸不淡的语气回一句，常常是用他的黑色幽默直接把你敲晕，龇牙咧嘴也想不出话来反击。

“算了算了，不和你计较。”我明智地回到正题，“虽然那时我年纪还小，不过对这些报道最感兴趣，所以还算记忆蛮深刻的。”

旁边的寇云却不知道，吵着要我说给她听。

那几年里，好像中国一窝蜂出了一堆的特异功能者。什么隔空取物、抖药丸、气功治病、开天眼，甚至有号称可以改变天气，要风得风求雨得雨的。还有报道介绍怎么在年纪极小的时候开发出特异能力，我还记得有一招是用细绳拴个苹果挂着，用眼睛死盯着想象有一把剪刀在剪那细绳，天天练，练到绳断苹果落地就算成功。

其实哪有这么多的特异功能者，这些人里龙蛇混杂，蛇多龙少，一时间搞得人心浮动，最后政府出手，不管三七二十一全都拿下，很多呼风唤雨的“大师”都进去吃了牢饭。自此之后，大陆就基本没什么敢公开声称自己有特异功能的人了，个别冒出一两个，也会被打假斗士揪住，然后被鉴定为骗子。

不过似乎X机构也几乎是同一时期建立起来的，对这些异常能力和现象的重视提升到了国家的程度，开始系统地收集和研究。

寇云听得津津有味，叹息着说：“哎呀，要是我早‘出山’二十年，别人看见我，就得老老实实称一声寇大师呀。”

我点头赞同：“的确，那就是个群魔乱舞的时代。”

寇云不乐意，一仰脖子说道：“我哪里是魔了？”

我一拇指把她的鼻子摁扁，说：“你还不是个小魔女！”

寇云慌忙把头抬得更高，张嘴来咬我的手指，好在我早知道她不好欺负，快快缩了回去。

梁应物看我们两个斗来斗去，也不由得微微一笑，说："有一点当时不见于报道，除了有那么多说自己有特异功能的人，还有许许多多人开始研究特异功能。陈远责就是当年的一个民间研究者，并且是其中最优秀的几个之一。他积累了很多资料，思路开阔，又有一定的学识水准，所以在这个圈子里相当有名，相比于X机构里许多科班出身，之前从未接触过超自然事件的人来说，他有自己的优势。"

"那他现在在搞的研究是什么？"我问。

"不知道。"梁应物淡淡回答。

看来是自己问得有些唐突，原来在X机构中，同事之间，也并不是可以随意通有无的。梁应物恐怕并不方便关注陈远责的研究项目。

我们说话的时候，正走在一条两边都是粗大法国梧桐的小路上，树影间时常能看见一些只是外观就让人觉得很有故事的宅院，在大半个世纪里固执地留下这座城市斑驳的印迹。

陈远责就住在这条高安路上。在老上海人的讲法里，高安路一带是上海的"上只角"，即从前的高尚住宅区。居住者多是有些背景，又或者是上海早几任市政府的大小官员。不知道陈远责属于哪一种。

这是一个周六的早晨，知了还没有开始振翅。我和寇云转进陈远责居住的小区，这是片有四十年以上历史的老新村，都是些五层楼房，外面的车流声在一个转折间就隔离了，这简直有些不可思议。耳中听见的只有此起彼伏的鸟鸣，有的是笼中的，有的在树梢。

开门的是一个身材又瘦又矮的老头，看起来整个人很“小”，并且比我想象中年纪大些。

“陈老师。”梁应物首先打招呼。

我和寇云也跟着喊了声“陈老师好”。

“什么陈老师，快进来吧，不用脱鞋，不用脱鞋。”他招呼着我们，声音大得和他的体形不成比例。

客厅里窗户很多，光线很好，空调正开着，茶几上放着几瓶茶饮料，看来他为我们的到访早已作好了准备。

“陈老师，这就是我和你说过的那多。那一位是寇云，那多的助手。”梁应物先为我们两个作了正式的介绍。

“嗬，助手。”陈远责冲我和寇云笑了笑。

寇云很认真地点了点头。

“真是不好意思，听说因为我的关系，让您的生活受到打扰了。”我首先向他道歉。

陈远责摆了摆手：“也不算是很大的麻烦，倒是小梁说了些你的经历，很有意思啊。”

我看了眼梁应物，不知道他说了些什么，估计是为了引起陈远责对我的好奇，见面好说话些。毕竟一个是研究特异现象的，一个是时常有奇怪经历的，有共同点。

“别人听听是很有意思，可是自己碰到的时候，感觉真是很糟糕，就像这一次要麻烦到您的事情，也是我身不由己，沾上身再也甩不脱呀。”

我先发了句牢骚，然后将这件事的原委一五一十地和陈远责说了。既然要对方帮忙，自己就先得坦诚些。

“哦，这么说，你也能隔空取物？”陈远责听我说到寇云和她的哥哥，眉头一挑，很有兴趣地对寇云说。

“是呀。”寇云笑嘻嘻地在手上“变”出一瓶饮料，拧开瓶盖仰着脖子“咕嘟嘟”喝起来，真是一点淑女的模样都没有。

陈远责点了点头，说道：“倒是有好些年，没见过有这种能力的人了，你接着说。”

我心里暗想，果然不愧是搞这方面研究的，一点惊奇的表情都没有。

于是从寇风说到了林文，算是交代清楚，特事处是怎么找上他麻烦的。

全都说完，陈远责听得有滋有味，我却口干舌燥，也抓起饮料牛饮起来。

“林文这个人，我的确认识，可是已经很久没有联系了。我也不知道他如今在哪里。”

陈远责开口的第一句，就让我郁闷。

“我和他之间有些故事，就是关于那个实验，如果你们有兴趣，倒是可以说给你们听。”

“有兴趣，有兴趣的。”我和寇云连连点头。

“说起林文，他和这位小妹妹有一个相同之处。”陈远责笑眯眯地看着寇云说。

“和我有一样的地方？”寇云眼珠一转，晃了晃手上的饮料瓶问，“是不是这个？”

可恨她那瓶子一直对着嘴喝，盖子打开就再也没有拧起，这一晃好大一堆饮料从瓶中冲出来落在她的裙子上。

寇云惨叫一声，连忙找东西擦，一番手忙脚乱，让我深觉带这个助手出来真是很没有面子。对了，这裙子还是我给她买的，第一次穿。

重新安顿下来，陈远责开口说道：“刚才你说得没错，林文和你一样，可以无视间隔，把一件物品从一个地方瞬移到另一个地方。在那个时代，有一些沙龙，多是像我这样，对特异能力有兴趣的人聚在一起，偶尔也会碰到说自己身上带着能力的人，这些人有真有假，林文就是我在这样一个聚会上认识的。”

陈远责说到这里看了眼梁应物，轻轻吁了口气说：“那时还没有什么X机构，什么都是新鲜的，一切又都很无序，我想搞这方面研究，觉得千头万绪，又不知从何入手。最关键的，是要有一些真正有能力的人，肯配合我进行一些实验。我和林文说了我的想法，希望能把他的能力研究得更深入些，不要停留在只知道怎么用这一步，最好能从科学上，讲出个道道来。”

听到这里我兴奋起来。陈远责接下来要说的，很可能与如何从月球上拿下氦-3矿石有关。因为要是能找出这种瞬间隔空移物的原理，那么就有可能利用科学手段放大这种能力。

“我们对这项能力进行了一些细致的研究，当然，这个细致是在当时的条件和认识上说的，和现在我在X机构的研究比，要粗糙了许多。首先，我们确定了这种能力，对视线范围内的东西，会很容易起作用，如果目标是常见的物品，那么不用费太大的力气，看到就能取到。但是，视线之外的东西要拿到手，就有相对高的要求。”

“要把那样东西的样子记得很清楚、很清楚才行。”寇云说。

“就是这样。如果这是件很陌生的东西，外观不规则，那么有一点地方没看清楚或记清楚，就不能取到手。另外，如果是个常见的东西，没亲眼看到也知道形状的，比如一个乒乓球，但是能力者之前没有看到过这个球，仅凭我的讲述，告诉他在隔壁房间在什么方位上有这么一个乒乓球，他还是没办法把球取到手。”

说到这里，陈远责转而问寇云：“你是不是这样？”

寇云想了想，点点头说：“没试过，不过我感觉，应该是不行。”

陈远责点了点头：“说起来有些唯心，但是有特异功能的人，往往感觉是比较准的。但还有另一种有趣的情况，如果是一支能力者常用的笔，这支笔他很熟悉，把这支笔放到看不见的地方，他依然能够很轻易地将笔取到手。可是这种熟悉和完全知道这支笔是什么样子的，并不一样，因为如果让他把这支笔画出来，没准在哪个细节他会画错。是吗？”他问寇云。

寇云再次点头："嗯，像我在家里早上打水洗脸的时候，都不用管洗脸布，一想它就来了。不过那洗脸布上的小鱼图案，让我画却画不出来，从没用心记过。"

"对啊，而且毛巾上不仅有图案，还有许许多多点状的突起，不可能记清楚形状的。咦，这倒是有趣了。"我说。

陈远责微微一笑，说："我为这个发明了词，我觉得隔空取物的关键，在于思感锁定。"

"思感锁定？"

"是的，我认为很多种能力和人的精神力量有关，隔空取物也是这样。精神看不见摸不到，但它的的确确是一种力量，这种力量不只是形而上的，有时它能在物理层面上表现出来。其实不要说什么特异功能，最近我在报纸上看到一条新闻，美国一个前沿医疗小组，已经实现了通过在脑中植入微型芯片的方式，让瘫痪病人只是想一想，就能指挥机械手臂进行比较细致的动作，比如移动鼠标上网。这就是思想变成力量最直观的表现，只是和特异能力有关的精神力联动，更为复杂深奥罢了。"

陈远责越说声音越洪亮，看来这些观点，是让他颇为得意的研究成果。

"隔空取物，必然是精神力量和物体之间产生了某种目前还未知的互动，使得物体发生了位移。这种互动的前提，就是精神力量先要锁定互动对象。这就是我所说的思感锁定。所以，视线范围内的非特殊物品，很容易被锁定；而外形特异的，要看得很清楚才能锁定；天天使用的东西，就算并不能记清楚这东西的每个细节，但因长期反复地使用接触，思感能轻易确认‘这就是我要的东西’，也就锁定了；可没见过的东西，尽管知道那是个乒乓球，但世界上的乒乓球千千万万，全都长一个样，怎么知道要隔空取来的球是哪一个呢，靠语言形容是没办法让思感和目标乒乓建立联系并锁定的，当然也就取不来。”

“有道理。”我说。

陈远责冲我点了点头，继续往下说：“这算是我取得的一个成果，噢，应该说只是一个假想。此外，我们曾经反复实验过另一个问题，那就是有生命物体的位移。最后发现，没有智力的昆虫是最容易转移的，难度随着生物的智力成正比上升，林文曾经成功地转移过一条蝌蚪，但是几周后，当这条蝌蚪成长为小青蛙后，就再也‘招’不动它了。这正印证了隔空取物和精神力量息息相关。”

说到这里陈远责停了下来，看着我。他的意思，是想让我顺着这个路子推想一下。这个临时起意的考较，恐怕是他想看一看，我这个据梁应物说经历丰富多彩、破解了几个大小谜团的记者，究竟只是运气好呢，还是真有些不同寻常的想法见解。

我皱着眉头想，陈远责只是笑呵呵看着我。

“陈伯伯，您是搞这个研究的，而且您肯定也是花了很久才想出来为什么，我哥要是当场就能想明白，那不是，嘻嘻。”寇云这话说得很有点小聪明，这么一来，我想不出是正常，想出来就显得陈远责太逊了些。

“嗬，好好。”陈远责一听也觉得是理，便也不再等待，准备揭开谜底。

“等等。”我出声打断他，我这人就是不怕逼，一逼脑袋就转得特别快，还真给我想到了点东西。

“哦……”陈远责脸上的神情有些古怪，被寇云这么一说，我要是真能讲到点子上，他面子上实在是有些不好看。

“您刚才说这种能力和精神力息息相关，并且又提到思感锁定，那么对生命体位移这个问题，一定也是顺着这个路子想下来的。”

说到这里我看了看陈远责，他不动声色。

“一个生物大脑越发达，智能越高，思维越活跃，精神能力肯定也越强。既然智力稍高一点的生物就无法位移，很容易让我想到，是不是和被移动生物本身的精神力有关系。精神力高的生物，大概比较难被思感锁定吧，因为他自己的精神力会对能力者的精神力产生干扰，而无生命的物体就不会有这样的干扰，低级生物的干扰则小一些。”

陈远责听我说到这里，依然是面无表情。

“这些推测都是建立在陈老师您所做的那些实验结论基础上的，而且您的思感锁定和智力的提法也给了我很大的启发。”我忙补了一句。

陈远责摆着扑克脸看了我一会儿，忽然微微摇头大笑道：“你果然很厉害，和我的推想完全一致。”

如果是梁应物夸奖我厉害，我当然会昂起高贵的头颅道一句“这是不以你的意志为转移的客观事实”，可惜他从来不会有让我这么得意的时候。面对陈远责当然不能这么放肆，只好跟着谦虚了几句。

“我曾经设想过，如果能有什么仪器看到所有生物放出的精神波，会是一副怎样光怪陆离的景象。恐怕每个生物的精神能都会在身体周围形成一圈势力范围，别的精神能进入就会受到干扰。用能力者通过位移的难易度来给生物的智力进行评定，其实是非常准的，远比那些生物学家通过行为模式或脑容量来判断准确得多。可惜这种办法的局限性太大，因为有太多的生物是挪不动的，哈哈。”

要是有一个人可以挪动包括巨鲸在内的所有生物，那么由他来制定一张从高到低地球生物的智力排行榜，一定很有趣。

“当时我和林文做过三个系列的试验，刚才说了两个系列，还有一个，是关于这种离奇移动方式的距离限制的。”

“距离？”我瞪大了眼睛。

看来戏肉要到了！

“是的，最开始是林文自己进行的距离极限试验。结果发现能稳定地把物品取到手的距离是450米左右，超过450米就感到吃力，并且一次成功的概率明显下降。超过800米，就没办法再取到手。”

这个林文的本事可比寇云强多了啊。我心里想。

“我有一个想法，隔空取物是通过精神力进行的，可人的精神力并不是一个常数，喜怒哀乐都会影响一个人的精神状态。另外有一点就是自信心，如果一个人对远距离隔空取物感觉很困难，就会削弱他的能力。在精神层面上，有很多事情，是你觉得行就行，觉得不行就不行的。所以可能林文把一件东西放到800米外，他走过去走回来的时候，每迈出一步心里都会打鼓，都会告诉自己‘这次放得很远，要成功拿到手上会很困难’。所以后来换我来安放目标物品，缓解他的心理压力，可是结果却让我疑惑不解，这样做之后，他的成功率反而大大下降了，有时候我只放在几十米之外，他也拿不到。非得我明确告诉他，我到底把东西放在哪里，离这里有多远，才行。这样一来，距离极限依然没有打破。

“我猜想问题出在思感锁定上，他记住了目标物品的模样，但是如果位置无法确定，依然锁定不了，就像我放录像给他看，其实录像里的东西就放在隔壁房间，但是不告诉他只凭画面他就拿不到。然后我试着拿他日常用的眼镜盒做试验，这个眼镜盒他用了几年，相当熟悉了，不用知道在哪里，就可以轻易锁定。这样的效果果然好了很多，有一次我让他待在屋里，我拿着眼镜盒，出门骑上自行车放在将近一公里远的地方。我来回地很快，他从时间上算以为我不会把眼镜盒放太远，没有心理压力，结果没试几次就拿到了。”

“就是说，如果是熟悉到可以自然而然就锁定住的东西，距离远一些也能拿到手，不熟悉的东西，就要告诉他这件东西的方位，这样一来放得太远就打击到他的信心，就算是通过屏幕能看到这件东西的模样，也一样拿不到？”我问。

“是这样的。”陈远责回答。

“那取熟悉的东西，距离极限是多少呢？您有没有试过，拿走一些林文的随身物品，几天之后再让他取。这样他就没办法从您来去的时间上判断这件东西离他近还是远，完全排除掉自信心对能力的影响。”

陈远责摇了摇头：“这个方法我想到过，本来也准备做，可是当时社会上整个的气氛突然……一下子变了，我受到了很大的打击，一时间心灰意冷，无心继续试验了。”

他话中有未尽之意，想必是90年代初国家对超自然能力做出全面否定的姿态，一切和此类沾边的都被斥为伪科学和迷信，一时间特异功能成了过街的老鼠人人喊打，陈远责这样一个研究特异功能的人，在被X机构吸纳之前，一定有相当长一段日子是很不好过的。

“我和林文结束了试验，之后有过一段时间的书信来往，再往后就渐渐少了。他自己也对研究自身的能力很感兴趣，我知道在我放弃试验之后，他并没有放弃，还补读了许多相关的知识，希望有朝一日能够明白隔空取物的奥秘。也不知道他现在有没有取得成果。而我在进入X机构之后，研究方向有了改变，又没有再接触到身怀此种能力的人，所以这项研究，从那时起就再没有进行下去。”

听他说到这儿，我不由想起，特事处在搜查林文旧宅的时候，发现他的书房里有大量前沿科学的书籍，很大一部分是关于经典物理、量子物理和心理学的。如果他把这些书都吃透了的话，恐怕水平不会比相关专业的博士差。

陈远责的几点理论并无法说明，怎么靠着屏幕上的图像就从月球上取下氦-3矿。但是立志要揭开奥秘的林文，却很有可能在之后的独力研究中，取得突破性的进展。

梁应物在我们的谈话中基本没有说话，对和他没什么关系的事情他一向缺乏好奇心，中间人的身份让他今天一定得到场作陪，一出门就匆匆跳上出租车走了。他从不和我谈论手上正在进行的研究项目，保密原则守得很牢。

“你不是说，老家有一块擦脸毛巾，早上起来一想就到手上了嘛。用陈远责的理论来说，就属于自然锁定的东西，你现在试试，能不能拿到。”走在路上，我突然对寇云说。

“怎么可能，这么远哪，哥你以为我是超人吗？”

“你试试，试试。”

寇云只好闭上眼睛，没多久就又睁开，手一摊说：“不行呀。”

“真是的，一看就没用心。”我说。

“好好，那我用心再想想。”寇云说着，靠在一棵梧桐树旁，闭上眼，面容渐渐沉静下来。

过了很久，她睁开眼，眼眶微红。

“哥，我想家了。”她轻声对我说。

第十一章

寇家村异常事件 Chapter 11

青山绿水大太阳。

“我说，快到了吧。”我高一脚低一脚跟在寇云身后气喘吁吁。

“哥，你不是说走山路很行的吗？”寇云一向缺乏尊老爱幼的美德，幸灾乐祸地回头笑我。

这是湖南境内一处不知名的山坳，早上九点多我们徒步离开一个名叫王家沙的村子，现在看看表已经是下午四点十分。寇家村就在前方某处。

小丫头思乡的情节一发作起来简直没法收拾，整天哼哼唧唧，熬不过只好随了她的心思，陪她一起回家看看父老乡亲。

我问她我以什么身份去。

“你是我哥呀。”她瞪着我说。

晕了，那岂不是还要拜见爹娘？这……有点乱。

先前出发的时候她问我：“要走很长时间的山路呀，得有点心理准备哟。”

我满不在乎地跟她说没问题。这可不是说大话，都市人里我的体力算是出类拔萃的，冒险可也是件体力活，记得那一次在尼泊尔的原始森林里走了几天，还是在我精神状态极度恶劣的情况下呢。

可没想到跟着寇云走山路实在是比自己走累许多。她归心似箭，自打从王家沙出发，踏入了这一方的水土，脚底下就像安上了弹簧。我们走的是野到不能再野的野径，其实我基本上看不出有小路的痕迹。更多的时候我们沿着小溪前进，深深浅浅，一些地方是要蹚着水才能走过，寇云却无视脚底障碍，我简直觉得她轻盈得像只大蝈蝈。

如果是按着我自己的节奏速度，走这点山路不至于让我这么累，可是要跟上寇云，就得付出双倍的力气。

还有一个原因，我背上的包要比寇云背上的重。重很多很多。

“哎呀，你怎么忽然停下了？”我眼冒金星低着头看脚下的路，冷不防寇云忽然停了下来，差点撞上她。

“这次回去，我想把我哥寇风的事情告诉爹娘，这就快到了，可是想到该怎么开口，又忽然有些害怕。”

寇云当日留书夜奔，虽然是因为对花花世界的向往，不过最直接的动因，是寻找逾期不归的哥哥寇风，她写给家里的信上也是这么说的。这次回去，家人嘘寒问暖的同时，少不得要问起这件事。

寇风的音讯是知道了一些，可是伴随着这音讯的，却是更大的凶讯。这也无怪乎小丫头近乡情怯。

可这件事情我又有什么办法，只好对她说：“那你就先别对家里说，就说没得到你哥的消息，这本来也很正常。而且嘛，毕竟这案子还没结，说不定还有变数。”

寇云稀罕地叹了口气，说：“变数，还能有什么变数，就是变也不会往好地方变。这次不说，下次总要说，难道还能永远瞒着他们吗？”

“可是现在毕竟没了解到全部情况，事情的来龙去脉有太多缺失的地方。你长辈问到很多关节，你都不知道，不是更让他们揪心？”

“或许不用过多久，我就会见到哥哥。我想问问爸妈，到了那时候，我应该用什么样的态度面对他啊。”

别看寇云平时嘻嘻哈哈，贪玩起来不知轻重，其实性格中还是有倔犟决然的一面。她的亲生哥哥此时至少是杀了两人的残忍凶手，这一切带来的种种压力，她都藏在心里，掩在表面的嬉笑胡闹之下。这一次突然提出要回家看看，怕是下了决心，要告诉家里寇风的消息。在这样传承了许多年的家族里，恐怕还有森严的族规，对寇风这样的败类，就是法律拿他没办法，家族里也有自己的处置方式。

跟着寇云又走了不多远，她向前一指，对我说："看见没，前面那块凸起来的大石头，像不像一只蹲着的蛤蟆？小时候我妈告诉我，这是神兽，老天降下来守着村子平安的。我就问她，为什么不派只好看点的来。"

几分钟后，我们站在了蛤蟆神兽的脑门上。向下望去，眼前一片开阔。这是一个坡度平缓的山谷，溪水从蛤蟆的脚边流过，注入底下的一个小湖里，湖周围错落有致地搭建了几十间木屋。此时太阳已向西倾去，但湖上仍旧金光粼粼，风从背后吹来，这真是桃花源一般的地方。

这种文人墨客式的风骚感叹其实最不实在，我第一次去丽江古城的时候也感慨说如果就此住下该有多好，其实真住的时间长了，就会觉得这个不方便那个也没有，怀念起上海的灯红酒绿来。像我这样的俗人，其实只要在这寇家村住上十天八天，清气消磨殆尽，要空调要煤气的俗气就要冒出来了。

我正在这儿大发哲理感慨，寇云却"咦"了一声，手足并用地从石头上滑下，顺着缓缓的斜坡向村里跑去。

我见她神态不对，连忙跟上去，下石头的时候差点崴到脚，跳了几下，连跑连喊："慢点，怎么啦？"

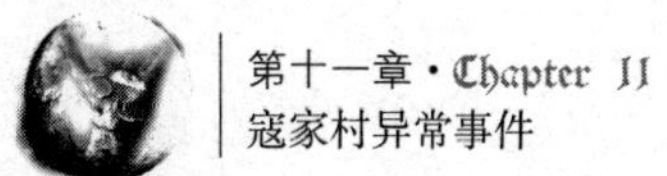

“没有烟啊，这个时候，怎么会没有烟啊！”寇云脚步非但没有慢下来，反而跑得更快了几分。

烟？我一边跑一边琢磨。看见前面寇云在太阳下拖得长长的影子，忽然醒悟。

是炊烟。

这个时候已经快五点钟，寇家村这样的条件，吃晚饭总得提前两小时煮饭烧菜，现在就该看见炊烟了。

顺着坡往下跑的时候，我再一次向寇家村望去。

没有炊烟，没有在室外活动的村民，刚才我觉得这里很安详，而现在的感觉，是寂静。

有点让人心悸的寂静。

寇家村是个小村子，与世隔绝。外面世界的前哨站王家沙村离这里，虽然不能说十分遥远，可是外面的人在寇家村没有亲戚，没有朋友，没有熟人，更没有经济往来，所以根本没人会走几十里山路来这儿。寇云和我说过，白天寇家村每家每户都是不关门的，到了晚上，为了防山里的野兽，才会把门关起来。可是现在，寇家村每间木屋的门，都是关着的。

门是从外面关上的，挂着古式的长方形铜锁。

寇云已经来回在小小的寇家村里跑了两圈，没有一家例外。现在这个村子里，只有我们两个人！

寇云满脸都是汗，身上的T恤也湿透了，脸色煞白。她站在湖边，大声地喊：“爸爸，妈妈，二伯……”声音在山野间回响，惊起了远处林中的几只飞鸟，没有人回应她。

我没有上去劝她，让她这样喊一会儿，发泄出来，才能渐渐镇定下来。

这么喊了几句，远方忽然传来几声狗吠，一抹黄色的身影从林中钻出来，一溜烟地跑近。

那条土狗跑到近前，绕着寇云的脚边打转，喉中呜咽不止。

“阿呆，阿呆。”寇云喊着黄狗的名字，蹲下身子轻抚它的背脊。

“这是我三叔家养的狗。”寇云告诉我。

这些住在山里的人家，多半家里都会养狗，来看家护院，赶走野兽。不多会儿工夫，我们身边又多了几条狗。看来寇家村的人离开之后，这些狗都被留了下来，在山野间自行找食生存，只是它们的活动范围都离故土不远，发觉这儿的响动，纷纷聚拢。

寇云走到哪儿，这些狗就在身后跟到哪儿。狗通人性，它们也希望寇云回到这儿，可以还给它们旧日的生活，而不用每天在山野间风吹雨打饱一顿饥一顿。可是狗再通灵，也不能开口说话，更没法告诉我们，这儿究竟发生了什么事情。

数百年间寇家在这里生息繁衍，已经扎了根。这里根本没有遭到外力侵入，或巨大自然灾害的痕迹，要知道中国人最是恋根，历来迁民是最困难的事情，往往政府为了某些工程，花大力气把农民从祖地上迁走，给房给田，却挡不住大多数的人在风头过去之后偷偷回到老家，一次又一次，九死不悔。普通的中国农民是这样，而有祖训不得与外界接触的寇家，就这样从寇家村消失，更难以让人理解。

从村子的情形看，寇家人离开时都很从容，并不慌乱。我仿佛能看见某天清晨，寇家人从屋子里出来，锁好门，带着行装，在野径间走成一条长龙，顺着小溪溯流而上，安静地离开。

已经到处是夕阳的淡淡红光。我站在一块空地前，附近的几幢房子围出这么块足以容纳所有村民的地方，从位置看，这里像是村子的中心广场，而且地面也被平整地夯实过。村子里的大事或者什么决议，多半就是在这里进行的。这块空地的中央，端放着一块石头。

这是一块有三四十斤的大圆石，就这样放在空地的中央，显得有些突兀，让这块空地，变得像带着宗教性质的祭坛。通常这样一块石头如果故意放在这儿，是有着象征意义的。

“寇云，寇云！”我大声喊。

寇云应声跑过来，身后还跟着几条狗。

“这是什么？”我指着石头问她。

“石头呀，嗯？”她皱起了眉，“我记得原来这儿没有这么大一块石头的呀……”

“原来没有的？”我俯下身子仔细观察起这块石头来。

这是一块既普通又奇怪的石头。说到普通，是因为它的的确确就是一块圆石头而已，没有其他的花样玄机，表面还能看出流水冲刷的痕迹，所有原先的棱角，都在千万年里被水流磨圆了。

说到奇怪也正在这里，这样的石头，先前我们一路走，在溪中蹚水时，不知踩过多少，但也只在那样水流不断冲刷的地方，才会有如此形状的石头，像寇家村所在的旱地，从土里挖出的石块，肯定都有棱角。

贪玩的小孩，或者有兴趣做这样的搬运工作，但是他们没有这样的力气；而成年人有这样的力气，却不会有兴趣干这等闲事。

如果原先寇家村的这片广场上没有石头，那么这块石头的出现就有些离奇。

离奇出走的寇家村人，离奇出现的石头。

在一个地方同时发生的两件离奇事情，十有八九相互之间是有关联的。

寇云和我一样细细端详了一会儿这块石头，抬起头对我说：“这像是前面溪水里的石头呀。”

“我也是这么想的。”我点了点头。

我们绕着广场走了一圈，没有发现其他特异之处，又走回石头前，索性席地而坐。

“你还发现什么线索了吗？”我问。

寇云摇头。

“在什么情况下，你的父母长辈们才会离开呢？”

寇云再次摇头：“他们没可能离开的啊。”她后半截话越说越轻，因为事实摆在眼前。

“其实，应该也不是没有可能。”我盯着眼前的石头，缓缓说。

“啊！”寇云震惊地看着我。

“有些东西对你，已经深入骨髓，所以有一个变数，被你自动忽略了。幸好，上次你对我说过一次。你说，寇家的先辈定了条规矩，寇家的后人不得离开这片土地，和外界接触，除非……”

“除非在隔空取物这个能力上，有人能胜过我们！”寇云眼睛一亮道。

我一掌拍在石头上：“就是这个。怎么叫胜过你们，一定会有一番比试。你看这块石头，你能挪动吗？”

寇云摇头：“恐怕悬，太重了。我哥或许可以，村里的有些厉害的叔伯可以，我爸也可以。但都挪不远的。”

我点头说：“这就对了，你看我们跑下来的这段坡就有两百米左右，溪水里有这种石头的地方。还要更远。那个比试的人肯定在足够远的地方找了这样一块石头，一举将它移到了这儿，把你们村里所有的人都压倒了，那个祖训也就破了。”

“你是说，那个人是林文？”

“我是这么猜想的。在很多年前，林文的能力就要远远超过你，就算和你的那些叔伯比，应该也是比较厉害的吧？”

寇云点头。

“陈远责说过，这种能力的根源在于精神能量，那么在进行了这么多的试验之后，他对自己的能力更了解，自信心更强，能力肯定也会获得提升。况且，我们已经推测，他的研究有了大的突破，已经可以想办法从月球上取东西下来，那么在这里取胜，也就不是什么稀奇的事情了。”

寇云点头表示同意，忽然又摇头说：“不对呀，就算是林文用实力来破了我们的祖训，也不会搞得所有人都搬走呀。有许多人会急着到外面去看一看，转一圈，就好像我和哥一样，但所有人都走，这不可能的呀。”

“这就是我猜测，那个破了祖训的人是林文的第二个原因。”我用手摸着石头光滑的表面，想想把这么一个大家伙转瞬间从几百米甚至更远的地方挪过来，这样的能力，放在仙侠小说中，也是道法通神的人物了。这样玄之又玄的奇迹，竟然也能被人研究出运作的奥妙，大规模地应用吗？我看过到太多神秘的能力，拥有这些异能的奇人异士，都是知其然而不知其所以然，要是林文真的能通过科学实验的手段，把这样的奇迹纳入科学体系中，他的成就，恐怕足以获得诺贝尔物理奖吧。

“其实你仔细想一想，能知道原因的。你不是我的助手吗，这点推理能力总要有吧。”我对寇云说。

明里是考较，其实是希望她通过理性思维，一步步推理，从而彻底平静下来。其实她现在的状态，已经比最开始好很多了。

寇云用手托着下巴，盯着石头思考起来。

这并不是很难的问题，片刻之后寇云的嘴角就露出了一丝恍然的笑容，我也随之放下心来。

“我知道了。”她说。

“这个世界上有这种能力的人，也许并不只我们寇家和林文，但是寇家村的存在，本就不被外面的人所知。而知道寇家人有这样奇异能力的人，更可以说几乎没有。所以如果有外人找到这里来，并且和我们比试，第一个问题不是问这个人是谁，而是他是怎么知道的。”

我微笑起来，鼓励地冲寇云点头。

“林文是我哥的好朋友，又有这样的能力，所以我哥告诉他寇家的事情，一点都不奇怪。这样，林文来这里的时候，多半我哥也和他一起回来了。”

“没错。”我点头，正要接着说下去，却被寇云打断。

“哥不要吵，听我说完，听我说完，助手要好好表现一下的啦。”

“哦哦。”我苦笑着乖乖闭嘴。看起来小丫头已经恢复正常了。

“我刚才说到哪里啦？都是你，一吵都忘记啦！”寇云愣了一会儿，瞪起眼问我。

“你说到助手要好好表现一下……哎哟，哎哟……是说到林文来这儿的时候，你哥寇风也会回来的。”

“对啦，一个陌生人来，村里人都不一定会和他比试呢，一定是我哥挑唆的。所以呢，村里所有人都走了，肯定和我哥有关系。林文不可能说动他们，但我哥是自己人，他讲出什么理由的话，效果就不一样了。”说到这儿，寇云拍了拍手，朝我努了努嘴，说，“好，该你啦。”

“什么该我了？你都已经说光了，我还有什么可说的。你不会以为我还能推测出，你哥是用什么理由让这里所有人都跟他走的吧。那样的话我改行做占卜大师算了。反正我想呢，虎毒不食子，你哥总不会害他的爸妈叔伯们吧。而且也不一定走了就不回来了，也许只是暂时离开。”

天色已晚，不可能今天就返回。晚饭就吃带来的饼干，睡觉问题也顺利解决了。寇云在自家门前发现了一处松动过的土，一掏就挖出了钥匙。本来锁门就是防兽不防贼的，老式的铜钥匙又长又重，带着颇不方便，后来我们在各家的门前都注意看了一下，发现家家户户都是这么做的。

这里的木屋基本是一个式样，圆形上下两层，用粗大结实的圆木所建，由支脚打进地下，把楼主体悬离地面一尺多，以隔绝湿气。其实这里虽然临着一个小湖，但就整体的气候而言，并不算特别潮湿。这样一幢木屋，大概可以使用百多年。

屋里用的是煤油灯，外面天光一点点暗下来，屋里灯苗闪动，间或有几声蛙鸣，天地一片宁静。在这儿什么都不能干，在湖里洗了澡——当然是一个一个地洗，我们早早就上床睡觉。

我躺在寇风睡的木床上，在山风声和蛙声中很快睡去。

第二天醒过来的时候，寇云已经从蛤蟆神兽的脚底下接来了洗漱用的溪水，干粮却只剩下了一点点。把门重新锁好，我摸着半饱的肚子，和寇云一起踏上了回返王家沙的路。

回去的速度比来时慢了许多，一来寇云没有走得那样快，二来没有午饭吃的我们肚子越来越饿，虽然早上八点就出发了，但是直到近六点才抵达。

寇家村的人出山，走的也是这条路，一下子出来上百人，王家沙的村民不可能不知道。我们来的时候如果不是那么急着上路的话，早就能从村民的口中知道些端倪。

从寇家村人离开到现在，只有六天，看到的村民说，这些从山里出来的人里，有两个人一身城里人打扮，和其他寇家村人完全不同。一问这两人看起来的年纪，正好能和寇风林文对上。

看到推测的结果一点点被证实，有点欣然的感觉。不过并不是所有的东西都能靠推测推出来，几个最关键之处根本没有线索，再怎么煞费脑筋也是枉然。

回上海的路上，我把新的情况通报给了郭栋。我自己找不到线索，就无限希望他那边可以有所突破。

结果是有新情况，没新突破。

酒泉基地传来的消息，昨天一直被默默监控中的月球车再一次启动，往地球回传图像资料的时候，画面对着的并不是原先的篮球大小的氦-3矿石。月球车在启动摄像器材之前开始移动到其他的位置，所以不知道原本那块矿石到底是仍旧在它的位置上呢，还是已经消失不见。现在画面上的矿石要比前一块大得多，不知道这种矿石的密度是多少，不过按地球上一般石块的重量推想，这一块也得有一两百公斤重。当然这是指在地球上，月球上要轻得多，月球车的机械臂依然能翻得动这样的大石头。

还有，就是调查组一直没有放弃过对黑旗集团的调查。随着了解的深入，调查员们倾向于相信在黑旗集团的背后还有一股庞大的势力，黑旗集团仅仅是一个用来见人的外壳。甚至于，只是外壳之一。

黑旗集团虽然不是排行榜上有数的大财团，可也有十几二十亿的资产。如果说这还只是冰山浮出水面的一角，那么隐藏在水平面下的，该是怎样一个庞然巨物?

其实这个研判结论并不让我意外，只看黑旗集团的表面资产中没有太空控制中心，就能猜到背后还有料。

在这个世界上，总有一些势力，它们或者是家族，或者是信奉同一信条的组织，在历史长河中开枝散叶，发展壮大。这些势力在几十年数百年间积累下的力量，远比那些排行榜上的巨富财团更深不可测。

各国的情报部门对这样的势力或多或少，都有一些了解，可是黑旗集团背后的这个，却隐秘得让人理不出头绪。

“其实也不一定是个从前不知道的潜伏势力，只不过现在还没办法把某个势力和黑族集团对上号。也许再等一段时间，就会查到也说不定。”郭栋在电话里对我说。

“上次交给你的东西，现在怎么样了？”

“哈，那一点东西，足可支持一个航母编队绕地球转上几圈，给“新希望”号用实在有点浪费。不过现在也确实不知道该

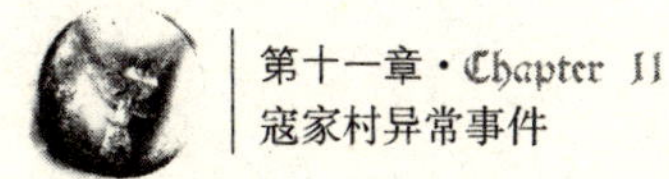

怎么用，目前正在用最好的仪器检测成分，来和美国送我们的那点月壤比对。其实这都是瞎扯，那里面是已经提纯了的氦-3，还能找出什么杂质来？说实在的，这点氦-3现在像鸡肋，看着能量很多，为它造一个新希望号那样的释放设备，释放到哪里去用呢，多是相对的，和我国的总用能比，又太少了，于是只能做成分分析和热核实验。其实这东西利用起来本身就没有技术难度，做实验又有些浪费了。”

“唉，再等段时间，等段时间，我要等到什么时候才能恢复正常生活啊。我要尽早恢复名誉啊！”我半真半假地对他喊。

郭栋只能干笑几声，说了两句没营养的安慰话就挂电话了。

别人指望不上，看来自救才是王道啊。

可是怎么自救呢，我还有哪里可以使力？

在回上海的飞机上，我一直在想这个问题。

空乘给每个人发了免费报纸。当不成记者，只好看看别人写的新闻。随意翻了翻，“催眠恶魔落网”的标题悍然入眼。

看看内容，原来一个不良男子借着心理治疗和催眠为名，强暴了许多来看病的病人。比较离谱的是，居然男女老少通吃，这……实在令人发指到全身恶寒啊！而且他干了这么多宗才被抓到，虽然新闻里没有说，只怕在催眠一道上真是有些能耐吧。

看完这篇报道，我不由想起认识的大催眠治疗师欧明德来，又从欧明德，想到了催眠一道上远胜欧明德，已技近乎妖的路云。

那一次我在曹操的墓中受到死亡暗示，欧明德束手无策，我千辛万苦跑到尼泊尔找到正在参加暗世界聚会的路云，这才救回一条小命。

回忆那一段经历，我忽然想到，或许可以通过另一条途径，来搜寻林文的行踪。

对于像林文、寇云这样的人，有一个称呼：非人。

我曾经猜想过这个名词是怎么来的，因为数十年前中国曾经有一个幻想小说家，在他的小说中大肆使用这个名词，来称呼那些身怀超自然能力的人。这个作家的小说影响极为巨大，遍及整个华语圈，所以说正是因为他的小说，才在近几十年里有了这样一个称呼。

更可能的是，这个称号的历史要久远得多，那位作家和我一样，介入一些事件中，知道了有这么一群人，顺便就用到了自己的小说里去。

当然还有一个可能，就是巧合。我本人向来不是很相信巧合。

有超自然能力的人叫做非人，区别于正常人类。而这些人的活动，并且由这些活动而组成的世界，是一般人不了解的，这也有个称呼，叫“暗世界”。

路云那一次参加的，就是由一个在亚洲暗世界里相当有影响力的D，所举办的定期非人聚会。对亚洲范围内杰出的非人，D或多或少都有了解，更竭力邀请他们参加他的聚会。

林文当然是非人，那么是不是可以试着用暗世界的渠道，来找到他呢？

我见过D一次，他给了我联系方式，但其实并没有多少交情。如果要通过D来找林文，也许拜托路云更合适。

“你好啊，哪一位呢？”一泓慵懒的声音从听筒荡进我的耳朵，让我整个耳孔都痒起来。我伸手揉了揉，那一缕麻麻痒痒却已经爬进心里，挥之不去。这路云越来越恐怖，现在单凭声音就有这么大的杀伤力了嘛。

她如果去做声讯台的接线小姐，生意一定好到爆。我不良地想着。

“是我，那多啊。”我端正好心态回答。

“好久都没有联系呢，最近还好吗？”

“哦……不算太好。”

“我就知道，你不碰到麻烦，是想不到来找我的，唉。”路云轻轻一声叹息，简直荡气回肠，换了一个男人，恐怕立刻就觉得自己犯了天大的罪孽，恨不得往自己身上捅两刀才解恨。我和路云打交道一直处于高度警惕状态，这才抵挡住。

“是有点麻烦，麻烦找上我，我也没办法。那个……咳咳……的确有件事情请你帮帮忙。”说到这里，我自己也不仅觉得，对路云我一向能躲就躲，躲不过的时候，也就是自己有事求到人家的时候，这样的情形，确实不是做朋友的道理，委实有些说不过去。

“呵呵，心虚了呢。”

我仿佛看见电话那头路云掩口轻笑。虽然并不当面，微弱的语气变化，足以让这位心理学大师级人物把握到我心中的想法。

“那就给你个忏悔的机会，请我吃饭吧，顺便说一下麻烦是怎么找上你的，听你讲故事还挺有趣的。”

“你喜欢吃什么？”我有些胆战心惊地问，不知道路云打算敲我怎样的一顿，我现在可是没有收入的穷苦人民哪。

“嗯……”

“我知道有一家神秘冷面馆的冷面不错，绝对有特点。”我心肝嗵嗵跳地推出一项很有中国江浙一带特色的美食节目。

“去去。”路云想也不想就把我的建议否定，“我想吃牛排，或者日式料理也不错，具体什么地方，看你的诚意啰。”

说着她又叹了口气，道：“不过看起来你的诚意不是很够的样子。”

“我会用十二万分的诚意把你压扁的。”我立刻保证。

“哥，我们这是要去哪里呀？”寇云瞪大了眼睛问我。

“去请美女吃饭呀，你不是知道的吗？”我回答。

“可是这、这、这……”寇云眼睛瞪得更大了。

“原来哥的十二万分诚意就是这样子的呀。”她哧哧地说。

我们刚才走在一条看起来很酷的小街上，这条余姚路的这一小段地面不是柏油路，而是石板路，很有点步行街的意思。

不过此时我已经带着寇云拐进了一片工地里。

没错，就是工地。这儿一堆碎石子，那儿一堆黄沙，日落西

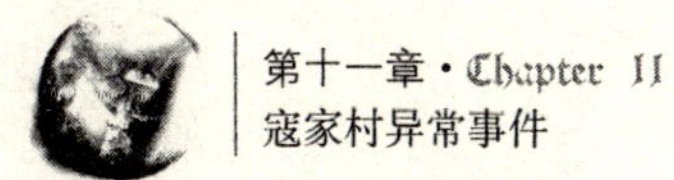

山时分，已经没有工人再干活，不过还是能见到三三两两的赤膊汉子，或蹲坐着休息，或干着些收尾的轻活。

这里原本是一片厂房，未来会叫做同乐坊酒吧区，现在正处于中间的改建阶段，也就是工地阶段。

现在各种旧厂房成了香饽饽，用上海石库门当招牌的新天地早已不再新奇，继旧厂房改画廊改艺术工作室之后，这一块同乐坊厂房就要在两三个月后变成上海静安区新的高档酒吧娱乐区。所以说，未来，这里一定有很多酒吧餐厅开起来。

“哥，你等等，你等等，是不是这家？”寇云抓着我的衣服，指着工地最外圈，沿马路的一家酒楼。不知为什么，在其他地方还热火朝天干着土石活的时候，这家店已经运营起来，而且门正对着工地，而不是对着马路。

“不是不是，跟着我。”我挺着胸，走入了工地深处。

“啊……”寇云发出了哀鸣，“哥你不是要别人帮忙的吗，这样子会搞砸的。”

“拼了！”我说。

“拼……什么呀……”寇云快要抓狂，嘴里嘟囔着什么，然后似乎觉悟了的样子，不再说话，默默地跟着我，穿行在工地和赤膊汉子之间。

我走到一幢什么招牌都没有，反而门前有一堆拆下来破烂货的多层楼房前，仰头看了看，然后走了进去。

“是这个吗，哥？”寇云指着进门墙上挂着的一块简易牌子问我。

“神户牛肉馆营业中，请上×楼”。

“是啦，就是这家。”

寇云一脸狐疑地看了看这块牌子，又转头看看外面的工地，再转回来看我的时候，被我一掌拍在脑门上。

“看什么看，走啦。”

乘电梯到顶楼，出来一转，就到了神户牛肉馆的门口。

推门进去，穿着制服的领班迎上来向我们鞠躬，没有问什么有无订位的废话，因为这家装修豪华的餐厅里空空荡荡，就我们两个客人。

“用餐吗，里面请。”

说起来，寇云生病那些天我骑车出去找药店买体温计和润喉药，经过这片外面挂了几张美女模特酒吧广告的工地区，一时起了兴趣，进去逛了一圈，看看这个未来的新酒吧区会是什么模样。看到神户牛肉馆简易招牌的时候，我奇怪怎么这时候就把店开起来了，好奇心一起就上楼考察了一番，拿菜单看了很一小会儿，就很绅士地把菜单还给领班，镇定自若地拔腿离开。

这里有牛肉等西式料理，又有日式料理，完全符合路云的要求。至于味道嘛，身处未来的美食酒吧区，牛肉用料是世界上最顶级的神户牛肉，价钱是单人份五百多大洋一块，还能差到哪里去？

路云救过我的小命，提出来要我请吃饭，想来想去，实在是不能小家子气，虽然我的确觉得神秘冷面馆很不错……

想想如此一个魅惑众生的妖女，一路从外面的工地和两眼放光的光膀子男人中走进来的样子，真是让我呵呵呵。请原谅我突然冒出来的恶趣味吧，当我想到这个神户牛肉馆的时候，就觉得再也没有比这个更好的请吃饭的场所了。

时间在等待中过去，神户牛肉馆的门终于被再一次推开了。

领班赶紧上前，却没有弯腰鞠躬，而是对着那人发起了呆。

能让同性一见之下也为之倾倒的，除了路云还能有谁。

那领班很快恢复了过来，问明了情况，把路云带到我这桌。

“哥，她真是太、太、太……”太了半天，寇云也没找出一个形容词来。

漂亮这个词在路云的面前黯然失色，而美和她那种魅惑一切的容光又略有些区别。

要我说来，就是妖。

是那种妖到极点，反而敛去了妖气的美。

“你还真是挑得好地方啊。”路云在我对面坐下。

“嘿嘿，不用夸奖。”能够整到路云一把带来的成就感，让我从她的妖力下稍稍解放出来，可以比较自如地说话。

“这个漂亮的小尾巴是谁呀？”路云看了眼寇云，问我。

我没有和她说过寇云的事，她这么看一眼，就如此形象地说出了我和她的关系，洞察力简直……就说了她是妖嘛。

“谁是小尾巴，我是哥的助手！”寇云立刻反驳。

“哟，又是哥又是助手的，到底是哪种呀？”路云笑眯眯地问。

“好了好了，先点东西，我都饿了。”我打圆场。

路云翻了翻菜单，笑道：“啧，看来这次你打算出血了？”

我微笑着说：“随便点。”

心里在滴血啊，这一顿吃下来三个人少说两三千。先前我说的“拼了”，其实是这个意思呀。

一小点一小点地切着神户牛肉，放进嘴里的时候鲜嫩味飘到了后脑勺，真的是美味呀！

对面路云的一举一动，就是把小块肉送进嘴里的动作都有强烈的引力场，更何况她穿了件低胸无袖的上装，象牙白的肌肤在灯光下散发出蒙蒙的光晕，哦不，是妖光，妖光，我告诉自己。

路云的美貌，她让你看到的这些，是真是假完全不知道。她这一脉的幻术，到她达至了前所罕见的巅峰，人们赖以感受世界的各种感官到她这里全可能被误导干扰。从这层意义上说，是真是幻已经不重要了。

我抵抗着诱惑，把所有的麻烦都告诉了路云。寇云时不时地掐我几下，虽然我已经控制住自己不露出过分的猪哥样，但总免不了会有些欣赏和几丝迷醉。路云并未特意对寇云放出魅力，所以小丫头很快抱着仇美的心态挣脱出来，用她的指甲提醒我身边坐着的那位也是个活人，不要视而不见。

“原来这个漂亮的小妹妹也是非人呢。”

寇云脸上不禁露出笑来。真是个浅薄的丫头，被人一拍马屁就这样。

“有些消息，不用问D，我都知道呢。”

“哦，快告诉我吧，不要卖关子。”路云的话让我有些意外。看来我想到这条线太晚了，早就该找她。

“郑余通过暗世界的一些渠道，发布了一份邀请，邀请所有具备移物能力的非人，到他的岛上做客，并且为他完成一项工作。报酬是每个月一百万美元，以及未来一个他力所能及的要求。他还想邀请我呢，被我拒绝了。”

“郑余是谁？”

“郑余是郑海的第七个儿子，而郑海是个……”路云歪了歪修长的脖颈，说出了一部日本动画片的名字，《海贼王》。

“海贼王？海盗头子？”

“那可不是一般的海盗头子，具体的话，X机构应该有详细的资料，你去问梁应物吧。”

“他邀请所有有这种能力的非人，嗯，听起来的确很可能与寇家村人集体离开有关。”

我想了一会儿，忽然击掌说：“没错，肯定是了。郑余和黑旗集团、林文，他们是一体的。”

“哥你想到什么了？”寇云忙问。

“还记得我们在‘新希望’号上看到的那个船首像吗，还有门上也是，原本我还奇怪为什么会把猛犴的形象雕上去呢。”

“狴犴？”路云的眉毛微微一挑，“龙的第七子。”

“没错，而龙是遨游四海的神兽，狴犴就是郑海第七子郑余的象征。只是，为什么他会邀请你，难道你也有这个能力？”我奇怪地问路云。

“我当然没有，他在我未答应做客之前，不肯说出意图。”

“所以你拒绝了？”

“我晕船呢。”路云微笑。

这只是她用来拒绝的理由，路云可是个很傲的人哪。

“那么，我想接受邀请的话，你能否代为引介一下呢？”

“你？你能隔空移物？”

“当然。”我神秘地一笑，“我现在就要把那把汤勺移到我手里。”

我张开手掌，斜眼瞄了下寇云。

寇云会意，我掌心一沉，汤勺到手。

路云笑了：“你去，那她呢？”

“我有一随行的助手，这个要求不算过分吧。”

“要我引介的话……”路云上下打量了我几眼，“你不是要去干坏事吧。”

“呃……”我语塞，那可说不准。

“那不行，那不行，帮了你我就引火烧身了。”路云明眸微转，说，“你去找梁应物去。他们X机构关系多，肯定有办法。实在不行，我忽悠D爵士试试。”

第十二章

向龙巢前进 Chapter 12

龙，在传统中国人心中，是吞云吐雾、操风行雨的神兽，是盘踞四海的霸主，又是至高无上君王的象征。

郑海就是海中的龙王。

郑海不是一个人，说到郑海的来历，要追溯到六百年前。

明永乐三年至宣德八年，也就是1405年至1433年之间，大太监郑和七下西洋，出动大型船只以千艘次计，随从数十万人次，威震南洋的同时，也有无数的战士魂撒他乡，永世不得回故土。

关于郑和的传奇有很多，比如说其实三保太监才是第一个发现美洲的，比如他已经进行了环球航行。而郑海的传奇，则是郑和传奇的一个延续。

郑海本来并不姓郑，就像郑和原本姓马一样。郑海原来姓什么，X机构还没有神通广大到知晓这位海王如此私密事情的程度。只知道，郑海是郑和某一次下西洋数万名随从中的一名。

在那个时代，航海是一项风险度很高的事业，即便是当时郑和的船队已经算是世界顶尖的水准，也不能例外。

在郑和的航行过程中，光是和沿途小国的战争就发生了多次，大小海盗战，突遇暴风更是不计其数。有许多随行的船员战士战死，还有很多人失踪。郑海就是因为某一种原因，和船队失散，流落他乡，做起了海盗这件无本营生。

据猜测，郑海当时的职位很可能是船长级，也不是孤身一人，而是至少有一艘船，上百名手下。原本郑和船队所到之处，海盗势力为之一空，而郑海的船不论是大小、坚固程度还是先进性，都是第一流的水准，填进郑和走后的海盗真空中，很快就发展壮大。

郑海流落异乡，又当起了海盗，可能觉得不能用真名实姓，就像现在的演艺界的艺人要起艺名，作家要起笔名，郑海也重新给自己起了个海盗名。郑和在船队中的威信极高，于是就用了郑姓，以海为名，郑海和镇海同音，什么意思，也一目了然。

这郑海说是人名，其实更像一个海盗首领的封号，每一代郑海死去，把首领之位传给后代的时候，就会把“镇海”之名一并传下。所以一代复一代，郑海永远不死。

这个家族式的海盗集团，在六百年间逐渐发展壮大，早在欧洲大航海时候，郑海的海盗船队就已经让英、荷等国的海军大为头痛，他们派出到亚洲的分舰队，不敢与郑海正面冲突，各行其道，互不干涉。在后来的数百年里，虽然经历风雨波折，郑海还是把势力扩张出亚洲，自19世纪以来，已经成为全球首屈一指的海盗势力。

和陆地不同，陆地上的恐怖组织，除非背后有着国家的支持，否则在国家警力军队的眼皮底下，怎都没有办法发展出让人真正侧目的成绩。什么人肉炸弹，或者零星几枚火箭炮，都是偷袭的手段，不可能正面抗衡。

可是海洋不同，像中国这样的弱海军国家，领海都有太多照看不过来的地方，而说到公海，就算是美国的海军实力，能照顾到的地方说九牛一毛都嫌夸张。卫星图上，全球海洋上那些标着无人岛的地方，有多少是郑海的基地，谁都不知道。

无本买卖来钱最快，而郑海干了六百年的无本买卖，相比之下，最强国家美国立国不过二百余年。郑海在海上究竟有多大的势力，没有人能说得清，但不管是哪一个国家，都不会愿意打出消灭海上恐怖主义的旗号，和郑海正面开战。

郑海不可能拥有如航母编队这样大吨位级数的海军，他的海盗船一般都小而灵活，但火力的先进性不会比美国差。只要有钱，就可以有渠道买到任何常规武器，而且郑海也有自己的海军武器研究机构，其潜艇实力更是惊人。

一份秘密的研究资料声称，要想和郑海作战，除非能确定郑海所有的海岛基地位置，在一个其潜艇大多在港的时机，一举同时攻占。这样断绝其后续实力，才有可能取胜。不然，就会陷入无止境的海上游击战，同时至少百分之八十的海运会停摆，最终自己被拖垮。如果把美国的航母编队比作巨象，那么郑海的海盗军就是群蚁，巨象的火力是很猛，但是小蚂蚁的火力也一样猛，蚂蚁被打中固然会沉掉，巨象挨几下一样没命，相比起来，实在是很不划算的买卖。

这份研究资料说取胜的前提，在目前来说相当于天方夜谭，能不能取得确切情报不提，这等于要求所有国家的海军联起手来以经济倒退几十年的代价打一场持久战。

另一方面，当前世界的主题号称是和平与发展，海贼王似乎也认同这样一个主题。近几十年来，已经很少进行直接的海上掠夺，而是和各国的航运公司达成了默契，以开放安全航路，收取保护费的形式，来维持其海上龙王的尊严和财源。

数百年累积下来的财富，用脚趾想都知道会是多么恐怖的天文数字，把它们堆在一起烂在海盗窝里，显然太过浪费。所以从很久以前，郑海就开始在陆上社会里投资。到现在有多少企业财团的背后浮动着龙影，哪个情报机构都没法全部查清。但现在至少有一点可以肯定——黑旗集团就是其中之一。

因为这些原因，当听说这件事可能与郑海有关，郭栋的黑眉毛立刻拧成了麻花。

如果说要对付的是郑海，调查组的哪个人都没有作好准备，也作不好准备。

而梁应物在把复印好的秘密资料交给我的时候，冷眼看着我每翻过一页脸色就黑上一分，眼中露出古怪的神情。我把东西看完还给他，看见他的眼神，顿时气不打一处来。

“喂，你这是什么混账表情？我承认没想到这个海贼王居然王到这种程度，不过事情有糟糕到你要用怜悯的目光来看我了吗？”

“这次你潜进去，最好不要干坏事。”梁应物一点没有辩解的意思，耸耸肩说。

“说得我好像是专搞破坏的恐怖分子，你把双方的角色搞错了吧？”

“其实我的意思是，你最好不要去了。”他自顾自地说。

“真是没有冒险精神的家伙，一只猹犴而已啦。”我为自己打气说。

“这次你潜进去，最好不要干坏事。”一个夜黑风高的晚上，郭栋很郑重地对我说。

我一声闷哼，无言以对。

我的名声有那么糟糕吗？没有吧！

其实我也理解，事关重大，郭栋不得不叮嘱一声。

理解归理解，郁闷还是一样的郁闷。

越过脚底下这道坡，前面的海滩，就是约定的地点了。再过半小时，狴犴的人就会来接一个名叫戴行的人，还有他的助手。

我没有直接请梁应物帮忙，而是扔给了郭栋。结果调查组报到公安部，公安部再交给特事局，由特事局正式请求X机构协助此案调查。公事公办，转了好大一个圈子。好在这个圈子里的各个环节效率都很高，一点没有耽误事。

也不知道X机构动用了哪条人脉，捧出我这个“狒狒”和郑余的人搭上线，接受了邀请。

“狒狒”是寇云为了这次潜入活动给我起的新外号，她说我这次假扮非人，就是个假非人，也就是非非人。她眼珠一转，凑过来媚笑着说“以后就叫你废废啦”，转眼间又把这个外号推翻，“不对不对，还是叫狒狒比较好，哥你腿上光溜溜都不长毛，狒狒代表我对你的良好祝愿哟，快快长点毛出来，变成‘好男’哦”。说完不等我揍她，自己先笑翻在地了。

现在我姓戴名行，上海人。一年前走在路上倒霉被高空坠落的花盆砸到后脑勺，救过来之后就发现有了这项异于常人的能力。性格寡言少语（这是特意设计的，少说话就少出错），有个女助手帮着联系游走于各个草台班子，去各地走穴表演魔术。因为已经习惯身边有这个助手的存在，所以在应邀时声明必须是两个人，当然酬金只算一人份。

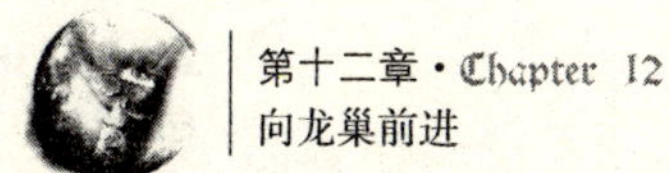

寇云则没有改名更姓。因为考虑到这次去极可能会见到她的父母和其他亲戚，再怎么化装都会被认出来，如果取个假名字，到时连我的身份也会被一并质疑。不过考虑到郑余那里已经有姓寇的一大帮子人，还有个寇风，这个名叫寇云的女助手实在太容易第一时间暴露，所以我给她起了个英文名Vivian报上去，也不算弄虚作假。

当然最好是能瞒住不让寇云和她父母照面。不过这似乎不可能，而且寇云这关就过不去。所以只有准备好寇云被发现也是能力者时候扯的谎啦。另一个会出问题的地方，在于寇风如果是杀害杨宏民的凶手，那么他是认得我的。为了避免被他认出我是个原本应该代替他待在牢里的人，我作出了很大的牺牲。

就看我现在反射着青青月光的光溜溜头皮，就知道了。除此之外，在最近一个多星期里，我每天往嘴巴周围抹两回促进毛发生长的药膏，现在胡子已经颇具规模了。头发和胡子能让一个人的形象完全改变，现在我自己照镜子都快认不出自己了，更何况对我并不太熟悉的寇风。而且，我还在郭栋的强力压迫下，接受了一个造型师对我眉毛的改造，硬生生搞短了一截。都说眼睛是心灵之窗，其实眉眼是一体的，眉毛形状的改变，会让人觉得，眼睛也稍稍有了变化。

现在的我，已经变成了一个走在上海最繁华的大街上，回头率爆高的艺术家式型男。

郭栋伸过手来要和我进行同志式的握手。

“这不好吧，片子里地下党员就是这样握手然后出门不久就挂掉的。”我拍拍他的手，和寇云一起，往海滩走去。

潮声阵阵，月光如水。

风萧萧兮易水寒，壮士一去兮……还好没有风，我也一点都不冷，相反还有些热。抹了把额头的细汗，我心想，真是个好兆头。

我一不惹事，二不干坏事，就是去转一圈看看情况，能有多大的危险。

自从确认了郑海与这宗案子有关，专案调查组迫不得已，调整了对这宗大案的态度。

对杀人嫌犯寇风，以及背后指使者黑旗集团，恐怕硬抓是不行的。打狗还得看主人，虽然杨宏民是位对中国航天事业极重要的科学家，但是如果与郑海翻脸，受到波及的，就远远不止是航天事业。

与世界最大的恐怖集团开战？郑海可不是基地组织能比的，这后果让人想都不敢想。

而且因为血统，郑海和中国的关系一向不错，郑余只是郑海的一个儿子，他的这些作为，本任郑海不一定知道，更不一定认同。

所以，我此行的任务之一，是进行确认。如果此事的确是郑余干的，那么政府就会通过某个渠道向郑海提出抗议。

没错，就是抗议，因为郑海实际上，已经成为了一个海洋大国的君主。和他打交道，虽然上不得台面，却是遵循国家与国家之间交往的程序和手段。

而抗议的结果，很可能就能让郑海把杀人凶手，移交给中国的司法机关。就算他不交人，也一定会给个交代。

这些实际上已经不再重要。

我冒充非人接受邀请的初衷，只是希望亲手揭开真相，洗脱自己的污名。可是现在最最紧要的任务，已经不是这些小节。

搞清郑余如何从月球上获取氦-3，把这个天大的秘密带回来，才是我此次打入的第一要务。

把氦-3从月球上取回，从正常的空间技术渠道，任何一个国家在十年之内都绝不可能做到，一个合理的时间表是二十年，甚至更长。

本来，以地球上的能源储备，再撑几十年没有一点问题，所以登月取氦还显得比较从容。但是如果有人现在就能用一种奇妙的手段，跨越三十八万公里把氦-3取到手，就会把原本比较平静的水搅成惊涛骇浪。

而且，现在的情形是郑海会率先掌握氦-3资源！

郑海可不是什么普通的能源财团，这种情况真正发生后，已经从海洋把千万根触角伸向陆地的郑海，势力会扩张到怎样的程度？现在就已经让大国必须正视的郑海，当他有能力把握住全人类的命脉后，会发生怎样的事？

就算郑海和中国政府的关系良好，这也绝对是一场噩梦。

所以，这个秘密，不能让郑海一家掌握。

看来，我这一次的结果怎样，可是会影响整个世界的力量平衡和千百万人的幸福生活的。

应该是背负着很沉重的东西，可是为啥我的心情，有一点点的……爽。

披着戴行的皮，里面一个叫那多的小人儿，正在得意地挺胸腆肚吧。

摸清了自己的心思，我忽然有些不好意思，转头看见鬼头鬼脑的寇云，训斥她道："记住了，这次去，不准干坏事哟！"

其实，此次临行前，调查组的组长，一个面目阴沉的男人找我谈话时，是这么说的："不到万不得已，对郑余进行的事情，不要搞破坏。千万要小心。"

我明白他的意思。就是如果有万全的把握，不会引火烧身，并且能破坏彻底，就下手！

我装作没听懂的样子，不接他的茬。我可不是007，我只是个普通的记者，这次兼职扮一次有特异功能的间谍，玩得太大会把自己玩死的。

远处的海上，传来了马达声。

一艘摩托艇破开海面，转眼间就冲上了海滩。

大功率的探照灯亮起，在海滩上来回扫动了几下，照到了我们两个就停住不动。一个光着上身的汉子从艇上跳下来，几个大步迈到我们跟前，很江湖地拱手抱拳问道："是戴行先生和Vivian小姐吗？"

"是的。"我点头。

"那就请跟我上船吧。"他也不多废话，转身就领着我们往摩托艇走去。

蹚了几步海水，我俩上了摩托艇。艇上还有一个人，这时却跳了下来，和先前的大汉一起，一左一右把艇往海中推了一段，掉转了方向，这才跳上艇，重新发动起来。

这艘摩托艇马力十分强劲，全速前进的时候，船头翘起来，整艘船沾着海面一漂一漂，打碎了的细小水珠和强风扑面而来，像冰珠一样打得脸上生疼，不过转眼就麻木了。估计时速至少在八十公里以上。

寇云紧紧拽着我的胳膊，脸色惨白。

船在海上狂飙了近一小时，才放慢了速度。前方海上有一个小黑影，慢慢地摩托艇靠近了些，那似乎是艘渔船。

这艘渔船个头挺大，应该是条远洋捕鱼船，和大多数中国渔船一样，已经相当老旧，甚至让人感觉有些破破烂烂。

摩托艇向渔船靠了上去。我心里有些郁闷，虽然没指望过有像"新希望"号那样的船来接我们，不过这艘渔船，也真是太破了些。猎犴的待客之道，实在不怎么样。

渔船上放下软梯，其实本来也没比摩托艇高太多。当先的大汉身手矫健，蹬了一步软梯就扒着甲板翻了上去。我有样学样跟着上了渔船，后面的寇云站在摩托艇上摇摇晃晃，差点栽到海里去。

我只好俯下身去伸手拉她，她旁边的汉子也又是扶又是托，好不容易把她弄上渔船。

到了这个相对安稳点的地方，刚经过一番剧烈折腾的寇云胃里反倒翻滚起来，扒着船舷伸出头去一阵酝酿，不过只是干呕，没真吐出什么东西来。

其实这才难受，索性大吐一番也就算了，欲吐未吐最恶心人。

记得寇云这丫头去嘉年华玩的时候，最爱云霄飞车之类难度系数超高的玩意儿，在空中绕几个8字都喊不够过瘾，刚才这半个多小时的强度虽然厉害，不过还不如她去嘉年华玩一下午的程度。现在这副模样，看来她是晕船。一物降一物啊。

等了一会儿，一个人走近问："好些没有，好些的话进船舱吧。"

我向寇云看了眼，她点了点头，于是便跟着那人往船舱走去。经过地上的渔网时，寇云脚下绊到了，如果不是我眼明手快，就得摔个狗啃泥。看来她也只是硬撑着，离缓过来还远着呢。

船舱里灯光昏暗，拉门而入的时候，那门摇摇晃晃，好像用力一拽就能拉下来一样。船舱里一块圆形地盖已经掀开，下面透上来的灯光倒比船舱里还要亮许多。引路的人率先爬了下去。

跟着他下到底部的船舱，我不由得一愣。

眼前是一道装修极考究的长廊，黄中泛红的地板打过蜡锃亮，两边的墙贴着木纹墙纸，差不多的颜色，让人心里一暖。墙上除了挂着一些装饰画外，每隔几步还有金属扶手，以防风浪大时来往的人跌倒。尽管和“新希望”号那种奢华不能比，但和这艘渔船的外观，绝对是两个世界。

惊讶之余，我意识到，这艘船表里不一的地方，恐怕还不只是装修。它的各项性能，肯定远远超出了一艘渔船。应该说，渔船只是外观上的掩饰，甚至这艘船有武器系统，也颇有可能。

领路的年轻人冲我微微一笑，说：“请问两位，是需要一间房，还是两间。”

我下意识地想看一下寇云的意思，好在醒悟过来，以这一次我们扮演的身份，决定这种事情，如果还要问一声助手，就显得不正常了。

“一间房，两张床。”我用符合戴行性格的简短语言回答。

连接受这样邀请，都坚持要带上女助手的人，怎么可能会要两间房，恐怕他也是出于礼貌才问这一声。

“好的。”

我们被领到一间舱房，相当于四星级酒店的标房，可能还要稍大些。

把背包放下，领我们来的年轻人却没有离开，而是站在门口，似乎在等什么人。

“怎么？”我皱了皱眉头，做出有些不快的样子。

年轻人笑了笑，没有答话，却向后让了半步。然后另一个人走了进来。

“你好，我是这艘船的船长，你可以叫我老麻。”说话的这汉子身形魁梧，最显眼的是他一脸的麻子，不知道他是真的姓麻呢，还是因为这麻子才被称为老麻。

“这艘船的速度不慢，不过要到老板那里，还得开上一天。在此之前，我想再次确认一下你的身份。”老麻看着我说。

“确认身份？”

“是的，不是所有的人都能接受老板的邀请，我想你明白我的意思。这是我责任所在，希望你配合。”老麻软中带硬，一步不让。

要证明身份，当然只有一种方式。

我伸出手，手掌向上，五指微张。

老麻眯起了眼睛。

一秒，两秒，三秒……

见鬼，我忽然想起，寇云正在晕船呢。她的小脸青青白白，在吐和不吐之间挣扎了半天，是不是现在使不出能力了？

我的汗立刻就从后背渗出来了。目光缓缓在房间里移动，看起来似乎在寻找目标，其实在掠过寇云的眼睛时，狠狠给了她个眼色。

“哇！”

这不是老麻的惊呼声，而是……寇云吐了。

我伸出的手在颤抖，脸也在抽筋。

一滴，两滴……黏乎乎、酸溜溜的东西，挂在我微张五指的空隙间，慢慢往下掉。

老麻的瞳孔有些放大，门口的年轻人脸也抽得厉害，背过身去，肩膀一耸一耸。

“明天再给你确认，现在……我也有点……晕。”

“好，那么晚安。”老麻干脆地点头，急急转身离去，似乎怕我也吐起来，喷他一身。

拖到明天，对他来说也不是什么大事。只要在他的船上，不管我要什么花样，只要他愿意，有一百种办法可以把我们扔下海里喂鱼。

寇云这一吐，脸色倒是好得多了。不过我想我的脸色，应该难看得很。

微微波浪起伏中睡了一晚，第二天寇云已经好了许多，到底是云霄飞车操练过的，乘着早餐的时候当着老麻的面要了几下，很轻松地就过了关。

船上的时间十分无聊，老麻等船员对我们两个至少表面上有份尊重，但并不会主动来和我们说话，更不会回答一些和郑余有关的问题，只说到了地方便知。

接近傍晚时分，我接到通知，很快就到地方了。和寇云一起，爬到甲板上，远处海天的尽头，有一个隐隐约约的小黑点，不知是太平洋上哪一个无名小岛。

这艘表面上的破渔船速度极快，乘风破浪，一会儿工夫，那个黑点在眼里已经有点小岛的模样了。

目的地就在眼前，我心里不由得惴惴起来。

这次赴郑余的邀约，按对方要求不能携带通信工具。考虑到对方一定有反侦测手段，连一个信号发射器都没有带，更不会有什么中国警方军方的舰只暗地里跟着。为了一个郑余的基地位置就冒和郑海翻脸的危险显然不值，而我这么个小记者的死活一和国家安全挂上钩，也只能靠自己了。

好在郭栋说了，以郑海一门的信誉，郑余应该不会对自己请来的客人做出不好的举动，并且那会在非人圈造成恶劣影响，就算是郑海的强势，也得好生掂量掂量。当然，如果我暴露了身份，又或者要搞破坏，就是另一回事了。

所以我的任务，就是谨言慎行混过一个月，赚到一百万美元，然后就向郑余辞职。回来把所见所闻告诉郭栋，事情就完了，我也会恢复身份，恢复名誉，当回记者，正常上班。

寇风害我的账，看在这一百万的面上就不和他算了。至于那几宗命案，如果警方都打算迂回行动，我也不会没事直接和寇风起冲突。

哇咔咔，这一百万貌似不用交税的哦。

哎呀呀，有了一百万美元打底，报社里哪个不长眼的领导再敢刁难老子，立马甩手不干，当个自由撰稿人，高兴写啥就写啥。嗯，铆起来老子收购家报社，自己当社长，不过这样一来，八百万人民币就不够了，要不要多打几个月工呢，这钱可挺好赚呀。

忽然又想起，现在政策不让私人当报社的老板，不过嘛，也不是没有迂回的办法。

俺正在这里吹着海风意淫中，寇云一声喊把我拉回现实。

“哥，你看咱们后面还有艘船跟着啊。”

顺着寇云所指向后望去，果然看见离我们约一海里有一艘船，和我们向着同样的方向前进，看速度不下于脚下的冒牌渔船。

离得比较远，看不清楚这船的模样，不过肯定不是渔船，似乎是艘游艇。

海岛已近在眼前，渔船放慢速度，准备进港靠岸。后面的那艘船老麻他们肯定早就发现了，不过并没有一点特殊的反应，十有八九，也是郑余的船只。

眼前的小岛岸边礁石密布，怪石林立，有些像电影《金刚》里的那个岛。岛上树木繁盛，郁郁葱葱，把岛内的情况遮挡得严严实实，看不出有人居住。

这岛看起来有上百平方公里大小。渔船绕着岛转了半圈，从一个鹤嘴状的狭长裂隙水道驶了进去。

水道的尽头水面突然宽阔，有点像个深入小岛内陆的湖，岸边一圈密密麻麻停着许多船，有些是一样的渔船，有些看上去是普通小海轮，还有摩托艇和少量的小游艇。这是个天然的港口，但由于前面那段一千多米的水道宽度限制，太大的船只进不来。

沿湖岸全都用木头铺过，还有几条土路通向小岛深处。

船身一阵震动，靠在了岸边，从跳板上上岸的时候，我正巧看到，笔直水道的入口，刚才看见的那艘船也开了进来。

见我朝那边望去，老麻笑了笑说：“和您一样，那是老板的另一位客人。”

一样吗？好像不是吧。现在离得近了，我看清楚这是一艘游艇，当然外观不如“新希望”号这么抢眼，可是从渔船和岸边这些船我已经看出，估计为了避人耳目，郑海的船恐怕都是内外不一的。那么这艘游艇，里面的设施应该比这渔船高出好几个等级。交通工具可以看出一个人的身份，作为客人，则可以看出主人的重视程度。

不知道这位郑余的贵宾，会是个怎样了不得的角色。

眼光转到旁边停着的交通工具，我更加确定了自己的判断。

两辆吉普车，一辆是陆虎，一辆是悍马。我们的坐驾是哪辆，不言而喻。

其实人就是经不得比较，本来陆虎已经是很不错的车，换了别的场合，还会欣欣然，觉得挺有面子。现在别人的悍马就在旁边，就不禁有些郁闷。

老麻站在甲板的破渔网边向我们挥手告别。

“你不送我们进去吗？”我问。

“那是其他人的事情，戴先生，后会有期。”说完这句话，老麻干净利落地转身走进船舱。

我站在岸边四下看着风景，陆虎上早跳下一个穿着短袖衬衣和长裤，乍看像是上海写字楼里白领的年轻人，向我们快步走来。

“是戴先生吧，欢迎您来到羿岛。我姓张，您可以叫我小张，也可以叫我小带。”

“小带？”

“是的，带鱼的带。”

他没有进一步解释，不过我猜想海中龙王的部下，如果用海洋生物作为代号，也是很正常的事情。估计带鱼就是他的代号。海里的生物种类千千万万，带鱼是常见的一种，看来这个年轻人，并不是无关紧要的小卒子，好歹也该算是郑余手下的一号人物吧。想到这里，稍稍气平。

“这个岛叫羿岛吗？是哪个羿？”

“是后羿射日的羿。”带鱼极有礼貌地微笑着回答。

“这倒是个奇怪的名字，为什么叫羿岛呢？”

“很抱歉，这个名字是老板取的，我也不知道为什么。”

“哦，那是新取的喽。”

“是的，也就七八年的时间。”

我嘴边忍不住浮起一丝笑容。后羿是中国古代神话中射落九日的英雄，这岛取名为“羿”，显然和他有关系。而后羿除了以射日闻名之外，还有个叫嫦娥的漂亮老婆。嫦娥偷吃长生药跑到了月亮上，后羿本事再大，也只有在地上跳脚，如果真有后羿这个人，恐怕最大的心愿，就是上月亮把老婆抢回来吧。

羿岛这个名字取了七八年，也就是说，郑余这个从月球上取氦-3的计划，从开始到现在，已经有七八年的时间。

“这真是个漂亮的地方。”碧蓝的海水湖在绿树的环抱下泛着金光，因为深入岛内，比外面还要凉爽一些，如果这儿不是港口而开发成旅游的沙滩，绝对是休闲的胜地。

“我以为戴先生会很难打交道，现在看来好像并不是这样嘛。”带鱼笑着说出的话，却让我脸上的笑容一僵。

我刚才和老麻搭话，又对着眼前的年轻人拉拉扯扯说了这么些，其实是拖延点时间，好满足自己的好奇心，看看后面那艘船上载的什么人，却没有想到自己扮演的角色，是不应该这么多话的。

先前在船上还想着要如何寡言少语好混过这一个月，赚取一百万回上海花差花差，转眼间就忘到脑后，实在是太不专业了。

好在看带鱼的模样，也并没有起什么疑心。不过以后可要注意了，真要被发现是个冒牌货，可不是好玩的。

当下不敢再多话，老老实实跟着带鱼，往那辆陆虎走去。

后面游艇的速度颇快，已经靠上了岸，我走到陆虎边，带鱼为我们拉开车门，临上车我回头望了一眼，正看见从游艇上走下一人，不由得一呆。

这是个年轻女郎。短发墨镜，穿着带肩章的短袖牛仔布衬衣和牛仔短裤，露出两条小麦色的修长美腿，脚上蹬了双运动鞋。这样的气质，比全身制服的女骑警更英气逼人。

这个人，我却是认得的。

两年没有见面，也不知她祖传的头痛症有没有找到治疗的良方。

两年前我在D爵士的暗世界聚会上碰见她，那时我中了死亡暗示千里迢迢跑去找路云救命，却不料撞见了她这个暗示的大行家。之后还和这个夏侯婴共赴一处古墓，解开一个千古之谜。那次取出的一个珍贵墓藏，还堂而皇之地摆在我的书房里，被每一个来访者当成赝品。

原来她就是郑余的贵客，可是她擅长的是暗示，也就是用一些手段，包括神秘的线条符号，改变施术对象的精神状态。这样的秘术，和氦-3计划能有什么关系？

想起路云和我说过，郑余邀请她但她拒绝了，夏侯婴的能力和路云有共通之处，都是精神层面的秘术，看来夏侯婴就是郑余请来代替路云的人了。

悍马的车门打开了，一位老人从车里出来，向夏侯婴迎去。这老者的面容，让我感觉似曾相识。

寇云看我望向老者，张嘴要说什么，却醒悟带鱼就在旁边，伸手在我背后写了个字。

一个很简单的左右结构的汉字，我很容易就分辨出来。

“林”。

是林文，这位迎接夏侯婴的老人，正是林文。只不过他比警方找出来的照片以及张团长所说要更苍老，我才一时没有认出。

“您认识这位小姐吗？”带鱼问。

我一时愣住。如果否认，以带鱼的观察力不可能看不出我在说谎，承认的话，我现在可是顶着戴行的身份呀。一咬牙索性不去回答这个问题，就当没有听见。刚才带鱼说原以为我难以相处，现在就让他尝尝我性格古怪之处吧。

那边夏侯婴看见了迎向她的林文，自然也连带着看见林文旁边的我们。她戴着墨镜，看不出她的眼神，但是向我们看了一会儿之后，就径直走了过来。

林文略有些愕然，因为夏侯婴并没有在他身前停下。

夏侯婴站在我面前，取下了墨镜，打量着我，微微皱起眉头。

我心脏怦怦直跳。天哪，以我现在的造型，就算是至亲好友，也要围着转三圈才敢相认，夏侯婴和我就只在两年前相处过几天，她竟能认出来吗？

脑中闪电般划过思感锁定理论，顿时想到，能力者可以用精神锁定物体，那么像路云、夏侯婴这样擅长精神秘术的人，看一个人肯定不只是外表，更包括一个人的精神气质，或者说脑电波、精神场。这种玄之又玄难以言说的东西，肯定就是夏侯婴认出我的关键。

完蛋完蛋，要是夏侯婴叫出那多这个名字，寇云或许可以仗着是寇风的妹妹有条活路，我肯定被扔下海喂鲨鱼呀。

“怎么？看见我刨光了头发，就认不出了吗？”我抢在大爆炸前硬着头皮说。同时向她眨了两下眼睛。

带鱼在我的侧面，林文被夏侯婴的身体挡住了视线，他们都看不见我这个小动作。

夏侯婴的眼神在我的胡子上打了个转，忽然笑道："的确差点认不出。"

我一颗心终于放回了原处。

刚才我只提头发不提胡子，又向她眨眼暗示，以夏侯婴的头脑，不难猜到我出现在这里是有古怪的。但我吃不准的是，她和郑余，到底是怎样的关系。我和夏侯婴并无深交，说起来是她帮了我的大忙，我却无恩于她，如果她和郑余交情很深的话，也不会替我掩盖。

好在现在看来，暂时脱离危险。得找个机会告诉她我现在的名字。

好奇心真是害人，多留了这么一会儿，险些万劫不复啊。

"夏侯小姐，原来您和戴先生是旧识啊。"林文走上来说。

"是的，你是？"

"我是林文。"老头露出一个很有绅士风度的微笑说。

"哦，原来你就是林文博士，久仰了。"夏侯婴微微点头说。

林文什么时候有了博士的头衔？我奇怪地想。

既然认识，林文就让我们一起上了悍马车，向羿岛深处开去。

"老板正在往这里赶，待会儿大家一起共进晚餐。在两位到这里之前，已经有一些朋友应邀到了这里，不过我们的工作进展得不太顺利，所以很需要戴先生加入进来一起出把力，而夏侯小姐的能力，更是成败的关键。趁老板没到这段时间，我带两位先去看一看。”

林文说话的时候，一片建筑已经在左前方若隐若现。

第十三章 震 撼 Chapter 13

收回望着寇云匆匆而去背影的目光，我快步跟上夏侯婴和林文。郑余这个猥犴到底是个怎样的人物，实在挺好奇呢。

出门的时候脚下忽然一软，略微踉跄，好在腿上用力恢复了平衡。

强烈的不安感涌上心头。

并不是我绊到了什么东西，而是地面晃动了一下。

这是第二次了。

基地外树林环绕着的宽阔草坪上，轰轰的声响和着狂风大作，直升机慢慢降落。

舱门打开，一个人从里面跨了出来。

郑余肤色偏黑，个子高挑，脸形轮廓并不完全是亚洲人的模样，不知道中国血统占了多少。

他看上去已有四十多岁，跨出直升机的时候满面笑容，神情极是温和亲善，一点没有身为郑海的儿子，居上位者的倨傲之气。

郑余本打算走上前来和林文及夏侯婴打招呼，脸上的笑意突地僵住，脚下也死死地站住，没有迈出一步。

不仅是他，所有的人都变了脸色。

因为大地又晃动了一下。

这一次可不同于前两次的轻微，也不是左右摇摆式的晃动，好像有人在这小岛下面埋了个巨大的弹簧，重重的把小岛顶了一记。这一下，把人顶得几乎要离地跳起来，再迟钝的人，都知道出了大问题。

几秒钟后，一声无以名状的巨响从地底升起，把所有人笼罩在恐惧中。这响声不是要让人耳朵聋掉的轰雷般的炸响，而是浑浑然，把人身心都裹挟住的低吼。只这一下，身边有几个人仿似被抽去脊梁骨一般，瘫软在地上。

而地上，各种蛇虫全都像没头苍蝇一样地从窝里爬出来，所有的飞禽全都惊起，不知名的大飞虫横冲直撞，碰到我们的身上也不管不顾。

郑余猛地回头，钻进机舱。直升机已经渐渐停摆的螺旋桨重新飞转起来。

只是一瞬间的工夫，我们还没回过神，直升机也没来得及升起，真正的灾难已经降临。

我住在上海，从来没有经历过三级以上的地震，现在的震感是几级？七级，还是八级？甚至八级以上？

大地发了狂似的震动起来，我一下子被甩在地上，手足无力。天地倾倒下来，我所有的力气都被抽干了，就像正在遭遇一场梦魇，心里拼命地想要逃跑，可是连小手指都动不了。

眨眼间，地上出现了一道裂痕，闪电般蔓延开，然后又是一道……直升机就在一道裂隙上，机身歪到三十度之后，终于升了起来，引擎嘶吼着向岛外飞去。

这岛上的基地建造的时候根本没有考虑多少防震因素，再说就算有日本那种高抗震设计，在这样烈度的地震中，依然无济于事。

我趴在地上，头冲着基地方向，那些房屋在我眼前一幢幢开裂，塌陷，倒下，如同沙捏的一样。

“寇云！”我大叫一声。在铺天盖地的地鸣和众人的惨叫声中，我的声音显得渺小而微不足道。

随着这一声大喊，好像封印被破除了，力气重新流回四肢。我跌跌撞撞地爬起来，迈了一步又被晃倒在地，重新再次爬起。

“你疯了！”我被一把拉住，转头一看，是夏侯婴。她手指着的，是一道地裂。

那道足有四米宽，并且仍在不断扩展的地裂，如同一道鸿沟，把我和基地拦开。在这怒涛般翻滚着的地面上，站都站不稳，要想跳过这道裂缝，唯一的结果就是坠入深渊。

“快走，快走，海啸很快就来了。”夏侯婴大叫着。她从未这样失态过，在这样的场合，就是神也会面如土色。

我本来就颤抖着的心被重重砸了一下，这是在海岛上，地裂不把我吞没，海啸也会把我吞没的。这样剧烈的地震，掀起一场大海啸的概率是百分之一百！

我被夏侯婴拉了一把，跟着她跌跌撞撞地往岛外的方向跑，我没有回头看，我怕我一回头，就会忍不住跳进那道地裂里。

“上车。”我指着前面停着的悍马叫。

“你又没钥匙。”夏侯婴虽然这样说，但还是调整了方向，向车子跑去。这种时候，我们已经快要没顶，看见任何一根救命稻草，不用脑子思考就会扑上去。

一个人抢在我们之前打开了驾驶室的门，然后就听见车发动的声音。

是林文！

“等等！”我大喊一声，急扑过去拉开门。

正要往前冲的车急刹了下来。

“快点！”林文回头吼，那点斯文温和早不知去了哪里。

我跳进车里，又一把拉上了夏侯婴，还没把门关好，车就冲了出去，“砰”地把又一个在前面张开手拦车的人撞飞，往来路驶去。

地面还在颤动，幅度依然很大，只是比刚才略有降低。这种情况下车极难把握平衡，林文没命地刹车，又猛踩油门，没几分钟车身就撞到路旁的一棵大树上，我的额角重重碰在玻璃上。玻璃裂开，额头好像流血了，很晕，很疼，但都顾不得了，只希望林文最后能把这辆车开到海水湖边，再抢到一艘船。

道路两边的树木低矮下去，已经靠近岛的外围了。还有多远？一千米还是八百米？

地震渐渐停歇，我知道很快会有余震，或许力度不比刚才的小多少。不过至少现在，车要好开得多了。

林文猛地踩下刹车。

没有碰到任何东西，悍马就这么尖叫着停在了路上。

“怎么了？”我和夏侯婴一起问前面的林文。

他没有回答，只是愣愣地看着正前方。

我向前看去，然后，只觉得眼前景象一阵模糊。

当一个人接二连三地遭到惨重打击，失去生的希望时，眼神也会涣散下来。

我终于知道，2004年圣诞节的第二天，印尼那些旅游胜地的海滩上，当观光客看见远处山一般的巨浪推来时，是一种怎样绝望的心情。

这生死之间的几秒钟，很漫长，又转瞬即过。

“轰！”

悍马就如同一辆玩具车，翻滚着，被吞没在巨浪中。

“这样都能活下来，还都是皮外伤，果然古人的话是对的。”梁应物摇着头说。

“什么？”我脑袋上紧紧缠着绷带，连皱眉都不方便。

“好人不长命，祸害遗千年。”他悠然道。

“去……”我本想叫他去死，眼前却浮起寇云的笑容，一时语塞。

“当时地震的级数已经出来了，震中是里氏8.9级。真是让人难以想象的级数。”

“已经和你说了，那并不是地震。”

梁应物耸了耸肩：“无论如何，那是以地震的方式表现出来的。可惜啦，你历劫归来，却没有赚到那一百万美元。”

我脸上的肌肉牵动了一下，算是用笑来回答。

“我该走了，待会儿郭栋他们要来接你出院吧。”

“是的，他们还等着我作完整的报告呢。可我实在是不愿意把事情再回忆一遍了。”

“真的很抱歉，我知道这对你来说是暂时不愿意提起的回忆，但是……”郭栋推门而入，说，“车已经在下面等着了，我们换个地方，有很多人等着听你的报告，从你上岛开始，尽量每个细节。抱歉了。”他站到床头，低下头，向我微微弯了下腰。

从上岛开始。

悍马在一片建筑前停了下来。我看到一些和酒泉基地类似的大尺寸天线状锅盖状等信号接收装置，很明显，这就是我们在欧洲遍寻不到的太空基地。

“跟我来，我带你们看一下工作的场所。”林文挥手让跑上来的几名大汉散开，笑着引我们下车，然后把我们领进了一幢圆形建筑物。

看起来他在这岛上的地位相当高。门口站立的两个警卫见了他都弯腰行礼。

“这几位是老板新来的客人，接下来的一段时间会和里面的客人一样，在这儿工作。”

警卫点头称是，仔细打量我们，记下我们的模样。如果没有林文的这句话，等闲的岛上人员，恐怕是进不了这儿的。

这圆形建筑物看起来很像个剧场，进了门依然给我这样的感觉。它有一个圆形的内厅，内厅的厚实大门紧闭着，不过应该可以推开。林文没有去推这扇门，而是从旁边的楼梯拾级而上。

“现在，老板请来的那些非人朋友，应该正在工作。”林文回头向我一笑，“他们有和戴先生相同的能力，为了不打扰他们，我们在楼上看一下。”

林文很绅士地为紧跟在他身后的夏侯婴拉开二楼的一道拉门，说：“不过到目前为止，他们还没有取得任何成果，相信夏侯小姐您的到来，可以改变这种情况。”

现在我可以确定，这就是一个二层的放映厅，只经过了一点点改造。二楼是一间间隔开的贵宾包间，不过现在空无一人。站在包间外的回廊上向下看，一楼黑压压坐了上百人。

我听见寇云的呼吸一下子急促起来，就知道寇家村的人都在下面，忙轻轻抓住她的手，好让她不要轻举妄动。

这些排排坐着的非人，正表情严肃，全神贯注地看着最前方投影机打在幕布上的影像。

幕布上的，正是一块月球上的氦-3矿石，不过并不是我曾在酒泉基地看到的那块。这块幕布很大，可是投在上面的影像，却并不像普通的投影，占满了整块幕布，而是只占了中心区域的长方形一块，露出四周一大圈纯白的本色。

幕布之旁，摆放着的，是一个大型的透明容器。这个正方形的容器足有个小房间般大小，现在里面空无一物，不过在底部中央位置，有个红色的圆点。

在容器旁有一个竖着的显示牌，不过现在暗着。

“戴先生，你能猜出那些朋友要做的是什么吗？”林文问我。

“难道是要把画面里的东西，转移到下面的这个容器里？”

“完全正确。”林文笑道。

“那个东西在什么地方？”我皱眉问。以我扮演的角色，问这个问题是理所当然的。

林文的笑容里带了点诡秘，他用手向上指了指。

虽然我知道他胡芦里卖的是什么药，可是也只好配合他。

“是在楼顶？”

“不，在天上。”

“天上？”

“确切地说，下面投影机投出的影像，是从月球表面即时传输过来的。”

“什么？”我和寇云表演出一副不敢相信的模样，不过夏侯婴，却是真真切切被吓了一跳。

“这不可能，以我对这种能力的认识，你找来再多的能力者，也不可能把一件东西从月球上拿下来。”夏侯婴说着转头问我，“戴先生，你说是吗？”

“林博士，你不是在开玩笑吧，以我的能力，再小的东西，也不可能在超过一公里的距离上取来，而月亮到地球，这距离……”

“平均距离是三十八万公里。”林文接口道，“不过这没什么不可能的，请原谅我这么说，但是你们会这么认为，其实对这种能力发生作用的原因，并没有很深入的了解。事实上，我也和你有着相同的能力，而凭我一人之力，曾经成功地从月球表面取下三块这样的矿石。只不过我们找到的这片露天矿，成型的矿石基本上都体积巨大，我力所能及的小矿石已经再也找不到了。要知道虽然距离是可以克服的，但是转移对象的大小却是有限制的。”

“哦？”我抖擞精神，看来林文这些年的研究，的确取得了重要成果。

“请注意，十秒倒数计时开始。”一个悦耳的女声在全场响起，打断了林文的解说。

显示牌亮了起来，上面一个鲜红的阿拉伯数字“10”，随即变成了“9”。

“倒数计时归零的时候，下面这些朋友会一起发力，尝试把月球上的这块石头，搬到下面这个容器的中央位置。这是一块珍贵的矿石，这个容器里的气压和温度，恒定在和月球表面相同，以保证矿石的稳定性。对了，画面上这块石头的大小，和现实中的大小一样，保持同比例，以便你们能更好地锁定。”林文说。

“3、2、1、0。”

屏幕中的矿石突然消失。

成功了？

不，容器里还是空空如也。

林文也从没碰见过这样的事，张大了嘴，愣了一会儿才苦笑：“看来是转移过程中出了什么岔子，总之是又失败了。”

他转头对夏侯婴说：“夏侯小姐，根据我的研究，这种能力的成功，和能力者的信心有着极大的关系，而像这样多人转移一件物品，则又涉及彼此精神上的协同性。我知道您的秘术可以在不知不觉间对人的精神状态产生影响……”

“就是增强信心和协同性吗？”

“可能的话，还有观察力和精神集中程度，都加强一下。”

我暗暗点头，这两者的增强肯定更利于锁定。

“这很简单，你去把那张幕布拿给我，我在最外面的一圈画点东西，给我支毛笔和蓝色墨水，墨水多掺点水，淡蓝色效果会比较好。最近我很忙，搞定了明早我就回去。”夏侯婴说。

“好，请稍等。”

这时一楼已经略有些骚动，大概现场的主持人员也不知碰到这样的情况应该怎么办。林文匆匆忙忙地下楼去了。

投影机很快关闭，幕布被一个人手脚麻利地卸下。

“请各位稍等，我们调整一下，再进行今天最后一次尝试。”刚才那个女声在麦克风里说。

“都在下面吗？”趁着林文不在，我轻声问寇云。

夏侯婴毫无反应，只当没听见，看来她不想掺和进我的事情里，不拆穿我已经是尽到了朋友的本分。

“都在，我看见哥了，就和爹妈坐在一起。”

“不是你们村的有几个人？”

“没多少，好像就两个。”

也就是说，算上林文，以郑余的势力，也只找到了三个非寇家的此类非人，还真是稀缺人才啊。

这时林文重新回来了，旁边的一个年轻人捧着那卷幕布，笔也已经准备好。

把幕布在地上铺开，夏侯婴拎起毛笔蘸着淡蓝墨水笔走龙蛇，飞快地在幕布的最外圈画下一个个“鬼画符”。

不到十分钟，夏侯婴就已经完成，那一个个或粗或细，或独立或有游丝相连的符号，在幕布上连成了一个大大的椭圆。盯着看久了，会觉得那些符号的一笔一画都微微扭动起来，仿佛是些有生命的小怪物。

“好了。你让人挂回去吧。这些符号会通过潜意识影响人的精神状态，凝神看五分钟以上就会有效果。”

“太好了。熟悉一块新的矿石总也得要二十分钟以上，足够效果发挥了吧。”林文挥手让人把幕布抱下去。

“是的，因为你的要求，这些暗示符还会大幅度提高观看者的注意力，二十分钟的话，应该可以把石头的每个细部都记住。不过带来的后果，是比较容易让人疲倦。其他就没什么副作用了。”

“非常感谢你，我想老板也会很高兴的。”林文说。

我微微歪了歪嘴。夏侯婴的事情这就结束了？也太轻易了吧，她这么来一次能赚多少？看重视程度，绝对不止一百万的。哎，本来已经觉得自己这次来钱很好赚，没想到人比人气死人，夏侯婴这个专业搂钱更快呀。

一楼重新挂上了幕布，启动投影机。三十八万公里外的月球车已经在刚才重新找了一块矿石对准镜头。我从来没有看到过月球车拍远景，不知道这片露天的氦-3矿规模到底有多大。想到黑旗集团的探测器是在月球轨道上发现的这片矿藏，应该规模不小。

“看看这一次的结果会怎样吧。戴先生，就像你看到的那样，我们的整个流程很简单，就是有些枯燥。不过既然加进这些暗示符号后会容易疲倦，从明天开始我们会缩短工作时间。今天晚上，我会找个时间把我对超距位移的一些研究结果告诉你，其中涉及我总结的一些基础理论，这将成为您信心的基石。”林文对我说。

“你是说，我听了你的理论，就会有信心把东西从月球上移到这里来？”

“是的，已经有成功的案例证明我的理论是正确的。信念是要有所依仗的，单凭夏侯小姐的暗示符号来竖立信心，实际上是空中楼阁，并不利于你真正掌握自己的能力。”说到这里，林文向夏侯婴抱歉地笑了笑。

夏侯婴微微一笑，并没有反驳。

这林文还真有点科学家的气质，对自己的理论和看法相当执著，哪怕当着客人的面也直言不讳。

现在出现在幕布上的这块氦-3矿，比先前一块更加巨大，高度我看有一米五，宽度也有一米，镜头对着正面停了五分钟左右，再慢慢转到侧面，最后月球车伸出手臂把矿石推翻，把底部的模样摄进画面。然后月球车又把矿石恢复原位，镜头重新对准正面，看上去要再重复一遍，加深印象。

和我在酒泉基地里看到的许久才动一动的画面相比，这次的速度要快了许多。除了有夏侯婴的暗示符号可以加强效率之外，恐怕也是因为时间已经不早，郑余就要回来宴请宾客，不想把时间拖得太长的缘故。只是试验性的演练一次加进暗示符的效果，并没准备一次就成功，明天还有大把的时间。

我也在看幕布上的影像，像往常看电视一样，并没如何投入，加上画面枯燥得很，更加不用心。只是我看影像的时候，周围那一圈淡蓝色的符号，不可避免地被眼角余光扫到，一段时间之后，眼神竟然不由自主地被那块平凡无奇的大石头牢牢抓住，它好像有着磁性一样，一点点把我的心神吸引过去。

慢慢地，我脑海里也仿佛投影出了一块矿石的形象，随着时间的推移，这形象越来越清晰。

一阵极轻微的晃动把我的注意力从那块有魔力的幕布上震开，我看了眼林文，他好像也感觉到了震动，但并未说什么。

我想可能这岛处于地震的多发区，这样轻微的震动并不少见吧。

成功地把注意力移开之后，我不敢再重新看那块幕布，尽管如此，闭上眼睛之后，黑暗中还是清晰地浮起那石头的模样。夏侯婴的这些鬼画符着实厉害，估计会通过观看者的潜意识，让脑细胞高度兴奋起来。普通人真要全神贯注观察一件东西很难做到，做到也不可能持久，这些暗示符号却可以让人长期保持这样的状态。难怪夏侯婴说时间长了会累，天哪，从明天开始我就要加入一楼去干活，一天几小时下来，俺的脑袋不会爆掉吧。

胡思乱想之际，就听见一个女声说："请注意，十秒倒数计时开始。"

"10、9、8、7、6……"

林文探出头去向下看，神情略有些紧张。

"5、4、3、2、1、0。"

无声无息间，巨大的矿石从幕布上的影像中消失。

再看那个容器，矿石安安稳稳坐在中间，仿佛一直就在那儿一样。

我张开了嘴，林文握紧了拳头。

寂静了几秒钟，一楼突然爆发出一阵欢呼，好些人从座位上猛地站了起来。

"这是伟大的一幕，整个世界都会因此改变的，我们都是见证这一时刻的人。"

我知道林文说的是什么。在暗示符的帮助下一次成功之后，月球上的那些矿石就会一块接着一块地飞跃三十八万公里来到地球上，就算每天只搬五块氦-3矿石，提炼所得的能源，怕就抵得上中东一个国家十天半个月的石油产量。

一个年轻人推门而入，跑到林文身边耳语了几句。

"老板已经回来了，他一定想不到我们已经获得了成功。"林文对我们说，"我要出去迎接一下，你们也可以一起来。"

既然他这么说了，我只好跟着他去迎接一下这只狴犴。

下到一楼快出门的时候，我忽然觉得少了什么人，回头一看，只见寇云正跑向内厅的大门。

我一惊一愣，意识到小丫头实在忍不住，要去和亲人大团聚了。

这时候去拉住她已经来不及，回忆了一下预先商量好的她身份曝光之后的说辞，计算可能产生的连锁反应，轻轻叹了口气，重新跟上林文和夏侯婴。

大地又晃动了一下。

我心里掠过一丝阴影，有不太好的预感。

走出门，不远处就是一片空地。

那块石头，还安安稳稳摆在空地的正中。

脱难已近一周，警方早已经为了我这个协助案件的有功人士，公告嘉奖，一时间我在上海的媒体圈，从一个议论纷纷的杀人犯，改头换面为有勇有谋卧薪尝胆的传奇人物。领导大笔一挥，把我本已进入辞退程序的档案从人事处赶紧撤出来，此前没去上班的这两个月算作带薪休假。

我还没有正式上班，请了一周的延长假期，来了湖南。

凭着上次的记忆，我从王家沙村出发，徒步独自向寇家村走去。

说实在这有些危险，我很可能在山里迷路，就算有指南针也会很麻烦，而且在原始森林中，有猛兽出没。

只是不走这一趟，没法子甘心。我想寇家如果有人在那场灾难中幸存下来，肯定会回到他们的桃源乡。

我盯着圆石发呆，上次来时，这村子里只有我和寇云两个人，还有几条呜咽的土狗，已经深觉孤寂。而现在，寇云已经不在，土狗们也踪迹全无，这片寇家村，只有我一个活人。

环绕着碧玉般的小湖，这山中小村，在我的心里，已经成了一座坟墓。

我想立一座空冢，竖一块墓碑，动手不久就停下了。一来除了寇云寇风，我并不知其他人的姓名；二来，心底里还总有一线希望。

站在湖边，凝望着自己的倒影。胡子拉碴，T恤被汗紧紧粘在身上，脸上手上都是灰黑色的污痕，极是狼狈。

待要回寇云的木屋取水洗脸，转念一想，脱了鞋子，和衣扑通一声，跳进冰凉的湖水里。

清冷的液体包裹住全身，毛孔瞬间张开，心头的沉重，在这一瞬间刺激之下，也好受了一些。

不过身上还有许多地方的淤伤没有恢复，跋涉了大半天后又被湖水一激，顿时酸痛起来。此时此境，让我生出了些许错觉，仿佛回到了那生死一线的片刻时光。

全身的骨架都似散掉，酸痛肿胀，也不知有没有骨折，脑袋也昏昏沉沉。幸好海水从打开的车窗直冲进来，淹进我的耳眼口鼻，痛苦之余，也让我神志一清。

悍马车好似被火车撞到，被巨浪洪流倒冲而回，横着竖着翻了不知几个滚，狠狠和几棵树做了亲密接触，等渐渐缓和起来，海水已经几乎把整个车身灌满。

我就像被个巨人捏在手中猛甩了几十下，清醒的神志是痛苦的根源，直感觉胃液都冲到了脑袋里翻腾。身体的自然保护机制本该让一个人在这种情况下晕死过去，可是我深知这一晕绝对没有再醒过来的机会，虽然已经不知道那个保持着一线清明的东西是不是还安在脖子上，却硬是强撑着不让自己迷糊过去。

车身震动渐歇时，我憋着的一口气只剩了小半口，强行睁开的眼睛在海水的刺激下像被灌了辣椒水，不由我控制地眯成了一条线。我模模糊糊地看到一些车里的情况，发现旁边应该和我一样七荤八素，还相互撞了许多次的夏侯婴，竟然在试图打开她那边的车门，不由佩服她的硬气。不过好像她那边的车门被撞瘪，一时之间无法打开。

我忙试这边的车门，幸好几下就推开，说起来这车到现在还只是轻微变形，真是坚固。半爬半游地挤出车的时候，我没忘拉了夏侯婴一把。

浮到海面上吸入第一口空气的时候，那感觉宛如重生。最凶猛的浪头已经过去，此时羿岛已经被全部淹没，我和夏侯婴游到一棵被连根拔起的大树旁，挣扎着爬了上去，死狗一般趴着喘气。

才歇了几口气，就听见有人叫救命，向那边看去，居然是林文。先前从悍马车里逃出来的时候，眼睛都睁不开，根本顾不上看看前面驾驶座上他的死活，这老小子的命还真大。

不过他能浮上海面已经是极限，左小臂和肋骨似乎都有骨折，看见我们就在不远处，也难以游得过来。

我游过去把他带过来，不料他却用手指着一个方向，要我游去看看。

“那边有船。”他说。

“船？”我张望了一番。没看到呀？

林文脸上不知是海水还是疼得冒出的汗珠，一时再说不出话来，只是抬了抬下巴，示意我游过去看。

想想此时他怎么都不至于要害我，那地方也不远，只好打起精神，挤出气力，游了过去。

直游到近前，我才发现，还真的有船。

这是一艘摩托艇，只不过底朝天翻在海里，天光渐暗，我刚才要能看见才见鬼了。这船原本停在海水湖的港口里，海啸来时挣脱了缆绳，被浪打到了这里。

我一个人实在是没有把它翻过来的力气，试了几把没成功，只好拖着船游回树干处。

说起来简单，实际上在仍暗流涌动的海里把这艘小艇拖着游这么一百多米很费力，更不用说我现在是什么状态了。如果现在被救起，我肯定立刻瘫倒，可身处绝境，早已经豁出命去，把每一分每一毫的潜力都榨了出来。

夏侯婴已经稍稍恢复了一些，两人合力，折腾了十几分钟，最后我爬到船底上面，在夏侯婴的帮助下，终于把船踩翻，变成了正面向上。我翻进水里的一刻，连林文都忍不住欢呼起来。

把船里的海水弄出七七八八，工具是——手。五只手，因为林文断了一只手。

坐在船里，这环境可比刚才的大树好多了，一时间没有性命之忧。成功把船发动起来，不过原本船上应该有的几桶备用燃油早沉到了海里，剩下的油也不知还能跑多少海里。

我硬生生摁下开船搜救其他生还者的冲动。我不愿意去推算那幢圆形建筑里的人在经历了地震和海啸之后还有多少生还的可能性，况且海啸的大浪一冲，现在都不知道已经被带了多远，要把附近一百公里的海面都搜索一遍，恐怕还未竟全功油就先没了。要知道这船上，可不止我一条命。

再说现在月亮已经升起，很快夜色就要彻底降临，看都看不远，谈何搜救呢。

“等海水退下去，还是怎样？”我问两个人。

林文摇了摇头说：“刚才地震的时候，四处都是地裂。这样的地震，这小岛多半是要沉了，怎么等？羿岛西南两三百公里左右，有几个有淡水岛，虽然无人居住，却是有航线经过的地方。问题是我现在分不清东南西北。”

夏侯婴抬头望了望，说：“先把船熄火，别浪费油。等天再暗一些，我看看星星。”

等到星光渐渐亮起，夏侯婴又详细问了林文那几个岛更具体的方位，对照着星图，用手指了一个方向："往那里。"

摩托艇的马达重新运转起来，为了省油，以中低速往夏侯婴指的方向前进。只是我们都知道，要凭这点油开到目的地是奢望，没油的时候，就只有靠先前从树上折下的一些树枝当桨划了。

艇头的大灯隔一小段时间就亮起来向前照射，一是看看前方情况，再就是周围如果有生还者的话，希望他们能顺着灯光找过来。

累自然是不用提，原本丰盛的晚餐现在也不知泡在哪儿的海水里，饥肠辘辘。饿，很快还会觉得渴。我们几个谁都没有抱怨，这种事情，越抱怨就会越觉得饿、渴。

身体上虽然疲惫，可是甫遭巨难，身逢绝境，谁的精神都是绷得紧紧的，无心睡眠，总得找些话题，好把注意力从饥渴上转移出去，放松一下。

"刚才地震前我听见地下有很大的声响，这羿岛附近是不是有海底火山啊？"我问林文。

"没有海底火山，不过这里附近都算是地壳板块交接带，轻微的地震以前也有，可是这一次……"林文仰起头看着那轮明月，哂然苦笑。

"怎么林博士你不认为是地震？"夏侯婴问。

"恐怕不是自然形成的地震。你们也都经历了，那震起来实在是惊心动魄，震级绝对超过唐山大地震，像这样等级的地震，通常在震前都会有预兆，比如地光、地声等。特别是动物，一般会在大地震前一小时甚至更早就有预感。可你们回想一下，甚至在前两次地面轻微晃动时，岛上的动物昆虫都没有大反应，直到那声巨响才乱起来。这样看来，地震是突然爆发的，而不是通常因为地下的能量积累到一定程度，突破上限才爆发的地震。”

“的确是这样。”我回忆了一下，点头同意。

“那声巨响，挺像是在地下爆了颗炸弹呢。”夏侯婴说。

“那可不是普通的炸弹啊，人类威力最强的核弹，都比不了呢。”

“核弹？”听林文这么说我当然明白了他指的是什么，“你不会想说第一次从月球上转移的矿石，是传到了地下吧？”

“我就是这个意思。”林文沉默了一会儿，对我微微点了点头，说，“戴先生，没想到你原来知道这究竟是什么矿石。”

骤逢大难，我心神浮动，浑然没想到林文并没有向戴行介绍过矿石的具体用途，听林文说到核弹，立刻就把氦-3这个热核反应的原料想了起来。这一下就露了破绽。

“你们以这么大的代价请我们来，总是要回报的。我的确是有些消息来源，不过，如果不出这档子事，你们早晚也会如实对我们宣布的吧。”我硬着头皮这么说着。

“是啊，本来既然已经成功取来了矿石，则今后新能源源源不绝，没必要也不可能再隐瞒，晚宴时估计老板就会对你们说明情况。只是现在，嘿嘿，那么多年精心筹划，终究是空梦一场。”林文说到后来，不禁有些黯然。

“你们是说，第一块矿石没有传到预定位置，反而误传到地底，引发核爆？”夏侯婴不太明白我们在说什么，问道。

“是的，那么多人传送一件东西，勉强锁定，但彼此的协同性上肯定出了问题，以致对最终的落点产生了一些干扰，结果垂直误差了至少几万米，扔进了地幔的岩浆里。”

我心里奇怪，既然已经挑明自己知道此事，也就不遮遮掩掩，直接把自己的疑问说了出来：“林博士，我知道这是氦-3矿石，我对核物理不是很了解，但印象中氦-3是很稳定的。而且虽然说氦-3大大降低了核反应的启动温度，不用上亿摄氏度那么夸张，但是地幔里的岩浆不是才几千摄氏度吗，怎么可能让矿石发生爆炸？”

“几千摄氏度当然不可能让氦-3矿爆炸，而且地质学上目前公认的地幔温度，也就是几千摄氏度。现在爆炸发生了，那只能说明，地幔，至少是某些地方的地幔并不仅有几千摄氏度，现在地质学的普遍看法需要修正。”

“啊？”怎么都觉得，这样就推翻所有地质学家公认的东西，未免失之轻率。

“怎么，听起来你觉得我这个结论下得有些草率？呵呵，从事实反推，得出这样的结论再正常不过。实际上，关于地底的情况，再优秀的地质学家也只了解了个皮毛。你知道地幔究竟是什么东西吗？”

“地幔应该是由岩浆组成的吧。”我搜索着脑子里这方面的常识回答。

“那又是怎么知道那儿都是岩浆的呢？”林文反问我。

“应该是有探测过吧。”

“探测？我告诉你吧，人类现在造得出的再好的探测仪器，都穿不透地壳，更不用说什么地幔、地核了，什么充满了岩浆的地幔，还有大多数成分为铁的地核，这些全都是推测。要想证明，只有打个洞钻下去看个究竟。”

“只是推测？”这让我有些意外。我记得小学时就看过地壳、地幔和地核的透视图了，成分厚度什么都说得一板一眼，没想到这都只是推测啊。

“当然。我说打洞那真的打洞，像现在日本人就在海底打洞，因为那儿的地壳比较薄，不过目前他们离成功还远着呢。史上最庞大的钻地工程是1970年苏联人干的，他们在俄罗斯的科拉半岛选了个点，希望能钻到十五公里的深度。十九年后他们终于放弃时，钻到了一万两千多米的深度，还没有深入地壳的三分之一，但地壳只代表地球大约0.3%的体积。”林文竟说起了一段科学掌故，不知他想说明什么。

“可就算是这次钻探的深度有限，所发现的东西……嘿嘿，在他们钻到那么深之前，一些研究地震波的科学家很有把握地预言，他们会在四千七百米深处碰到沉积岩，接着往下是两千三百米厚的花岗岩，再往下是玄武岩。结果，沉积岩要比预期的厚

50%，玄武岩层根本没有发现，而且，地下世界要比预期暖和得多，一万米深处的温度高达一百八十摄氏度，差不多是预期的两倍，最令人吃惊的是深处的岩石浸透了水——这一直被认为是不可能的事。这就是推测和事实之间的差距。所以呢，原本推测地幔几千摄氏度，地心上万摄氏度，现在看来肯定有问题。”

这林文果然见闻广博，说到一次探地试验，具体的数据都随口就来。

“没有几万摄氏度甚至更高的高温，那块原矿绝不可能出问题，当然还有地球内部的高压也在起作用，甚至可能有一些我们并不理解的情况发生。不过有一点可以肯定，由于原矿没有提纯，所以并没有充分聚变，否则这岛怕得被炸到天上，哪里还有我们的活路，整个地球的生态，都可能受到影响呢。”

“这么说来，那还是万幸了。”夏侯婴说。

万幸吗？我望着天上一闪一闪的星星，想起了寇云一闪一闪的眼睛。

“林博士，你研究的范围，还真是广泛啊。”我叹了口气，让自己不再去想寇云。

“只是在研究超距位移这种超能力的时候，多看了一些书而已。那时候有很长一段时间我找不到突破的方向，杂七杂八看了不少东西，这对我最后突破传统思维，创造出超距位移的基本理论很有帮助。”

“哦，对了，我到现在还是不明白，怎么可能从月球上把矿石拿下来，你的理论，究竟是什么呢？”被他这么一说，我立刻想起了这个困扰我许久的重要问题。

林文微微一笑。也许是因为此刻同舟共济，患难中彼此的心防都渐弱了许多，他从最初和陈远责的试验开始说起，到后来与郑余的接触，共建羿岛，将这么多年的经历，娓娓道出。

到和陈远责分手的事情，我大多都已经知道，像思感锁定等对位移的最基础分析，我和寇云更早已经探讨过许多次。但是听的时候，还是时不时做出一副击节赞叹的模样，满足一把老人的虚荣心。

在和陈远责的试验中，林文对挖掘自己能力的底细的兴趣越来越浓厚，到陈远责放弃的时候，林文决心自己继续试验。

要解开超距位移之谜，可能涉及的知识从基因、脑科学、量子物理、空间时间理论到心理学，遍及诸多前沿领域。那几年里林文不但恶补了这些方面的知识，关注国际学术期刊上的相关论文，还搜集了许多和特异功能相关的旁门左道书，走访了大量的“大师”级人物。可惜那些大师多半是骗子，极少数有料的，却和从前的他一样，只满足于使用自己的能力，无心探究。

这种瞬间转移物体的本事，和现今科学体系内的大量理论相背离，所以要想用现今的科学理论推断超距位移的产生原因，几乎是一件不可能完成的任务。就像一个人揪住自己的头发，不可能把自己拉起来一样。所以在科学知识越来越渊博的同时，林文反倒越来越困惑，他只能四处旅行，寻找异人，也寻找灵感。

突破就是在一次旅行中获得的。那是在火车上，林文犯了烟瘾，一手拿出香烟，懒得从随身的小包里翻找打火机，意念一动，打火机就到了掌心。

这打火机他已经用了好些年，每天都要用到多次，熟到不能再熟，早已做到了思感上的自然锁定。这一念之间，几乎不费任何力气就手到擒来。

把火机点了几次，都没有着，林文突地想起一事，大惊失色，忙拉开小包翻找，果然给他找出了一个崭新的打火机。

原来这老火机已经没了火油，家中的备用火油也用光了，所以此次出门，林文在小店里买了个新的便宜火机，老火机扔在了家里。

用意念去取老火机，实际上是个习惯动作，此时林文已经坐了一整晚的火车，离上海有数百公里远，怎么会意念一动，火机就到了手上，而且完全没有费力的感觉？

自此之后，林文又做了多个试验，终于确定，超距位移其实并不受距离的限制，取一件一百公里外的东西，并不会比取一件一米外的东西更耗费精力。

之所以此前会有距离越远越难以位移成功的情况，全是自信心不够的缘故。在一般的常识中，把一件东西从较远的地方挪过来要比从较近的地方费力，是天经地义的事情，所以每个能力者在潜意识里都是这么认为的。这样的话，距离越远，自信越是不足，而这个能力，却是与人的精神状态和精神力息息相关，自信一不足，失败率就节节上升，就算憋得满头大汗也无济于事。

一般能力者都会想去试一试，自己距离的极限在哪里。把物品放在极远处，自己走的每一步，都削弱一分自信力，精神摇摆不定，很容易就“试”出了自己的极限距离。这个极限距离一出来，就相当于给自己套上了紧箍，自我催眠了，以后再也别想超出这个距离。

听林文说到得出超距位移不受距离限制这个结论的时候，我直感觉匪夷所思，他的这个推测，比先前一举推翻地质学家对地底温度的公认更大胆十倍，不由插嘴问道：“林博士，你的这个结论，打破了包括科学家在内所有人类对空间的认知。一个物体可以无视空间的间隔瞬间位移到另一处，比方对氦-3矿来说，地月之间的三十八万公里算什么呢，什么都不是吗？这真是让人难以相信。是不是说人的精神力量制造了虫洞，从而让空间折叠起来，让物体穿越了空间呢？”

“你说的是虫洞理论吧，按这种理论所说，制造出折叠空间的虫洞，虽然可以一瞬间跨越极远的距离，但一来制造虫洞需要极巨大的能量，到底要多大的能量，由于人类并没有条件实验，无从得知，要说以人的精神力就能制造虫洞，显然是神话，而且位移前后也并没有虫洞理论中，虫洞产生时的种种迹象；二来巨大的能量把空间折叠起来，产生虫洞，可是折叠的空间越多，显然需要的能量也越大，并不是说远近都一样的。”

“那你解释这物体是怎么越过空间的呢？”

星光下，林文微笑。这是一种满意而微有些自得的笑。

“它们并没有越过空间。”

我和夏侯婴面面相觑，完全不明白这句话的意思。

“空间是组成这个世界的基础，另一个基础是时间。原本我们对空间的概念，是房子概念，我们所有人都生活在房子里，房子里的一切彼此之间都有距离，有的距离远，有的近。从一个地方到另一个地方所需的时间，取决于之间的距离和速度。可是现在出现了能从一个点直接到另一个点的情况，这就说明，我们原先对空间的认知有误。”

“难道说，你要推翻我们对于空间的认识？”我的眼睛直了。

“当然，旧的概念不能解释已经发生的事实，那么只能创造一个新的概念。我的理论就是没有房子。”

“没有房子，林博士你是说没有空间？”夏侯婴皱眉问。

“不是没有空间，而是没有房子，空间并不是我们原先以为的，一个无限大的容器概念。没有房子，也没有距离。”

“我可完全给你搞糊涂了。”我嘟囔着。

“我认为，空间并不是一个可以容纳物体的场所，而是物体的属性。一个物体，比方说一个桃子，它有很多属性，重量、形状、表面积、颜色、密度、口感等，其实它还有一个属性，就是空间。”

林文的话就像颗炸弹，把我直接炸晕了。

“空间不是独立于具体物体之外的，而和构成这个世界亿万物体紧密相联，因为它就是物体的一个属性。这种属性有点像力场，椅子有椅子的空间力场，桌子有桌子的空间力场，亿万物体的空间力场相接相融，却让我们错误地以为空间是独立于物体存在的，也有了‘距离’这个概念。平时我们走路，搬动物品，归根结底，是使用力量使我们自身或者物体的空间属性改变，但是这种属性改变是间接式的，并不是直接对空间属性起作用。就好比解开一个绳结有多种方式，我们平时所看见的物体普通移动，就好比是慢慢理清绳结的头绪一点点解开；而超距位移，就好比是用剪刀在绳结处剪一下，绳子断开，绳结自解。”

“这么说，超距位移就是用精神力直接改变物体的空间属性，属性一变，物体所在的空间位置自然就改变了？”我慢慢地理解了林文的意思，但理解归理解，那种极端不可思议的情绪还是没有褪去。

“没错，直接改变空间属性，这样就无所谓距离，地月之间的三十八万公里，也不再是问题。就像用笔写下‘100’和写下‘10^{10}’是一样的方便，可这两个数字的大小相差一亿倍。为什么能把氦-3矿从月球上拿下来，只有推翻对空间的传统认知，用这个理论才能够解释。而明白了这一点后，也会有足够的信心去施展能力，相隔千山万水，也只是等闲事。”

“那么精神力是怎么改变空间属性的呢？”夏侯婴问。

林文双手一摊：“当代的科学连精神力是什么东西都没有搞

清楚，怎么可能弄清楚精神力是怎么改变空间属性的呢。我的理论，其实是基于事实提出了一个猜想、一种假设，我相信自己的假设，但无法证明。就像费马大定理，自从17世纪费马提出之后，经过了三个多世纪无数数学天才的奋斗，才刚刚被证明。我想要证明我的猜想，恐怕需要更长的时间。不过一旦破译了空间属性的奥秘，恐怕整个人类的生活方式都会改变，动力再强劲的汽车、飞机、太空飞船，到时都会被淘汰。”

林文的新空间理论给我的震撼是颠覆性的，在从湖南回上海的火车上，我还时时想着他这个看似简单，却越想越复杂的大猜想。

照这个林氏大猜想，我眼前的车厢空间，其实是由车厢本身、车厢里的每个人、每件行李以及组成空气无数微粒各自的空间力场组成的，空间是属性，而不是什么具体的东西……那么时间会不会也是物体的属性呢?

被救上岸不久，林文就神秘失踪，想必是被郑余暗中接走了，关于郑余的事，他谈得比较少，不过夏侯婴倒是了解一些。

林文是怎么被郑余招拢过去，他不说，自然没人知道，但郑余这么努力地进行新能源开发，实际上是为了争夺下一任郑海之位。

这一任郑海只比龙少生了一个儿子，在郑余之上有六个哥哥，之下还有个弟弟，他并不是最受老头子喜爱和重视的儿子。

眼见郑海年纪越来越大，就像从前皇家争太子之位一样，郑家也充满了明争暗斗，如果能够把新能源掌握到手里，不仅实力会暴增，在老头子的眼中，份量也会大不一样。

只是郑海虽富可敌国，但未死之前，他分给八个儿子的财富却有限。这有限的财富对普通人来说是天文数字，但是要进行新能源开发，建造羿岛基地，造探月器发射上天，研究热核反应和实际利用，花出去的钱让郑余也深感窘迫。这才迫不得已有“新希望”号全球巡游集资之举，偏生被我破坏，而羿岛的实验，也在成功之后遭遇大爆炸而灰飞烟灭，看来他的郑海梦，也只有到此为止了。

另一个之前解不开的环节，寇风当时是怎么潜入“太平洋翡翠”号，又是怎么下船的，我心里也暗中有数。“太平洋翡翠”号的东家上海怡乐邮轮公司是有外资背景的，这公司做的是海上的生意，那么所谓的外资，会不会和郑海，甚至郑余有着直接的关系呢？如果这样的话，在自家船上安排一个人上船下船，又有谁查得出来。

从月球上取下氦-3的秘密，现在已经从我之口，入郭栋之耳，写成报告交了上去。只是羿岛陆沉，整个亚洲有此项能力的非人几乎尽没，就算政府知道了有这样一种方法可以获得新能源，怕也已经找不齐人手了。

这幕大剧以这种方式拉上帷幕，对任何一方，都是一场悲剧。

对我尤是。

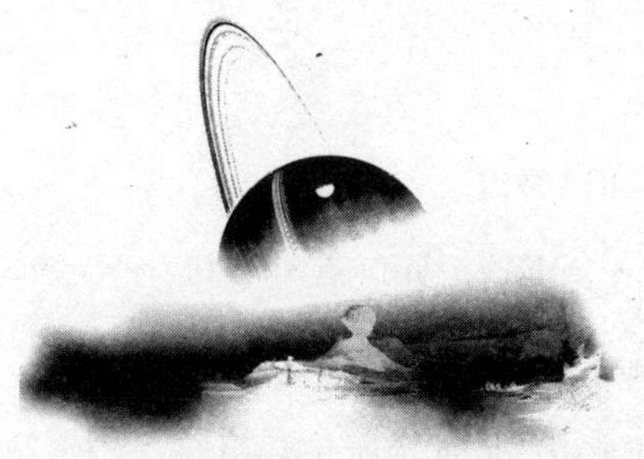

尾　声

“那先生。”

我背着行囊，带着湖南的风尘，走进自家的大楼。正要按电梯，却被人叫住。

是大楼的保安。

“有什么事吗？”

“您不在的这两天，有人来找过您呢。”

“哦，有说自己是谁吗？”

保安大叔的脸上露出八卦又暧昧的笑容。

“就是前些日子，住在你家里的那个漂亮小姑娘呀。”

图书在版编目（CIP）数据

暗影38万 / 那多著 .—长沙：湖南文艺出版社，
2012.1
ISBN 978-7-5404-5242-1

Ⅰ. ①暗…　Ⅱ. ①那…　Ⅲ. ①推理小说 – 中国 – 当代
Ⅳ. ① I247.5

中国版本图书馆 CIP 数据核字 (2011) 第 235270 号

上架建议：文学 · 悬疑推理

暗影 38 万

作　　者： 那　多
出 版 人： 刘清华
责任编辑： 丁丽丹　刘诗哲
监　　制： 蔡明菲
策划编辑： 柳　易
文案编辑： 张建霞
封面设计： 荆棘设计 · 张　雪
版式设计： 利　锐
出版发行： 湖南文艺出版社
（长沙市雨花区东二环一段 508 号　邮编：410014）
网　　址： www.hnwy.net
印　　刷： 北京盛兰兄弟印刷装订有限公司
经　　销： 新华书店
开　　本： 787mm × 1092mm　1/32
字　　数： 197 千字
印　　张： 10
版　　次： 2012 年 1 月第 1 版
印　　次： 2012 年 1 月第 1 次印刷
书　　号： ISBN 978-7-5404-5242-1
定　　价： 25.00 元
（若有质量问题，请致电质量监督电话：010-84409925）